- 第五章 185
  陈景深，喜欢山还是喜欢海

- 第六章 215
  他们跑向自由，跑向光

- 番　外 255

  番外一　新年快乐 256

  番外二　陈景深，生日快乐 270

  番外三　喻繁，生日快乐 273

  番外四　陈景深、喻繁永远快乐 277

一

从跳楼机下来,他们随着工作人员的指引走到出口。

出口围了十来个人,旁边挂满了气球和彩灯,还有人拉着横幅,上面印了很多张情侣合照,能看出是人精心布置过的。

果然。下一刻,刚才坐在他们旁边那个男人从好友手中接过戒指盒,对着女朋友半跪下来:"宝贝,今天是我们恋爱的第五百二十天……"

左宽:"哕……"

"我鼓起勇气,站在这里……"

左宽:"哕——"

"希望你能嫁给我,我会给你……"

左宽:"哕!!!"

男人忍无可忍,扭头一脸憋屈地问:"不好意思,你能站远点吐吗?"

"这就走了这就走了……哎你别真吐出来啊,你等我去找个袋子……"王潞安拎住左宽的衣服,一脸抱歉地把人带走了。

他们挑了个人少的地方,左宽在角落拎着塑料袋吐,王潞安在他旁边给他拍背。另外两个人站在花卉旁等。

"你怎么了?"

喻繁微微一怔,仿佛刚从某种情绪里抽离出来。过了两秒他才扭过头:"什么?"

陈景深目光停留在他脸上:"你下来之后,一直没说话。"

喻繁下意识攥了一下手。

从跳楼机下来已经过了十分钟,他心脏还是跳得很快,手心莫名有一点潮。

这种反应以前似乎也有过,只是没这次这么严重,在什么时候来着……

后背被人很轻地碰了两下,温温热热的。

陈景深拍了拍他的背:"也想吐?"

那是在陈景深碰他的时候。

甚至有时候,陈景深都不用碰他,欠揍地笑一下,他都会有这种感觉。

很怪,很陌生,他下意识觉得不舒服。

"没有。"喻繁屈起手肘,把他的手抵开,"我没那么弱。"

左宽吐了一会儿才勉强缓过神来。

漱口、洗脸后,他惨白着脸说:"我这辈子都不坐这玩意儿了。"

"你想坐也坐不了,没时间了。"王潞安看了看表,"还有半小时夜市就开了,我们找点队伍短的项目玩儿吧。"

"行。"左宽用余光瞥见陈景深从小卖部回来,手上还拎着一瓶矿泉水,脱口道,"谢谢啊学……"

陈景深用矿泉水瓶碰了碰喻繁的手背,喻繁看了他一眼,接过拧开喝了。

左宽:"……"

四人又在娱乐设施周围转了一圈,最后在他们最初都嫌弃的快乐旋转杯和碰碰车中间停了下来。

整个游乐园,就这两个项目人最少。

几个大男生表情复杂地犹豫了很久,喻繁率先迈出步子:"走吧,随便玩玩。"

快乐旋转杯正好是四人一个茶杯,茶杯中间有个圆柱子,柱子转多快,他们坐着的杯子就转多快。

玩这项目的都是小孩子和家长,别人的杯子都转得慢慢悠悠的,温馨又快乐。但渐渐地,这些小孩和大人都忍不住看向场地中间那个转成陀螺的茶杯,一脸震惊——

"有本事你别停!"王潞安疯狂转着圆柱。

"来啊!谁怕谁!看我给你转飞天!"左宽不甘示弱,动作快到脸蛋涨红。

喻繁抱胸面无表情地坐着，心里犹豫着要不要把这两人踹下去。

"再快点啊，你到底有没有在使劲儿啊王潞——哕！"左宽又有点反胃，偏头干呕了一下。

喻繁毫无防备，猛地侧身往另一边一躲，整个人都撞到了旁边的人身上。

杯子转得太厉害，他这一下有点晃晃悠悠的。还没反应过来，陈景深就伸手从身后把他扶住了。

陈景深抓着他的肩，把他牢牢地固定在了座位上。

王潞安立刻停下来了："输了就吐，你玩不起吧？不玩了不玩了！"

左宽："我没吐！"

喻繁瞬间回神，刚想挣脱，陈景深先松了手。

碰碰车也是双人一车，一人抓方向盘一人踩油门。

王潞安和左宽强强联手，把场地里的小孩子都撞了一遍，最后把目光放到了他们另外两个兄弟身上。

喻繁本来没什么心思玩，被他们连撞两下以后，心里只剩下把他们车撞翻到游乐园门口这一个念头。

他猛踩油门，对陈景深道："左转，左转——你会不会？我来！"

他身子伸过去，抢过陈景深的方向盘掉头，加大马力狠狠撞在王潞安他们的车子上！

来回三次后，左宽忍不住了："别跑了！撞他们！跟他们同归于尽！"

王潞安："我正有此意！！"

两辆最高马力的碰碰车迎面相撞，两败俱伤。喻繁笑得不行，被撞得脑子都在晃，直直砸在陈景深身上，下一刻，他就被人按住了。

陈景深把他护在身前，声音里也没忍住笑："疼不疼？"

"……"

半小时后，喻繁离开儿童区，心脏还是跳得很快。

邪门。

出来时正好到约定时间，几人去夜市跟章娴静她们碰面。

004

夜市是这家游乐园的特色。说是夜市，其实就是游乐园专门空出了一条街道，挂满灯带和气球等装饰，两侧摆满小吃摊和游戏摊，做出了一种氛围感。

不过能玩的东西少且幼稚，加上之前玩得有点累，几个男生都不太感兴趣。

倒是章娴静很喜欢这种氛围，连拍了很多张照片。

"哇，这儿能拍大头贴！"章娴静拉着柯婷的手，"婷宝，我们进去拍一套！"

柯婷推了一下自己笨重的眼镜，小声说："好。"

进去之前，章娴静想到什么，回头把手里的相机递给喻繁。

喻繁皱眉："干吗？"

章娴静："反正你也没事做，帮我随便拍点风景嘛。"

"我不……"

章娴静强行把相机塞进了他手里："你这么高，帮我多拍拍摩天轮！"说完，她就拉着柯婷进了大头贴店。

喻繁："……"

喻繁第一次用这种东西。他把相机拿在手里皱着眉看了半天，都没搞懂怎么用。

正要放弃，一只手伸过来，指了指上面某个按键。

"这是拍照，"陈景深说，"这是录像。"

"……哦。"喻繁边回应边往旁边挪了挪，离他远了点。

陈景深觑他一眼，没再说话。

逛了一会儿，王潞安和左宽就恢复了精力，两人随便下了个赌注就去玩投篮机了。

喻繁站在一旁，百无聊赖地随便拍照片。

他环视周围，想看看有什么东西可拍，扭头就看到旁边有一排五彩斑斓的娃娃机。

娃娃机随处可见，没什么好拍的。只是其中某个娃娃机里，摆着一堆狗狗玩偶。

那是杜宾犬的图案，它吐着舌头，头上顶着一个很土的红色爱心。

天下的杜宾犬可能都长一个样。

总之，这娃娃跟陈景深家里那只长得一样丑。

喻繁面无表情地在心里批评了几句，然后举起相机，朝那边拍了一张。

照片定格。再恢复到拍摄界面时，那娃娃机面前站了一个人。

他眼睁睁看着陈景深投币，操控把手，下钩子，然后轻而易举地把那只狗狗钓了上来。

旁边站了十来分钟没钓出一个娃娃来的女生震惊又羡慕地看着他。

陈景深弯腰拿出玩偶，捏在手里冷淡地看了一会儿。

估计他也觉得这玩意儿像……像他家的狗。

喻繁没来由地有点想笑。

喻繁举起相机，想再拍一张，却在相机屏幕里看见陈景深转身在人群里扫了一圈，最后目光停留在了他这里。

下一秒，陈景深朝他走来。

喻繁举着相机，还没来得及反应，人就已经走到他身前。

夜市上人来人往，灯光璀璨。耳边是各类摊主的叫卖声，不断有游客跟他擦肩而过，王潞安和左宽在他身后吵个不停。

他手里被塞进一只小狗玩偶。

"别看了。"陈景深说，"给你抓回来了。"

为了避免堵车，他们在游乐园关门前半小时就离开了。

这个时间没公交车，喻繁干脆打了一辆出租。

回去路上，微信讨论组聊得热火朝天。

王潞安正在抖左宽的糗料，左宽连发七条六十秒语音。

喻繁一条条地听，听到好笑的会忍不住扯一下嘴角。笑着笑着，他的目光就飘到了手里那只狗上。

玩偶姿势端正，表情很蠢，越看越丑。

他跟狗玩偶对视了一会儿，忍不住伸手杵它鼻孔，脱口喃喃："以后你叫陈景深。"

司机猛地抬头，在后视镜里古怪地看了他一眼。

喻繁："……"

我神经病？

喻繁把玩偶翻了个身，低头面无表情地继续看群聊。

喻繁刚到小区楼下就收到了陈景深的消息，是一条三分钟的视频。

夜深人静，老小区里几乎没有声音，喻繁把音量放得很小才慢悠悠点开。

三分钟的繁繁个人秀。

镜头里，陈景深拿着狗咬绳一言不发地逗了三分钟的狗，繁繁被他弄得呜呜叫。

直到最后几秒，他才淡淡问："跟那个玩偶像不像？"

看完视频时，喻繁正好走到家门口。

他掏出钥匙开门，顺手按下说话键。

"一点点吧。你能不能少发这个东西，它真的很……"喻繁推门而入，看到里面场景时浑身一僵，说的话被生生截断。

"喻凯明，你在干什么？！"再开口时，他的声音比冰霜还冷。

喻繁刚才只顾着看视频，没发现他家亮着灯。

此刻，他本该紧锁的房间门大敞。喻凯明坐在他书桌前，旁边散落了几个扭曲的回形针，还有一把刚被拆下来的挂锁。

喻凯明手里握着刚从抽屉里拿出来的信封，见到他也是一愣。

怎么回事？喻繁怎么会突然回来？这小浑蛋平时不是只要过了晚上十二点还没回家，就都是在通宵上网吗？？

"怎么回来了？"喻凯明牵强一笑，"爸最近出了点事，需要钱，当初你爷爷和你妈留下来的钱还剩下不少了吧？"

喻繁拿起鞋柜上许久不用的鱼缸猛地朝他砸过去！

喻凯明差点没躲掉，鱼缸从他脸边擦过，重重砸在地上，"砰"的一声四分五裂——

喻繁手指一松，把手机扔到了一边。

深夜的老小区突然热闹起来，破碎声、谩骂声不断。

家家户户都亮起了灯,窗户接二连三被关紧,好几户人家特地起身确认自己家门有没有反锁。

"那是我老爹、我老婆留下来的钱!你凭什么一个人占着?!"

喻凯明嘴里不干不净,从刚才到现在,一直没停过:"你出生那天老子就该把你掐死!你跟你妈一样贱——"

喻繁把他按在墙上,终于开了口:"我说过吧,你不准提她。"

"贱女人还不让骂了?她就是贱!还跟别人跑了!你替她出头,她跑的时候想过你吗?"

喻凯明疯了一样嗤笑:"你不恨她,反而跟你老子翻脸?你明明跟我是一样的人!你应该站在我这一边!你以为你的那些朋友真喜欢你吗?等那些人看到你现在这副德行,只会跟你妈一样跑了!"

…………

陈景深下车时已经隐隐觉得不对。

老小区静得诡异,一整栋楼只有一户人家亮着灯,其余的连窗户都关得死紧。

陈景深握着手机快步上楼,脚步声在寂静的楼道里显得过于闷重。

喻繁家里的门虚掩着,陈景深站在门口,他很重地呼吸了一下,伸手推门。

满地狼藉。

沙发、茶几、餐桌、椅子东倒西歪,电视屏幕破裂,色泽不同的玻璃碎片散落一地。整个屋子没有一处是好的。

他想找的人筋疲力尽地坐在墙角,白色T恤上脏污一片,脸上和脖子上有伤,眼眶通红,手里抓着一截断了的扫把。

看见来人是他,对方又松下劲,把扫把随便扔到了旁边。

"——等那些人看到你现在这副德行,只会跟你妈一样跑了!"

喻繁看着他,忽然想起喻凯明刚才说的话。

两人都没开口,死寂一片。

良久,陈景深穿过地上的一片狼藉,走到他面前蹲下来。

"能动吗?"陈景深问。

008

喻繁眼睛沉重地看着他,张嘴时声音都是哑的:"你回去。"

陈景深置若罔闻地在他身上巡视了一遍:"那人在哪儿?"

"陈景深,"喻繁重复,"你回去。"

陈景深脸色很冷,又跟以往不同。他调节着呼吸,尽量让自己平静,伸手去扶人:"能动是吧。能动先起……"

陈景深话没说完,衣领忽然被人抓过去。

二

喻繁脑袋空白了几秒,他明明坐在地上,却觉得自己随时要摔进哪个看不见底的黑洞里。

夏蝉今夜格外安静,老小区寂静无声。

头顶上老旧的灯泡闪了一下。喻繁脸上的苍白和灰暗渐渐褪去,垂着眼久久没回神。他眼眶还是很红,但跟陈景深来时看到的那种红又好像有点不一样。

陈景深依旧没什么表情。

喻繁刚才筋疲力尽,累得仿佛全身器官都在罢工。看到陈景深时,他脑子里只剩喻凯明那句话在不断"嗡嗡"循环着。

他觉得喻凯明说得对,他一直认为喻凯明说得对。

他厌恶喻凯明,但在某些方面,他和喻凯明是一类人。

他们都喜欢用暴力解决问题,他从小就是。小的时候喻凯明打他不多,大多发泄在另一个人身上,但每次喻凯明拎起棍子时,他哪怕知道反击要挨更重的打,也要咬牙跟喻凯明拼命。

后来某一次,他们闹到警察上门,警察听社区人员解释了好久才相信这场架是喻凯明先挑起来的,毕竟他们很少遇到在家庭暴力中,施暴者比被施暴者伤得更重的情况。

那次之后,社区的人给了他一个心理咨询的地址。

喻繁一直没去。

他知道自己有问题,所以他抗拒每个对他好的人,包括陈景深。

人好矛盾。他想要陈景深走,又想要陈景深留下。

陈景深在他脖子上扫了一眼,又问了一遍:"那人在哪儿?"

"跑了。"喻繁怔怔回神,这才想起来问,"……你怎么会来?"

"你发的语音,最后几秒声音不对。"陈景深又问,"能动吗?"

"能。"

喻繁撇开眼木然道:"松手。"

陈景深松开他,喻繁手掌撑在地上刚想动,陈景深单手把他扶了起来。

喻繁还没反应过来,陈景深就放了手。

"要换套衣服吗?"陈景深说。

"……"喻繁伸手抓了一下乱糟糟的头发,"换衣服干什么?"

"去医院。"

喻繁想也没想:"不去,擦药就行。"

陈景深点头:"那我叫救护车。"

喻繁是真觉得没必要去医院,这也不是他和喻凯明打得最凶的一次。而且喻凯明今晚喝了点酒,根本没什么力气,他身上的伤口看着吓人,其实都是皮肉伤。

喻繁"啧"了一声,敷衍道:"知道了,我一会儿去。你赶紧回家。"

"我跟你一起去。"

"……"喻繁皱眉,"你不是晕针?"

陈景深思索了一下:"你扎针的时候,我会闭眼。"

"……"

两人对峙片刻,陈景深沉默地拿出手机戳了戳。

喻繁看了一眼他手机上按出来的号码,在把陈景深手机扔出窗外和把陈景深打晕之间犹豫了一下。

"……用不着换衣服,等着,"良久,喻繁黑着脸往房间走,"我拿身份证。"

喻繁进了房间,从抽屉里拿出身份证装进兜里。怕喻凯明一会儿又折回来发疯,他把之前藏到房间角落的皱巴巴的信和那个"陈景深"玩偶一起拎出来,塞到了自己的枕头底下。

010

陈景深到了医院才明白喻繁为什么说不用换衣服。

深夜的急诊室门外排满了人，大多是经历了小车祸或刚打完架，情况惨烈，有些人甚至光着脚。喻繁往人堆里一站，半点不突兀。

身上的伤口和喻繁预估的一样，多但不深，瘀青情况比较多，不需要打破伤风。

护士熟练地给喻繁的伤口消毒并包扎，中途抬头看了他一眼，认真叮嘱道："回去少吃辛辣刺激的东西，海鲜、菌类都别碰，酱油最好也少吃，你长得这么帅，在脸上留疤就可惜了。"

喻繁漫不经心地点了点头，也不知道听没听进去。

护士动作很快，没一会儿就把伤口包扎好了。

"这个软膏是抗菌消炎的，一天两次，"护士说完，扬扬下巴指了下喻繁身后的人，随口道，"这个他也能用。"

喻繁愣了一下："他为什么要用？"

"他，"护士指了指陈景深，"不也受了点小伤吗？"

喻繁僵坐在原地，一时没动。

他来时特意坐了副驾驶的位置，开着最大的窗户吹了一路的风，好不容易才把满头热意按了回去，这会儿又开始细细密密冒了出来。

"窸窣"一声，陈景深用手指钩着袋子，拎起药袋："知道了，谢谢。"

这家医院今天临时装修，只能从后门进出。从后门出来是一条很长很黑的小道，离医院大门有点距离，刚才出租车送进来时没什么感觉，再这么走出去，喻繁就觉得有点漫长了。

夜风徐徐，深夜的医院小道万籁无声。陈景深瞥了一眼，看了看旁边离自己几步远的人。

喻繁闷头走着，旁边有人递过来一瓶矿泉水，陈景深不知不觉已经跟他并肩："喝水吗？"

喻繁心一跳，下意识接了过来。他确实口干，从回家到现在一直没喝过水。

他拧开瓶盖胡乱喝了一口，清醇甘洌的矿泉水被他喝出了一口薄荷味。

"……"

喻繁闭了闭眼，在心里骂了句脏话，终于忍不住看了眼身边的人。

他们此时正好经过一盏路灯，喻繁借着灯光看清什么，微微一愣，像发现新大陆似的，脱口叫了一声："陈景深。"

陈景深瞥他："嗯。"

"你耳朵怎么了？"

"……"

陈景深淡淡道："你说呢。"

喻繁一个人脸热的时候觉得丢人，尤其今天这事儿被陈景深知道，他觉得很没面子。但发现陈景深居然也会脸红之后，他那点情绪莫名一下就散了很多。

三

翌日中午，喻繁被打在眼皮上的阳光吵醒，才意识到自己睡前又没拉窗帘。

这会儿已经快到一年中最热的时候，空气都仿佛浮着一层热浪。

喻繁被太阳刺得偏了偏脑袋，闭着眼挣扎着去拉上窗帘，顺便按开了床头的风扇。

喻繁在凉风中缓了一会儿才重新躺平。

他盯着破旧的天花板发了会儿呆，伸手摸到枕边，举起昨晚收到的那只杜宾犬玩偶，跟它安静地对视了一会儿。

然后他很没道理地在玩偶脸上挥了一拳——

昨晚在医院就应该这样给陈景深来一下。

喻繁把狗玩偶放到床头，摸出手机点开微信，下意识先瞥了眼陈景深的对话框。

陈景深凌晨三点给他发了一句"我到家了"，他没回，陈景深也没再说话。

熟悉的讨论组一如既往地聊到很晚，消息不断在刷新，在预览消息里看到自己的名字，喻繁单手垫在脑后，懒洋洋地点进去翻聊天记录。

章娴静在讨论组里发了昨天在游乐园的照片。她不知道拍了多少张，喻繁光是机械地往上刷都刷了很久。

前几十张全是章娴静和柯婷的自拍。

喻繁多看了柯婷两眼。他和柯婷其实没说过几句话，柯婷性格内向，脑袋常年低着，以至于他们同班了这么久，柯婷又在他前面坐了大半学期，他都说不清她长什么样。

照片中，章娴静把脑袋抵在柯婷头上，柯婷害羞笑着，圆溜溜的眼睛偷偷往章娴静那边看。

喻繁手指又滑了半天，除了自拍还是自拍。

他的耐心消失殆尽时，就在下一张照片里看到了自己。

准确来说是他们六个人的背影。在夜市金黄色的暖光里，左宽和王潞安勾肩搭背，章娴静牵着柯婷的手在看旁边小吃铺的棉花糖。

而他双手揣兜，和陈景深走在最后面。当时夜市入口处路窄人多，他们被迫肩碰着肩走了一小段路。

喻繁盯着照片看了一会儿，忍不住伸手去放大，不爽地眯起眼。

陈景深肩膀怎么比自己宽这么多？？

左宽：那张背影谁拍的？会不会拍？怎么把我拍得比王潞安还矮？

王潞安：你本来不就矮？你有一米七五吗？

章娴静：让路人帮忙拍的，挺好看啊，你不喜欢就把自己马赛克掉吧。

左宽：……王潞安，你上学等着。

王潞安：啊？你不会还想吐我身上吧？

王潞安：哎，不过说实在的，夜市那几张照片挺好看的，我存了一张当手机背景。

章娴静：嗯，都是喻繁拍的，我也没想到他居然能拍得这么好。@喻繁　恭喜你成为南城七中校花的御用摄影师。

章娴静发来一张照片：除了这张，这是按错键了？

章娴静发的照片依旧是夜市金黄闪烁的背景，只是里面有一个很近、模糊不清的白色身影。

那是陈景深给他递玩偶时，他不小心拍到的。

看完聊天记录已经过了十分钟。喻繁站在盥洗台前刷牙，盯着这张废照片看了几眼，然后退出去，挑了几张照片保存。

喻繁：嗯，按错键拍的，删了吧。

消息发出的下一瞬，他手机"嗡"地振了一下。

陈景深：醒了？

没醒。群里那句话是鬼敲的。

喻繁在心里应了一句，抬头继续刷牙。他看了一眼镜子里面的自己，右脸颊还是发青，左脸贴了块纱布，昨晚喻凯明在这儿留了道血痕。张嘴刷牙时嘴角的伤口有点痒，可能是护士把药膏涂多了，他昨晚睡觉的时候不小心蹭了点在嘴里，味道很怪。

喻繁低头又拿起手机，敷衍地回消息。

喻繁：没有。

陈景深：嗯，那醒了给我开门。

陈景深的消息发出去没几秒，就听见屋内传来一阵忙乱的脚步声，紧跟着"吱呀"一声，门开了。

喻繁嘴里还含着牙刷，头发凌乱，顶着满脸的伤，表情呆滞地看着他。

"你怎么在这儿？"半响，喻繁含混不清地开口，牙刷随着声音一晃一晃，又问，"什么时候来的？"

陈景深站在阳台边，放下手机偏头问他："刚到。早餐吃什么？"

喻繁被问得一蒙："不知道。"

陈景深把另一只手拎着的保温饭盒放阳台上，说："那喝粥。"

"……"

楼梯上头忽然传来一阵脚步声，伴随着几句压低了的声音——

"你昨晚听到楼下的声音没？"

"听见啦，吓死我了……哎，你说不会出人命吧？我昨天都差点报警。"

"别，以前也不是没管过，有啥用？再说我看那父子俩都不像什么好人，我们报警，别人还觉得我们多管闲事呢，别管啦……"

这种话喻繁从小到大听过不少,他都当耳边风过去了,无所谓。

但他现在莫名不想让陈景深听见,也不想让别人看到陈景深在这儿。

于是他扯着陈景深的书包肩带,粗鲁地把人拉进了屋。

"你背书包来干什么?"他此时才反应过来,拧着眉问。

"带了作业。"陈景深说,"趁这两天假,你把进化版习题做完?"

喻繁手里还抓着陈景深的书包,有点想把人推出门去。

陈景深扫视了一眼,屋里倒了的东西都已经被摆正了,就是破的破,坏的坏,看起来还是很乱。

"那人回来过?"陈景深问。

喻繁其实没说昨晚跟他打架的人是谁,但陈景深之前就猜到了,刚才楼上邻居的话也印证了他的想法。

"没,他没胆回来。"

喻繁昨晚回来随便收拾了下,不能用的小物件都被他丢进垃圾袋,扔进了喻凯明的房间里。

其实换作平时,他估计还要把喻凯明的房间乱砸一通。但他昨晚回来时脑子有点乱,没顾上。

"别看了,滚我房间里去。"喻繁松开他,趿拉着拖鞋,边刷牙边上厕所。

"嗯。"陈景深掂了掂书包的肩带,进屋前淡淡道,"刷轻点。"

厕所里的刷牙声骤然停止。

几秒后,厕所里传来急切的漱口声,然后是一句清晰又憋屈的咒骂:"我……我就喜欢重重地刷!你别管我!!"

喻繁在厕所磨蹭了十来分钟才出来。

他头发湿淋淋的,绷着眼皮坐到椅子上,可怜的椅子被他压得往后滑了一下。

他跷着二郎腿,冷脸盯着桌上的保温饭盒,刚准备让陈景深连人带盒一块滚蛋——

"不然你还是点外卖吃吧。"陈景深忽然道。

没想到对方先发制人,喻繁扭头看他,冰冷的表情里带了点茫然。

— 015

"怕不合你口味。"陈景深淡淡道,"虽然很早就起来了,看了很久的菜谱,还熬废了一锅,但可能还是不太好吃。"

"……"

一大碗粥下肚,喻繁直到下午肚子都还很撑。

临近高三,老师们安排的作业越来越多,题型也越来越复杂。喻繁努力了一下午,才勉强做了两张访琴发下来的所谓的加强卷。做完之后他前后翻了翻,空的题目比写的多。

于是直到天都黑了,陈景深都还没给他讲完题。

把一道大题演算了两遍,陈景深问:"能懂吗?"

喻繁支着脑袋,盯着草稿纸安静了半天,脸色渐渐从麻木变成不爽。这是人学的东西?

头发冷不防地被人按了一下,陈景深说:"这题有点'超纲',听不懂正常。休息会儿再继续。"

喻繁被题目弄得昏昏沉沉,半天才反应过来自己头发又给人薅了。

他扭头想骂,正好看见陈景深拧开矿泉水瓶喝了一口。陈景深仰着头,凸起的喉结随着吞咽滚了几下,捏着矿泉水瓶的手指轻微屈着。

陈景深手指细长,这让他不管拿着什么东西,都给人一种漫不经心的掌控感。

喻繁动作微僵,忽然觉得脖子有点麻。

感觉到视线后,陈景深放下水瓶,眼尾淡淡地朝他瞥过来。

喻繁的书桌很小,平时他一个人还好,两个大男生用就有点挤了。

月亮高悬,老小区跟昨天一样安静。

陈景深沉默坦荡地跟他对视。

喻繁觉得那个用了七年的小风扇该换了,这破东西越吹越热。他握笔的手紧了紧,强行让自己撇开视线:"你受伤的地方还是擦点药吧。"

喻繁身子后退,从抽屉里拿出那管药膏扔给陈景深,含糊道:"去厕所擦,那儿有镜子。别烦我。"

陈景深拿着药膏去了厕所,喻繁坐在阳台上,盘腿背对着房间,姿势滑稽。

四

端午假放完正好是周一,学校操场大清早就站满了学生,准备举行升旗仪式。

王潞安站在高二七班的队列尾巴,困得直打哈欠。

身后传来一道脚步声,王潞安掏手机的动作一顿,没精打采地回头:"我还以为你又不来升……"

"你声音再大点。"感觉到其他人朝他们这边看过来,喻繁走到队伍末尾站定,懒洋洋地说,"争取让校领导都听见。"

"不是……"王潞安看着他脸上的创可贴和瘀青,震惊道,"隔壁学校的人堵你了?!"

"没。"

"谁?那人在哪儿?"

"不知道。"喻繁双手揣兜,"可能在哪家医院吧。"

"……"

王潞安有时候真的很佩服喻繁,换作是他受了这样的伤,他肯定要哭着回家跟他爸妈告状,再在家里名正言顺地休养十天半个月。

但从高一到现在,不论多严重的事情,他从来都没听喻繁喊过痛或抱怨。喻繁都是沉默、暴戾地反抗,用自己的方式为自己出气。

他总觉得喻繁身上有种大多数同龄人没有的坚忍和无畏。

"一会儿访琴看到了怎么办?"王潞安问。

"已经看到了。"

"你怎么跟她说的?"

"被车撞的。"

"……"

王潞安大概能猜到访琴当时的脸色。他表情复杂,忍不住在喻繁身上巡视了一遍,其实不只是脸,夏季校服露出的两截手臂上也都是青紫,喻繁皮肤白,这么看起来有点吓人。

"你去过医院没？没骨折……"

"王潞安。"

话说到一半忽然被打断，王潞安愣了一下："啊。"

"你看着我，别说话。"喻繁说。

王潞安："干吗？"

"别说话。"喻繁皱眉。

"……"

两人面对面站着，大眼瞪小眼了一会儿。

喻繁看着王潞安，有点想打哈欠。

"干啥呢你俩？"左宽站到了隔壁班的队列里，皱眉问，"憋笑挑战？我也……喻繁你怎么受伤了？"

王潞安眼睛都瞪累了，他也想知道这是在干吗。

他刚想问，就见喻繁转过头去："左宽，你看我一会儿，别说话。"

左宽："……"

两人对视了几秒，左宽两只眼睛凑到中间，用手抬起鼻子，比了个斗鸡眼。

喻繁："……"

见喻繁不回击，王潞安伸手扶着喻繁的肩膀，弯腰模仿着某人干呕了一下："哕！"

一击致命，左宽冲上来就要揍人："王潞安！"

王潞安立刻躲避："哕、哕、哕，人家不行啦！人家这辈子都不要坐这个东西了啦！"

两个男生就这么以喻繁为中心，来了一场幼稚的转圈追逐赛。

喻繁："……"

这场闹剧直到庄访琴来了才得以终止。

王潞安跑得直喘气，擦了擦汗才想起来问："喻繁，到底什么意思啊？"

喻繁面无表情地说："没什么。"

《运动员进行曲》骤然停止，代表着升旗仪式马上就要开始了。喻繁看了一眼空荡荡的背后，眉毛皱了起来。

"学霸居然迟到了?"王潞安随着他的视线一块往后看,惊讶道。

"没迟到。"前面的吴偲回过头来,"他今天要上台吧……喏,你看,在主席台旁边站着呢。"

喻繁立刻一脸不在意地踮了下脚,看了过去。

主席台旁,胡庞领着几个学生在那儿等着,陈景深站在第二个。

不知道为什么,虽然大家都说陈景深以前经常跟他前后上主席台,但他其实并没什么印象。可当他现在看过去,却觉得陈景深安静挺直的侧影很熟悉。

好像自己之前上去念检讨前确实会经过这么一个人。那人总是满脸疏冷地和自己擦肩而过,然后在某一个瞬间,会偏过头来——像现在一样。

陈景深忽然看过来,他们隔着千百人对视。

喻繁怔了一下,心想我就看一眼,有这么巧吗??

他立刻不自然地撇开视线,随着音响里的指挥转身升国旗。

陈景深这次上主席台的原因是,他和其他几个学生被胡庞评为"高二年级学习标兵"。因为标兵人数比较多,一个年级有五个,一个个发言肯定来不及,所以每个年级只有一个同学可以发表演讲。

高二负责演讲的是苗晨。

"怎么不是学霸演讲啊?"王潞安在前面嘀咕,"哎,那男的是不是上次来班里找学霸的那个?"

"是的。"吴偲道,"可能是陈景深自己不想演讲吧,前几个学期都是陈景深代表学习标兵发言的。"

王潞安:"胡庞是真的花里胡哨,学习标兵,这不是小学时候才有的东西吗?"

喻繁半吊子似的懒洋洋抬着脑袋,盯着台上其他所有人,就是不看陈景深。

苗晨校服规整,说话字正腔圆:"南城七中的老师们、同学们,大家早上好,我是高二五班的苗晨。很荣幸这次能够获得'高二年级学习标兵'的称号……"

说来说去都是那套，喻繁打了个哈欠。

滔滔不绝地讲了几分钟后，苗晨忽然话锋一转："其实……在高一第一学期，我听过陈景深同学作为'高一年级学习标兵'的演讲发言。陈景深同学学习刻苦、成绩优异，演讲内容慷慨激昂、精彩绝伦，无时无刻不在激励着我……"

喻繁揣在口袋里的手慢吞吞攥了一下。

"所以我一直以陈景深同学为我的学习目标。今天能和他一起站在主席台上，我感到非常高兴。我会继续努力提升自己，让自己也能成为一些同学的榜样……"

陈景深没想到苗晨演讲稿里会有自己的名字。他下意识看了苗晨一眼，在收回目光时，对上了他们班队列里那双冷冰冰的眼睛。

陈景深远远朝他挑了下眉，大致意思是：怎么了？

喻繁也远远朝他比了个手势，大致意思是：别看我。滚。

陈景深回到教室时，他同桌已经趴倒在桌上。

他回到座位上，盯着那个冷漠的后脑勺看了一会儿，握笔的手往旁边挪了下，用手背碰了碰对方垂在课桌上的手臂，刚想说什么——

"学霸，苗晨居然这么崇拜你？我以前居然都没看出来。"吴偲经过他们座位的时候说了一句。

"那肯定，学霸对同桌多好你又不是不知道。喻繁这种不学习的学渣都能被带起来，更别说那个什么晨。"王潞安搭着吴偲的肩说，"快坐回去，访琴来了。"

陈景深回头的时候，他和他同桌之间已经多出了几本书，画"三八线"的意思十分明显。

今天升旗仪式耽误的时间有点长，占用了班会的时间。物理老师抱着课本进了教室。

"喻繁，"陈景深转了一下手里的笔，无视中间那几本书，淡淡道，"我和苗晨没怎么说过话。"

"同学们把课本都拿出来。"物理老师推了推眼镜，"上课不要交头接耳。"

020

陈景深在物理老师的注视下拿出了课本。

再一回头,他同桌已经换了个睡姿,耳朵上还挂着一只耳机。

陈景深:"……"

喻繁这一觉直接睡到了中午放学。

陈景深把多抄的一份笔记放到"三八线"上,刚准备把人叫醒,窗户外忽然有人喊他名字。

"陈景深,"苗晨背着双肩包,朝他眨了眨眼,"物理老师跟你说了吗?我们学校要安排竞赛集训。"

陈景深盖上笔帽,"嗯"了一声。

苗晨道:"到时候我们可以住一个宿舍吗?我看了一下名单,其他人我都不怎么熟……我可以多带一点吃的!你有什么喜欢——"

"刺"的一声,坐在他们中间的人突然起身坐直,椅子往后一挪,刺耳的摩擦声截断了苗晨后面的话。

喻繁从抽屉里拿出手机,站起身,面无表情地看着窗外的人。

"让让。"他说。

喻繁睡醒后眼皮会冷硬地绷直,看起来特别凶。苗晨被吓得连忙点头,挪到旁边让出位置。

喻繁踩上自己的椅子,翻窗出去,头也不回地走了。

从睡醒到离开,他都没看陈景深一眼。

"他,他一直都是这样出教室的吗?"苗晨后怕地抓紧自己的书包肩带,目送着喻繁消失在走廊转弯处,"而且我看他好像刚睡醒?老师难道不管吗?"

周围还有同学在值日,苗晨压低声音,身子往窗内探了一点:"对了,我之前一直想跟你说来着……我听说他好像性格不好,比较暴躁,你知道吗?

"他还跟你一起上过主席台,不过他是念检讨……你怎么不跟老师申请换座位?老师应该愿意给你换的。

"啊,我刚才的话还没问完,你有什么喜欢吃的东西吗……陈景深?"

陈景深沉默地收起书包,搭在肩上刚要说什么,兜里的手机忽然振

— 021

了一下。

喻繁：实验楼一楼教室，滚过来还东西。

"陈景深？"苗晨小声道。

"嗯。"陈景深把手机放回口袋，抬头道，"不用了。"

苗晨一愣："什么？"

"不用给我带什么，集训的事我跟老师说过了，我不参加。"

苗晨怔怔地看着他，不明白大家都在竞争的名额陈景深为什么不要。

陈景深走出后门，又想到什么似的回头："还有——"

他淡淡道："以后如果没什么重要的事，别来找我了。"

放学后的实验楼空无一人。偶尔有几个学生到实验楼隔壁的矮墙接外卖，也不会往这里面瞧。

陈景深到实验教室时，喻繁正坐在最后一排的课桌上玩手机，两脚垂在半空，姿势懒散。

听见动静，喻繁头也没抬，冷冷地说："太久了。"

陈景深把教室门反锁上："嗯，说了点事。"

喻繁想问什么事，话到嘴边又收了回去。

"过来。"他大爷似的命令道。

陈景深卸下书包随手放到门边的椅子上，乖乖走到喻繁跟前。

喻繁把手机放到一边，抬头跟他沉默地对视了一会儿。

陈景深道："我和苗晨不熟。"

喻繁："……谁管你们熟不熟？跟我说这个干什么？"

"我自言自语。"陈景深淡淡道，"我没对其他同桌好。他偶尔来问我题，我会教一点，像对王潞安他们那样。"

喻繁顿了两秒："陈景深，你很吵。"

"嗯。但我好像太久没说了，"陈景深往前靠了一点，"我对同桌没什么情结，对你好是因为我……"

喻繁立刻打断他："陈景深——"

"想和你成为朋友。"陈景深说。

"……"

喻繁之前其实没想明白自己为什么生气。

他起初以为自己是嫌苗晨烦人，到哪儿都要缠着陈景深，但他刚刚跟苗晨对上视线之后，又发现不是。

直到现在，他好像有点隐隐约约明白了。

有个跟陈景深一样优秀的男生，近乎崇拜地在追捧他。而自己……

喻繁一直觉得陈景深想跟自己成为朋友是"瞎了眼"。

陈景深随时都有"复明"的可能。

喻繁沉默了几秒："算了。"

陈景深眼睛微垂："一起去吃午饭？"

"……嗯。"

出了实验楼，阳光正烈，喻繁感受着头发上滚烫的热意，忽然开口："陈景深。"

陈景深朝他看去。

喻繁双手揣兜，已经恢复了平时凶巴巴的模样，他望着前方，嘴里命令："让他以后别来找你了。"

"好。"

这话一说完喻繁就有些后悔了，谁来找陈景深关他什么事？于是过了几秒，他又补充："我意思是不准他来教室找你，吵着我睡觉了。"

"好。"陈景深说，"我以后不和他说话。"

"不是……谁管你们说不说话，你们说不说话和我有什么关系？"

幼稚死了。喻繁揉了一把脸，掩盖什么似的加快脚步："……走快点，我饿了。"

五

下午上课的时候，周围的同学要么在用本子扇风，要么拎着自己的衣服大幅地前后拉扯。

蝉鸣声和访琴的讲题声融合在一起，喻繁听得有点心烦。

喻繁趴在课桌上，一只手握笔在草稿纸上乱画，另一只手屈起搭着自己的后颈，忍不住瞥了眼同桌。

陈景深正在数学课上刷物理竞赛卷。陈景深没有表情的时候会显得很冷，喻繁看他一眼，心里仿佛都凉快了点。

陈景深在夏天也一如既往系满校服的纽扣，露出的手臂和脖颈干干净净，看不见一点闷热的痕迹。

陈景深笔尖一顿，抬头看了一眼黑板上的内容，再转头看回来："没听懂？"

"……没，懂了。"突然又觉得热了，喻繁飞快扭回脑袋。

这节课下课，喻繁起身去厕所用冷水洗了把脸。

凉冰冰的水打在脸和脖子上，他整个人瞬间舒服不少。

最后一节课是自习课，这么热的天，干脆翘了课去奶茶店吹空调。

喻繁边盘算边进教室。可就在他踏入教室后门的那一刻，坐在教室后面几桌的同学忽然齐刷刷地扭头朝他看过来，脸上都有点藏不住的好奇——除了陈景深。

喻繁扫了一眼陈景深挺直的背影，然后才拧眉去问看向自己的同学之一："干吗？"

王潞安看着他嘿嘿傻笑："没干吗。"

"……"

喻繁朝自己位子走去，还没开口，陈景深就已经默不作声地起身给他让出空位。

喻繁总觉得哪儿有点怪，皱着眉坐回自己的座位。

端午过后学习氛围又紧张了一点，他去趟厕所的工夫，课桌上多了好几张卷子。

喻繁抓起卷子往抽屉里塞，手指碰到了一个单薄之物。

它比练习册薄，比卷子厚。

那是什么东西？

喻繁顺手往外一抽，一个天蓝色信封探了出来，随之而来的是淡淡的香水味，上面还有一道娟秀细瘦的陌生字体。

"……"

喻繁捏着这封信愣了一下。

陈景深还在做物理卷子，侧脸线条冷硬，一言不发地转了下笔。

王潞安等他掏抽屉很久了，见状立刻冲出教室，到喻繁旁边的窗户上趴着："快！拆开看看！"

喻繁回神，把脑袋扭过去："谁塞的？"

"左宽班里那位。她胆子真大，访琴这才刚走不久……她塞进去的时候信还差点掉出来，"章娴静拨了下头发，"还是学霸帮你塞回去的。"

"……"

王潞安又催他："拆开看看啊！"

"看什么，"喻繁把信揣在手心里，伸出窗外，"帮我拿回去给她。"

"真不看？你就不好奇写的啥？我刚才看到八班那女生了，长得很好看——"接收到前面某人的视线后，王潞安顿了下，"也就差静姐一点。"

喻繁冷飕飕地扫了窗外一眼。

"懂了，我这就让左宽拿回去。"王潞安接过情书，刚要朝隔壁班走去，又突然想到什么似的折回来，"哎，等等，不对啊……"

"什么？"

王潞安盯着喻繁左右看了看，惊奇地说："喻繁，这次你居然没脸红？？"

"……"

"哦哦哦，好像有点红了……"

这是被你气红的。

喻繁说："你去不去？不去拿回来，我自己去。"

"去了去了。"王潞安抓着信跑了。

事情办妥后，自习课上课铃正好响起。

喻繁已经没了去奶茶店吹空调的念头，他挑出一张数学卷子，趴在桌上做了一会儿。

心思不在卷子上，他几分钟过去都没把第一题的题目看顺。

喻繁抓了把头发，往旁边看了一眼。

025

陈景深面无表情地在草稿纸上演算着。

喻繁又看了一眼。

陈景深后靠在椅子上，在卷子上写下答案。

喻繁再次看了一眼。

陈景深把手里的卷子翻了个面。

第四次看过去，喻繁终于没忍住，拧着眉朝他那边靠了一点，小声问："陈景深，你摆什么臭脸？？"

陈景深头也不转："没有。"

"没有个屁。"喻繁说，"你就是在摆臭脸，我看得出来。"

如果现在有人在身边旁观，那一定觉得喻繁是在找碴，因为陈景深此刻的表情跟平时几乎没有区别。

片刻，陈景深手指一动，笔尖被翻转过来抵在课桌上，偏头看过来。

"没有。我只是——"他说到一半又停住，"算了，没什么。"

喻繁用手肘撞了下陈景深的胳膊："你……把话说完！"

陈景深沉默了一会儿，然后赶在喻繁憋死的那一刻开了口。

"我只是在想，"他淡淡道，"如果我是女生，你应该就不会对我那么差了吧。"

"我……"

喻繁哑口无言。

陈景深看了他一会儿，见他半天说不出话，便重新回过头去看题。

喻繁手里的笔已经快被他转冒烟了。

"某些同学，"来监督他们自习的庄访琴在讲台上突然开口，"有多动症就站起来蹦两下，别折腾可怜的笔。"

喻繁硬生生停下笔，半响又靠过去："这跟性别没关系，明白吗？"

陈景深安静几秒，没什么起伏地"嗯"了一声。

他是一副根本没信的样子。

喻繁："……"

放学铃响，喻繁心不在焉地从抽屉里找要带回家的书，旁边的人忽然开了口。

"今晚能去你家吗?"

去他家干吗?写作业?

可能是陈景深看起来太干净板正了,喻繁下意识不想让他出现在自己那破贫民窟里。让那些邻居看到,他们指不定会有什么闲话。

喻繁想了想,道:"算了,视频就行,我房间的桌子这么小,两个男的用很挤。"

陈景深收拾书包的动作一顿,淡淡地"哦"了一声。

"如果我是女生,可能就不挤了吧。"他说,"知道了,没关系。"

"……"

喻繁把书卷成柱状,紧紧握在手里,踹了一下陈景深的椅脚:"起来,我要出去。"

陈景深起身让了一下。

喻繁起身出去,用他们两个才听得见的声音咬牙切齿、一字一顿地说:"晚上八点过来,晚一分钟你试试看。"

六

放学时间的校门口挤满了学生。

"这天热死了,我们学校怎么不在教室装空调啊?"左宽刚打完篮球,此刻满头大汗,抓着衣服道,"去奶茶店吹空调、打牌?"

王潞安立刻表示:"我没问题。"

喻繁:"不去。"

左宽看他一眼:"干吗不去?你看你脸都热红了。"

喻繁想说自己不热,话到嘴边又闭了嘴。

王潞安"喊"了一声:"你懂啥,这不是热的。"

左宽:"那是怎么了?"

"还不是你们班那个女的,"王潞安笑嘻嘻地挑眉,"她那情书上全是香水味,我手指头现在都还有味道,你闻闻。"

"拿开,"左宽嫌弃地拍开王潞安的手,道,"那这后劲也太猛了吧?

一节课过去了还红呢?"

喻繁皱眉:"滚,热的。"

走出校门,王潞安忍不住巡视了一下周围:"哎,你们觉不觉得我们学校附近最近清静了很多?"

"废话。自从上次喻繁被隔壁学校的人堵在后门以后,胖虎抓得那叫一个严,一天两支巡逻队,还跟隔壁学校的领导开会沟通过,哪还有人敢来我们学校闹事……"左宽左右扭了扭脑袋,感慨道,"啧,最近日子过得真无聊,是吧喻繁?"

喻繁手指在握着的练习册封面上磨了一下,没吭声。

几人碎碎念地走到奶茶店门口,喻繁不顾左宽他们斗地主二缺一的挽留,头也不回地走了。

喻繁没多久就回到了那条熟悉的老旧小街。

他走在人流中,顺手把带回来的卷子和练习册卷起塞在兜里,脚步慢了点,心里有股迟来的后悔。

……刚才怎么没把书抡陈景深头上。

那时候正好放学,周围经过了好几个同学,应该没人听见吧?

他怎么就答应让陈景深过来了?

要不现在发消息让陈景深别来,或者等人来了直接把他锁门外,再不然到时拽进屋里揍一顿再扔出去——

喻繁带着满脑子的想法走进了超市。

"要什么?"老板娘抬头看他一眼。

喻繁说:"风扇。"

"什么样的?"

"风力大,头能转,两人一起吹不会觉得热的。"

"……你直接说落地扇不就行了?等着,我去拿。"老板娘起身问,"有想买的牌子吗?"

"没,你随便拿。"

房间里那个破风扇用了七年,拨到最高挡也就那两缕风,早该换了,不然到下个月得热死。

他买回去自己用，跟陈景深没关系。

小超市的仓库又杂又乱，老板娘在里面找了半天，喻繁站在收银台，随意在超市扫了一眼，扫到了角落的折叠椅。

他家没什么凳子，之前和喻凯明打架还打坏了一张，陈景深上次来他家就只能坐没有靠背的木凳，凳面比王潞安的脸还小，应该挺硌人。

喻繁挪开目光，心想硌得好，不然总有人闲着没事往别人家跑。

十分钟后，喻繁左手举着风扇，右手拎着折叠椅，面无表情地走出了超市。

现在是人们吃完饭下楼聊天、散步的时间。喻繁在街坊邻居小心又诧异的目光中，把这两样东西扛上了二楼，放在地上腾手掏钥匙。

结果他不小心把兜里的东西带了出来，"哐"地掉到地上。

"抽烟多了肺会黑噢。"一道稚嫩的声音在楼道响起，"我们老师说的。"

喻繁看了坐在楼梯上的小女孩一眼，弯腰捡起烟来："你爸妈又没回来？"

"我刚用小天才电话手表跟他们打了电话，他们说在路上啦。"小女孩双手撑着下巴，"哥哥，我每次在窗边写作业，都能看到好多烟雾。"

喻繁："熏到你了？"

"没有，那扇窗户坏啦，打不开的。"小女孩嗲声嗲气地说，"哥哥，你别抽烟！万一你病了，就打不过你爸爸了！"

"……"

楼上这对夫妻讲闲话的时候能不能避一避小孩。

"少管闲事，小屁孩。"

换作别人，可能会请小女孩进屋坐着等，但喻繁想了想自己在小区里的风评，还是算了："吃东西没？"

小女孩摇摇头，马尾在空中一晃一晃的："没吃，但我不想吃你的，你上次买的馄饨好难吃呀！你等着，我下次从我家冰箱里偷点吃的给你。"

"……"

喻繁抬起自己的东西进屋，转头扔下一句"别偷家里东西"，就"砰"地关上了门。

根据以前的经验，喻凯明未来至少半个月不会回来碍他的眼。

但他进屋后还是下意识看了一眼喻凯明的房门缝，黑的。

喻繁把买回来的东西拎去房间安置好，简单泡了碗方便面，吃完又转身去冲澡。

冲完澡出来，喻繁拿起搭在肩上的毛巾随便擦了两下头发，停在洗漱镜前挤牙膏。

到了喻繁家门口，陈景深看了眼手机屏幕上的时间，伸手掂了一下书包肩带，准备敲门。

他手刚举到半空，"吱呀"一声，门自己开了。

喻繁探出脑袋看了看附近有没有人，然后抓住他的T恤，匆匆把人拉进了家门。

进了屋，喻繁仔细把家门反锁上，还反复确认了几遍。

他虽然觉得喻凯明不会回来，但还是以防万一吧。

陈景深沉默地看他忙活。

喻繁一回头，对上陈景深的视线，皱眉："你看什么？"

"没。"陈景深把想说的忍回去，问，"你怎么知道我来了？"

"听见脚步声了。"

陈景深："脚步声都能认出来了？"

"……"

喻繁脸瞬间就臭了下来，陈景深觉得再说下去自己可能要被赶出房门，赶紧脱鞋并把鞋放好，问："进房间？"

喻繁跟在他身后进了房间，好像自己才是客人，站半天没坐下来。

陈景深坐到新买的折叠椅上，卸了书包放在脚下，抬眼看他："怎么不坐？"

喻繁很酷地"哦"了一声，关房门坐到椅子上。

一张空白卷子被放到他面前。

"你今天落了一张数学卷子，我帮你拿回来了。"陈景深淡淡道，"明天第一节就是数学课，今晚作业先做这张吧。"

"……"

喻繁一动不动地看着面前的卷子,脑子有点蒙。

陈景深拿出自己的卷子和笔,见他没动,问:"还是你想先做物理?"

我想先揍你一拳。

几秒后,喻繁僵硬地转回脑袋,打开抽屉拿出笔,在试卷上写下自己的名字,毫无感情地回答:"做、数、学。"

端午过后,高二学业越来越繁重,连带着晚上的作业都快翻了个倍。

好不容易把两张数学卷子磨完,喻繁扭头看过去,看到陈景深拿出物理练习册。

物理结束,做化学。

刚煮开还咕噜咕噜冒着泡的开水在刚买的落地扇前吹了三小时,被吹成了凉白开。

等全部作业做完,喻繁已经蔫了,垂着眼皮没精神。

陈景深检查完他最后一张卷子,道:"要不要背一下——"

"不背。""啪嗒!"喻繁把笔扔到桌上,起身道,"收拾你的东西滚回家。"

陈景深:"去哪儿?"

喻繁没搭理他,起身往阳台走。

喻繁的房间是这个屋子里唯一有阳台的房间,他爷爷特意留给他的。阳台很简陋,也很小,作用也就是晾两件衣服,吹吹风。

喻繁后背靠在阳台上站着,感觉一阵无语。

做作业不能在自己家做?他的房间是晚自习教室吗?

房间里传来一道拉书包拉链的声音,陈景深道:"那我回去了?"

"滚。"喻繁看都不看他。

"不送我吗?"

"我搬个轿子来抬你下去?"

喻繁顺着他的话看向小区门口,懒懒道:"今天大门关了,你从小铁门走,就在你之前出去的那个门的右边。"

一阵脚步声传来,喻繁以为陈景深是过来认门的。他抬起手朝下面指了一下,回头道:"就那……"

结果他听到了厕所的关门声。

七

喻繁发了一会儿呆，回屋摸出手机。

脑子稍微降了温，这次的群聊内容他总算能看进去。

左宽：我真服了，现在晚上基本找不到喻繁，他到底干吗去了？

章娴静：忙呗，他不是找了个家教吗？

左宽：家教能在他家待到半夜十二点？你看看朱旭，人家一个每晚都要跟女生语音两小时的人，都能抽空回我两句话，喻繁这都四小时没回我消息了。

朱旭：嘿嘿……嘿嘿嘿！

朱旭：没准喻繁也谈恋爱了呢？

左宽：那不可能。

左宽：就他那脾气，他能跟谁谈恋爱啊？

喻繁在这儿顿了一下，才继续往下看。

王潞安：哎你什么意思？追我兄弟的人多了去了好吧？

左宽：我知道啊，我班里不就有一个。

"啪嗒"一声，厕所门开了。

陈景深脸颊被水打湿，衣领上也洇了几滴深色。

陈景深弯腰拎起书包搭在肩上，道："我回去了。"

喻繁"嗯"了一声，跟着陈景深走到家门口。

陈景深回头看了他一眼："要抬轿子送我？"

"……可能吗，赶紧出去，我要反锁家门。"

把人赶走，喻繁回到阳台等了一会儿，很快看到从楼里出去的陈景深。

盯着陈景深上车离开后，喻繁干巴巴地坐在阳台上看了会儿月亮。片刻后，他拿起手机打开同城购物软件，在上面敲出"戒烟糖"三个字，随便挑了几个下了单，也没注意这些糖牌子好不好，设定明早七点送达。

翌日上午,陈景深眼看着他同桌一觉睡掉了两节课。

直到体育课喻繁才慢悠悠醒来,眯着眼下楼排队。体育老师点名的时候喊了两遍他的名字,喻繁才懒洋洋应了。

站他旁边的王潞安忍不住问:"你昨晚不是八点就睡了吗?怎么还这么困啊?"

喻繁吊儿郎当站着:"谁说我八点睡了?"

"左宽啊,说你晚上八点之后就没回过他的消息。"

"……"

站他另一边的人好像撇下眼来看了他一下。

喻繁心尖一跳,不自觉站直了点,半晌才含糊地"嗯"了一声。

体育课惯例要跑操,上午阳光温暖,喻繁慢吞吞地围操场走了一圈,刚散开的睡意一点点聚拢。

他昨晚突发奇想,搜了些乱七八糟的东西……看到了凌晨三点,今早到教室时连眼睛都睁不开了。

"左宽他们在实验楼教室那边,我们一会儿跑到那边偷偷走了呗?跑完估计不点名。"王潞安放下手机说。

"嗯。"

两人到了那个岔口,刚准备趁体育老师没注意这头时跑路,身后传来一句淡淡的话:"去哪儿?"

喻繁刚要回头,王潞安已经先一步回应了。

"实验楼,这个!"王潞安对陈景深比了个手势,笑笑道,"学霸,一会儿要是点名,就帮帮忙,跟体育老师说我们去校医室了。"

前段时间大家上体育课都赶着抢球场,入了夏,篮球场瞬间空了一半。

谁也不想带一身汗回教室上课,体育课就都去实验楼教室休息会儿。

王潞安扔出一张牌,用余光瞥到旁边坐着玩手机的某人嘴里叼着什么,顺口道:"喻繁,给我也来一……你这是啥??"

"戒烟糖。"喻繁换了一下嘴里糖果的位置,含混地说。

喻繁买的戒烟糖长得有些特别,棒棒糖造型,糖果棍子设计成了烟的样子,王潞安一眼看过去还以为是烟。

"什么设计……"王潞安问,"你怎么突然要戒烟?"

"不想抽了就戒。"喻繁操控着贪吃蛇,懒懒道。

"放心吧,戒不了几天你就受不了了!"左宽看着自己的牌,忽然想到什么,道,"对了喻繁,昨天你把情书退回来,我们班那女生都哭了。"

喻繁滑动手机,没说话。

左宽又道:"然后另一个女生就去安慰她,你知道那人怎么说的?"

喻繁没兴致,反倒是王潞安好奇地问:"怎么说的?"

"她说,"左宽自己先"扑哧"了一声,清了清嗓子道,"别哭了,喻繁不答应也好,他长这么凶,又天天跟人不对付,没准以后还欺负女朋友呢。"

喻繁:"……"

王潞安:"哈哈哈哈哈哈!!!"

喻繁伸脚就往王潞安椅脚上踹了一下,王潞安立刻收敛了,憋着笑摇头:"简直胡说八道!喻繁不可能欺负女朋友。"

这是重点吗?

喻繁有点想反驳,又不知道该怎么说,干脆冷着脸道:"滚,聊别的去,别扯我。"

"算了,困的人脾气差,你们别惹他。"朱旭嚼着口香糖道,"哎,你们知不知道,高三有个女生退学了。"

王潞安纳闷地看他一眼:"你怎么连高三的事都知道?"

"我听高三的体育生说的啊,这事在高三还传得挺热闹的。"朱旭道,"说是那女生对那男的有好感,结果那男的不拒绝也不接受,还到处跟别人说那女生不好的话……女生被他弄得都抑郁了,就退学了。"

喻繁正无聊地左右晃动嘴里的糖,闻言差点咬到舌头。

王潞安一拍大腿:"那男的不是妥妥的渣男吗?真给我们男生丢脸!"

朱旭:"是吧!听说那男的还经常骂那女生,真够坏的!"

"啊对对对!"

左宽:"就女的退学了?男的啥事没有?那也太便宜……"

"砰"的一声，教室后门被人推开，喻繁咬着糖棍儿下意识朝那边看去，随即微微一顿。

陈景深站在门口，轻微喘着气，一眼就扫到了他这儿。

其他人也被这动静震得愣了一下，见到是陈景深又松了一口气。

王潞安："学霸，你吓死我了，我还以为——"

"胡主任来了。"陈景深说。

下一刻，走廊外传来一阵急促的脚步声和一个熟悉的怒吼声："前面那个同学是谁！通风报信罪加一等！里面的都别想跑，我大老远就闻到教室里的烟味了！"

男生们瞬间把纸牌往天上一撒，立刻作鸟兽散。

他们全都齐齐朝窗户那儿跑去，桌椅被他们撞来撞去，剧烈的动静让空荡的实验楼跟地震了似的。

喻繁起身让出位置给他们逃，他回头刚想说什么，手腕猝不及防被人一把抓住，下一秒，他被人带着朝大开的窗户跑去——

喻繁怔怔看着陈景深的背影，含着糖含混不清地喊了一声："陈景深！"

陈景深头也没回："跳。"

"……"

身后传来胡庞一声："喻繁！"

喻繁一咬牙，稀里糊涂跟着陈景深一起跳出了窗外。

七八个男生四散开朝校园各处逃跑，胡庞和保安翻过窗户紧紧追击。见前面几个男生散开了，保安问胡庞："追谁啊？"

"追领头的！"胡庞跑得领带都在风里晃，"追喻繁！"

风声在耳边呜呜叫嚣，刚逃掉的体育课跑圈又还给了体育老师。

陈景深显然没有在学校里被老师追着跑的经验，喻繁被他抓着在实验楼后面的校道跑了一阵，很想说这条路没人，得往操场跑，混进人堆里死不认账就行。

喻繁偏头看了一眼。风把陈景深头发吹乱，他眉头微皱，洁白的校服领口向后飞，偶尔回头看一眼身后追他们的学校保安。

一点阳光晃进陈景深的眼睛里，像他昨晚在阳台上看了很久的月光。

喻繁闻着那股冷淡熟悉的薄荷香气,未知的情绪像爬山虎一样慢吞吞将心脏罩满,细细麻麻地传递到大脑,他毫无理由地、纯粹热烈地兴奋起来。

"陈景深。"喻繁在剧烈的心跳声中开口。

陈景深短暂地应了一句:"嗯。"

"你张嘴。"

陈景深皱了下眉,有些疑惑地看向他,然后只见喻繁拿出一颗糖,朝他这边塞了过来。

他下意识张嘴接了。

一点淡淡的甜味在嘴里漫开。

"我们谈谈。"喻繁的声音混在风里。

八

"戒烟糖?"

学校后门的保安室门口。

胡庞捏着那根棒棒糖棍子,眯眼看了一会儿,不太信任地问:"你们不会特地准备了个小道具,就等着我抓的时候用吧?"

喻繁倚墙站着,表情一瞬间有些无语,从口袋里掏出另一根没拆过的糖扔给他。

胡庞拿过来看了看,糖还真是这种奇葩设计,包装上还加粗大写着"戒烟神器"。

喻繁手上确实没烟味。

"既然是你的戒烟糖,怎么会在陈景深嘴里?"胡庞问。

"……我,"喻繁顿了下,含混不清道,"觉得好吃,给了他一根。"

"这糖是能随便给同学吃的吗?站直了,你这是青少年该有的体态吗?"胡庞双手背在身后,皱眉气道,"你没抽那你跑什么?"

胡庞一路追到了学校后门。

喻繁:"习惯了。"

"……"

胡庞深吸一口气,看向喻繁身边另一个站着的学生,表情在一秒之间松懈许多:"景深哪,你怎么也在实验楼教室里?"

陈景深两手垂在身侧,垂着眼不知道在想什么,过了一会儿才反应过来是在问自己。

他抬头刚要开口。

"我叫他过来的。"喻繁懒洋洋地接话。

胡庞瞪他一眼,继续看向陈景深:"没碰什么学生不该碰的东西吧?"

"他没。"喻繁说。

胡庞又轻声细语地问:"那你刚才怎么也跟着他们跑啦?"

"我抓着他跑的。"喻繁说。

"问你了吗?我以前怎么没发现你的话这么多呢??"胡庞忍无可忍,转过头来骂,"那你说说,你拽别人干什么?"

喻繁闭眼瞎编:"他站我旁边,顺手就拽了。"

胡庞气笑了:"这么能顺手,你放学怎么不顺手把他拽回家呢?"

胡庞还想骂几句,想想还是算了,拧开手里的保温杯喝了口热茶,开始盘问刚才教室里都有谁。

结果直到下课铃响,他都没问出一个名字来。

喻繁一如既往地闷声不吭,陈景深则是"没看清""不认识""不记得",气得胡庞直大喘气,挥挥手让他俩赶紧滚回去准备下一节课。

下课时间到了,学校又短暂地热闹起来,教学楼走廊熙熙攘攘挤满了学生。

喻繁闷头朝教室走,他走得有点快,迎面而来的同学都下意识给他让了让。

"跑的时候跟我说什么了,没听清。"快到教室的时候,身后忽然传来一句。

"……"

薄薄的校服 T 恤能掩盖的不多,陈景深明显感觉到他同桌的肩膀僵了一下,脚步变慢,走姿都不自在起来。

然后过了几秒,喻繁才冷冰冰地回他一句:"没听清拉倒。"

陈景深跟他肩抵肩,淡声提醒:"好像说要跟我谈谈。"

"……"

你这不是听见了吗?

王潞安看到他俩回教室,半边身子伸出教室外,张嘴叫了一声:"喻繁——"

只叫了声名字,就见他兄弟低着脑袋风似的冲进教室,速度快得让人根本看不清他的脸。

王潞安目送他回到座位,半响才愣愣地回头,问跟在喻繁身后的人:"学霸,他怎么了,胖虎给你们处分了?"

陈景深说:"没。"

"那他……"

陈景深表情冷淡地从他身边走了过去,回到了自己的座位上。

王潞安:"……"

下节课是语文,喻繁盯着语文试卷上面的阅读理解,一个字都没理解。他手肘撑在两张课桌中间支着脑袋,面向窗外,偷偷地闭了闭眼,整张脸皱了起来。

没一会儿,他转了转脑袋,从手掌里露出一只眼睛去看身边的人。

陈景深正在卷子上记注解。陈景深做笔记的字迹很潦草,连笔随意凌乱,其实他做作业和卷子时字迹也没那么整齐,只有在写作文的时候……

喻繁打住念头,脑子乱糟糟地盯着陈景深的手,目不转睛地看他停下笔,手往上挪了下,笔尖平移到了试卷顶端的空白处,字迹突然工整平稳——

我们谈什么?

喻繁收回脑袋。

喻繁这一天都没心思好好听课,王潞安和左宽来问胡庞的事情他也懒得多说,更没再和他同桌说过话。

但他同桌非常有耐心。

上午最后一节课,他把头埋在课桌下看热血漫画,手机振了一下,顶上弹出一条消息。陈景深:我们谈什么?

喻繁猛地一抬头,正好看到他同桌把手机放进抽屉,一脸冷淡地继续听讲。

喻繁直接给他的对话框点了免打扰。

中午吃饭,他吃面的时候觉得手闲,顺手点开《贪吃蛇》软件,看到他积分排名第一的好友头像是只杜宾犬,玩家名:我们谈什么。

王潞安吃得正香,旁边人忽然惊天动地地咳了起来。

下午最后一节是自习课,喻繁实在不知道干什么,只能拿出数学卷子来做,然后被最后几道大题卡住了。

他来回看了两遍题目,然后下意识把试卷往旁边一挪,皱着眉习惯性地叫了一声:"陈景深……"

喻繁声音戛然而止,他回过神,没敢抬头看人,立刻往回抽自己的数学卷子。

陈景深单手按着,他没抽出来。

"……"

电光石火间,教室门被人推开。

"大家停一下,有个临时通知——晚上七点,学校组织在操场看电影,住校生和走读生都要过来。"庄访琴看了一眼腕表,道,"今晚有领导要来一起看,所以学校的操场和主席台、看台都要打扫一下,每个班级负责一个区域,我们班负责左边看台前面那一块,现在要派三个同学领工具跟我过去,有没有同学自告奋——"

"我!"椅子发出后挪的声音,有人猛地站了起来。

全班同学下意识往后看,然后集体愣住。

庄访琴看清站起来的人后也怔了一下,半晌,她又补充:"想趁机逃课的收收心思。"

"没想逃,"喻繁松开自己的卷子,"我去扫。"

庄访琴犹豫了一下，又道："那还差两个。"

话音刚落，班长和劳动委员就默契地同时起了身。庄访琴满意地指了指教室后面："行，你们拿三把扫把跟我下楼……喻繁！你有路不走跳什么窗？？你找骂是吧？！"

喻繁一声不吭地拿起三把扫把，头也不回地率先下楼。

庄访琴还是不放心，匆匆扔下一句"继续自习"就跟了下去。

陈景深收回视线，沉默地转了一下笔。

半晌，他把刚才被喻繁伸过来的那张卷子，连同喻繁那破破烂烂的草稿本一块拿了过来，低头写起了详细的解题过程。

庄访琴起初以为喻繁不是想逃课就是想偷懒。

没想到三个人里就他最勤快，从下楼到现在扫把没停过，眼睛一直盯着地上看。

庄访琴没吝啬夸奖："不错，挺干净。看来你以后不该去捡垃圾，该去当环卫工人，你有这天赋。"

喻繁头也没抬："谢谢，会考虑。"

庄访琴笑着敲了一下他脑袋："行了，我还有个小会议要开，你好好扫，晚上记得准时过来看电影，要点名的。"

学校这个通知下得比较晚，他们下楼打扫的时候差不多就放学了。

庄访琴倒霉，抽到的清洁区域全年级最大。他们打扫完时已是黄昏，校道上也只剩下稀稀拉拉一点人。

打扫完还要等学生会的人来检查成果后才能走。喻繁干脆往看台一坐，将扫把随便搁在身边，驼着腰背懒洋洋地靠在后面的台阶上等人。

黄昏时分，天上燃着火烧云，泼墨似的染红一片。喻繁盯着那几团云块看了一会儿，直到身边传来窸窣声响。

他毫无防备地扭头，跟陈景深撞上视线。

喻繁手撑了一下，刚想起身走人，一瓶冒着凉气的瓶装可乐被递到他面前。

"老师让我来送喝的。"陈景深在他身边坐下，淡淡道，"没绿豆冰沙了。"

"……"

喻繁扫了快半小时的地，没看见水还好，一看就觉得嗓子干。

他警惕地往别处看了看，班长和劳动委员坐在他下面两个台阶，手上也都拿着一瓶可乐。

看来这确实是访琴让送的。

喻繁"哦"了一声，接过可乐猛灌了几口，冰凉的液体从喉咙滚过，人瞬间清爽不少。

所以当他撇下眼，不经意看到露出的塑料瓶上好像写了什么时，他一下没能反应过来。

喻繁举起瓶子在眼前看了一眼，只能看到黑色模糊的一行字。

这是什么东西？可乐的活动？买一送一？他中奖了？

喻繁仰头又闷了一大口，再次高举可乐瓶，借着天边火红色的光，看清塑料瓶上被人用黑色粗笔写下的字——

我们谈什么？

喻繁："……"

塑料瓶子被用力一捏，骤然瘪了下去，可怜兮兮地响了好几声。

陈景深半垂的眼睛眨了一下，已经做好身边的人扔瓶子走人的准备。

下一秒，他的衣领被人抓过去，他微愣地抬起眼——

"陈景深，你有完没完？"

陈景深那点愣怔很快消失，垂下头不说话。

喻繁用余光瞥见什么，当即转头骂："下面那男的，对，就是你，你在学校都乱丢垃圾是吧？看没看到地上多干净啊？你也有脸丢？捡起来扔垃圾桶！"

那同学吓了一跳，马上捡起自己扔的塑料袋屁滚尿流地跑了。

喻繁一路盯着他跑出校门，这才满脸暴躁地回过头。

然后他看到陈景深偏着头，肩膀难忍地颤了两下。

喻繁一愣。他手里还抓着陈景深的衣领，没带什么力气地扯了一下，凶狠地问："陈景深，你笑什么？？"

陈景深抿唇转过脸来，又偏开，看起来忍得有些辛苦。

在喻繁又要发作之前，陈景深终于开了口："因为高兴。"

"喻繁，我第一次尝试和别人交朋友。"陈景深说，"你愿意接受我，我很高兴。"

"砰！"喻繁感觉自己脑子一下就炸开了。

他抓着陈景深衣领的手慢慢、慢慢地松开，肩膀一点点松弛下去，脑子"嗡嗡"地响了一阵，过了好久好久，才从嗓子里虚虚地挤出一句："哦……哦。"

★第二章★
他的神会保佑他

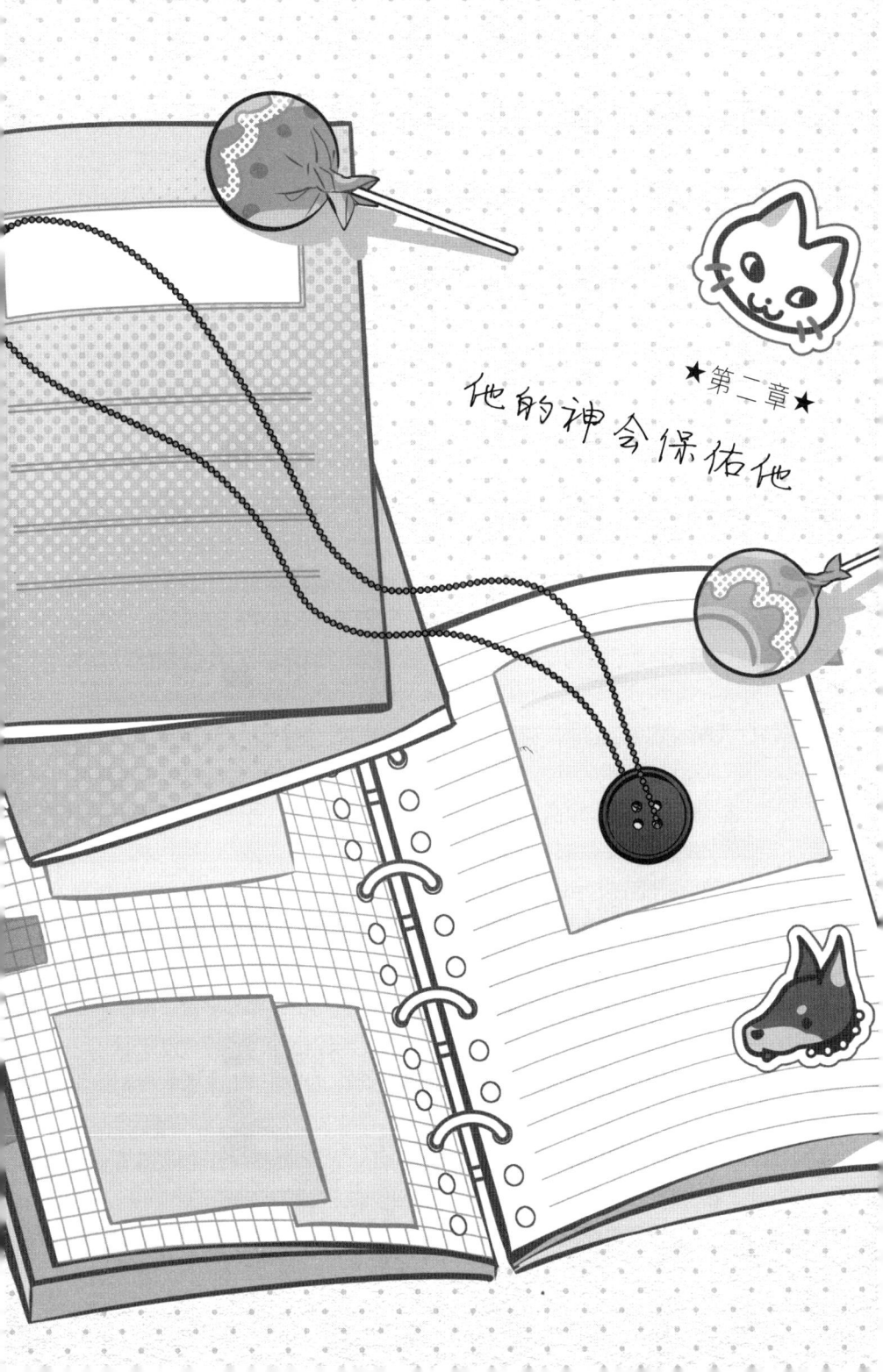

九

下午放学时间,学校广播站会放一些青春温暖的歌曲。

某个音响就被置放在看台旁,经过的学生说话都得大声点。

这会儿广播里正在放《夏天的风》。

唱到"我看见你酷酷的笑容也有腼腆的时候",劳动委员忍不住第N次回头,去看坐在她后面几个台阶的人。

"班长,真、真的没事吗?"她声音颤抖,"喻繁还拎着陈景深的衣领呢……"

班长高石敞腿坐着,抬手抹了把汗:"没事,他们关系很好的。"

"啊?但喻繁脸很红,表情也好凶……"

"肯定是热的,他刚才打扫得这么卖力。"高石笑了一下,"你看吧,我之前跟你说过,喻繁其实人很好,你还不信。"

劳动委员还想再说什么,忽然看到陈景深偏过脸笑起来。

劳动委员怔怔地看了一会儿,看得心跳都加速了,直到喻繁凶狠霸道地去骂看台下乱丢垃圾的学生,她才猛地回神,转回身子来。

"他们在说什么啊?学霸居然都笑了。"高石也回头看了一眼,几秒后又道,"学霸笑得真好看,就是平时不爱笑,是吧?"

"是吧……"劳动委员眨眨眼说,"不知道,我也听不见。音乐声太大了。"

一首歌放完,学生会的人终于来了。几个人抬头便对上看台上那张阎王脸,忙低头在本子上连连打钩,通知他们过关了可以走了。

"行了,把扫把给我,我拿回教室,你们直接回去吧,晚上还要来。"高石起身拍了拍屁股上的灰。

劳动委员摇头:"不用,我也要回教室拿作业,晚上就不用带书包过来装东西了。"

"也是,那喻繁,你也跟我们回教室?"

"不用,他的作业我带了。"陈景深起身,"那我们回去了。"

喻繁:"……"

这个时间点学校已经没有多少学生了。有些学生是值日到现在才走的,单独一人步履匆匆;有些刚跟同学打完球,几个男生你推我我推你地往校门口走。

喻繁双手揣兜头也不转地朝前走,他脑袋里还在咕噜咕噜冒泡,对自己刚才说出来的话感到后知后觉的羞耻,脚步也就不自觉快了很多。

直到他被前面两个走得慢悠悠的人挡住了脚步。

学校的自动浇水装置定时开启,旁边半条校道没法走,喻繁只能被迫跟在他们后面。艰难地挪了一段路后,他终于有点儿忍不住了,不爽地蹙起眉刚要开口——

手背倏地被碰了一下。

喻繁一顿,低头看下去,看到了自己的物理练习册。

"数学卷子也夹在里面了。今晚学校组织活动,后天收。"陈景深说。

陈景深看着他低头半天没说话,道:"怎么了?"

喻繁木着脸把作业囫囵卷起拎手上,硬邦邦地说:"没怎么。"

快到校门口,旁边的校道终于宽敞起来,喻繁刚准备绕开前面两人走,衣服忽然被人扯了一下。

"今晚看电影你来吗?"陈景深问。

看电影是当地教育局安排的任务,学校每学期都要组织一次,看的都是正能量电影。

他们学校为了不占用学生的上课时间,都选在晚上看。就在操场拉个大幕布,学生们搬自己的椅子下楼坐。学校管得不严,黑漆漆的也管不着纪律。

庄访琴每次都用点名吓唬喻繁,喻繁很经吓,每次都没去。

"来吧。"喻繁含糊地应一句。

他感觉到陈景深好像看了他一眼,过了半响才回应:"好。"

喻繁回家后把喝空了的可乐瓶扔进抽屉,进浴室冲了很久的澡。

凉水砸在头顶再缓缓流到脚边,喻繁憋着气在水里站了半天,直到快窒息时才向前一步抽身,随即往前倾了倾,脑袋直接给浴室墙壁来了一下。

然后他干脆就把脑袋抵在墙上,低头用力地揉脸。

电影晚上七点开始,中间并没给学生留多少时间。喻繁冲个澡出来,换上衣服直接就能去学校。

他到学校时将近晚上七点,高石已经在班级门口组织同学搬椅子下楼了。

因为不上晚自习,没那么讲纪律,左宽直接到他们班里坐着,等着跟王潞安一块儿下去。

喻繁进教室第一反应就是去看自己同桌的座位,空荡荡的,没人。

"喻繁?我以为你不来呢。"见到他,左宽一愣,"你嘴唇怎么白白的。"

"没。"喻繁问,"要下楼了?"

"等会儿,不着急,现在楼道里全是人,下去要挤半天,我们等他们走光了再下去。"王潞安非常有经验地说。

喻繁"嗯"了一声,懒散地坐到自己座位上,拿起笔随便转了两圈,然后装作不经意地问:"陈景深没来?"

"没呢吧,我没见着。"王潞安说完,用余光瞥见什么,仰头往窗外叫了一声:"朱旭!"

外头的人停下脚步:"干啥呀?"

"你干啥?"王潞安问,"你看个电影搬两张椅子?怎么,你屁股大?"

"王潞安,你是不是木头脑子?"章娴静正在他面前玩手机,闻言回头道,"人家一看就是帮别人搬的。"

王潞安:"……"

朱旭一个肌肉壮硕的体育生害羞地笑了一下,扔下一句"走了啊",提着两张椅子就挤进了楼梯间的人堆里。

王潞安嘀咕:"我们这儿就三层楼,一张椅子而已,不至于吧?"

"你懂什么。"章娴静翻他一个白眼,起身把手机扔进兜里:"婷宝,走,我们下楼。"

左宽倏地站起身,一脸跩样地说:"你这胳膊提得动椅子啊?算了,我帮你——"

章娴静单手提起椅子,用"你在说什么胡话"的眼神看了他一眼。

左宽:"……"

走廊陆陆续续又经过很多人,喻繁干坐着发了会儿呆,最后还是拿出手机发了条消息。

喻繁:你人呢?

班里很快走得只剩他们三个人,楼道那边的动静也小了一点。

操场很快传来调试播放设备的声音,王潞安收起手机跳下桌子:"我们也走吧,再迟了要挨访琴骂。"

喻繁看了一眼干干净净的手机屏幕,刚想让他们先下去,手心忽然"嗡"的一下,一条消息跳进来。

陈景深:操场。去教室路上被物理老师叫住了。

左宽抱着自己的椅子走了两步,腿忽然被人用椅脚顶了一下。他回头:"干吗?"

"你不是喜欢搬椅子?"王潞安说,"来,你帮我搬下去吧,我允许了。"

"我直接把你人连椅子从三楼扔下去!"

"重女轻男的东西!"

两人你一句我一句对骂了半天,身后的人等不耐烦了:"走不走?不走让开。"

"喻繁你评评理,他是不是重女轻……"王潞安回头,顿住。

"我才没……"左宽回头,也瞬间顿住。

晚上七点,天已经完全暗下来。

高中三个年级的学生全都挤在操场上,每个人都挨得很近,小话也就变多起来。胡庞用麦克风维持了好几遍纪律,还是闹哄哄的。

"我知道有些学生不喜欢参加集训,但你还是再考虑考虑啊。"讲了十来分钟,物理老师终于说出结束语。

"好。"陈景深说。

道别了老师,陈景深看了眼自己班级的队列,没看到想找的人。

他看了眼手机,没消息,于是打算回教室找人顺便搬椅子。可当他一转身,人便又顿在原地。

操场目前只能依靠路灯和幕布上微弱的光照亮。半明半暗里,他同桌拎着两把椅子,没什么表情地朝他走来。

喻繁把椅子往他面前的地板上一撑,还没说话,王潞安就抢在前面开了口:"学霸,你手没劲儿提不起椅子就跟我说呀!下次找我,我给你搬椅子下来!"

陈景深:"……"

他扫了自己同桌一眼,他同桌飞快地撇开视线。

陈景深收下椅子,淡淡说了句:"好。"

因为空间拥挤,他们班和六班、八班几乎挨在一起。

校领导都坐前头,加上是课外活动,老师对后排都是睁一只眼,闭一只眼。

电影是很多年前的老片子,内容严肃板正,没多少人在认真看。最后几排男生的椅子摆得乱七八糟,坐成一团明目张胆聊天打诨,鲜活热闹。

八班另一个体育生道:"哎哟,你们之前没下来,不知道朱旭有多恶心!"

朱旭旁边的女生闻言瞬间红了脸,朱旭捂着她耳朵笑道:"你们别说啦!"

"多恶心?快说快说!"王潞安迫不及待地问。

"朱旭不是帮她搬椅子下来吗?她就说'谢谢旭'。"

"哕!!!"左宽笑吐了。

"哈哈哈还有,朱旭说——嗯……不客气,这是我该做的。"

"哈哈哈哈哈哈!!!"王潞安笑声大到庄访琴的高跟鞋都快从第一排飞过来了。

直到庄访琴对后排的吵闹声忍无可忍，从前面带着冲天杀气过来时，大家才安静下来。

电影进度过半，男生们终于闹累了。

没过多久，一些人开始隐隐有些按捺不住，趁老师不注意时偷偷溜出操场。一半是成群结队溜出去玩的，还有一半……

坐在最后一排的人视野极好，哪些人走、怎么走都能看得一清二楚。

最开始有人偷偷跑走的时候，有捣乱吹口哨的声音。

喻繁眨了一下眼，没吭声。

紧接着又有人低头快步离开。

喻繁趁电影画面暗下来时偷偷往身边瞄了一眼，又很快收回来。

…………

朱旭起身偷溜时，左宽忍不住了。

他靠在椅背上晃椅子，嘴里乱骂："实验楼这会儿都要被占完了吧？我都替胖虎生气！"

确实。

喻繁没明白，他以前怎么没发现他们学校有这么多爱偷偷溜走的人啊？？

又过了一会儿，高石和班里那个平时冷淡不爱理人的化学课代表从他和陈景深旁边蹿了过去。

喻繁："……"

他一直盯着高石离开操场，直到看不见人了才缓缓把脑袋转回来，却在中途跟陈景深撞上了视线。

幕布的光映在陈景深脸上，把他五官描得棱角分明。

陈景深沉默地朝他挑了一下眉，具体意思是：我们？

喻繁冷冷地绷起眼皮，具体意思是：闭嘴，不可能。

陈景深眉眼垂下来，重新看向幕布。过了半晌他才道："知道了。"

喻繁刚要低头继续玩手机，身边人淡淡道："被看到影响不好，我知道。没关系。"

喻繁："……"

电影正放映到精彩片段,枪炮声不断,临时搬来的音响质量不好,这么一轰有点炸耳朵。

陈景深被吵得皱了一下眉,手臂忽然被人用手肘狠狠一戳。

他转过头,看到喻繁臭着脸,咬牙切齿地低声说:"五分钟后到实验楼一楼来!"

喻繁说完起身,临走之前又想到什么,便再次低下头,咬牙切齿地说:

"你……走得自然一点!别被人看出来!"

陈景深说:"好。"

然后他就目送着喻繁身子僵硬、同手同脚地朝实验楼去了。

十

喻繁走了几步才把手脚协调回来。

虽然他没怎么参与男生们的聊天,但男生们潜意识里都把他当作兄弟堆里的主心骨。所以他一起身,所有人都齐刷刷地抬头看他。

"干吗去啊?"王潞安问。

喻繁脚步顿了下,面不改色:"买吃的。"

"哦?那一起……"左宽当即就要站起来。

喻繁单手就把他按回到座位上,懒懒道:"别跟来。"

左宽盯着喻繁酷跩中带点僵硬的背影,道:"还不让人跟着去,他是不是怕我蹭他吃的。"

"你胡说,喻繁没那么小气。"王潞安说。

"开个玩笑嘛,"左宽环顾四周,"啧"了一声,"喻繁就站起来一下,怎么好多女生盯他看。"

王潞安和喻繁待在一起的时间多了,早习以为常。喻繁的脸加上身上那股别人没有的冷炭感,让他不论在校内还是校外,回头率都很高。

谈不上心动或者喜欢,但大家就是会下意识被这样的少年吸引。

大家平时都只敢偷瞄,这会儿乌漆麻黑的,可不得放开了瞧?

他撞了一下左宽的肩膀,刚想叫他来玩手游,旁边又一个高挑的身影起来出去了。

于是王潞安又问:"去哪儿啊学霸?"

"厕所。"陈景深说。

周围又有好多人跟着陈景深的身影一块转动小脑袋。左宽看了一会儿,忍不住收回视线问:"你说我现在起身走人,会不会也有那么多人看我?"

王潞安指了指前面:"看到那块幕布没?"

左宽:"我瞎?"

"你现在一头撞上去,或许会有那么多人看你。"

"……"

实验楼平时晚上每层都会亮几盏灯,但今天因为学生们都要下楼看电影,就只剩了楼梯间一盏灯。所以,现在的实验楼就是漆黑里面混了点昏暗的黄,多少有点儿阴森。

喻繁双手抱臂,没什么表情地倚在某根柱子上,第六次拿起手机看时间,还差两分钟陈景深才来。

喻繁正准备第七次看时间,就看到一个高瘦的人影从操场走过来。其实周围环境黑得他根本看不清对方的衣服或脸,但他几乎在一瞬间就确定了那是陈景深。

待人走到自己面前,喻繁便不爽地开口:"我不是让你自然点吗?"

"哪儿不自然了。"陈景深说。

"你走得比平时快。"喻繁评价,"手也摆得比平时高。"

陈景深无言几秒,点头:"我下次注意。"

"……"

喻繁转身朝实验楼里走。

"实验楼教室一直这么热闹?"陈景深问。

喻繁怕王潞安给他打电话,低头回了两条消息,顺口说:"谁知道……"

王潞安太啰唆,喻繁应付了几句,忽然想到什么,头也不抬地边敲字边叫:"陈景深。"

"嗯。"

"物理老师找你干什么？"

"没什么，集训的事。"

喻繁想起邀请陈景深一块住宿的那个男生，敲字动作顿了一下，过了几秒才说："哦，什么时候去？"

"不去了。"

喻繁一愣，下意识抬起头来，才发现陈景深已经站到他面前，半垂着眼看着他。

喻繁："为什么？"

陈景深本来想逗逗他，又不想浪费时间，于是如实道："本来就没打算去。以前参加团体活动出过事，就没参加过了。"

"什么事？"

陈景深看着他想了一下，轻描淡写道："被人欺负过。"

喻繁一下就坐直了，脸色瞬间沉下来："什么时候？在哪里？谁？怎么欺负的？你欺负回去没有？"

陈景深有点想笑，又收了回去，淡淡道："小时候参加的夏令营。没欺负回去，不过有人替我出了头。"

喻繁的表情随着他的声音变化，听到"没欺负回去"先暴躁起来，听到后面就又慢吞吞垂下肩去。

"你小时候怎么这么差，还要别人给你出头。"喻繁冷漠地评价道。

陈景深道："是吧。"

"那你后来怎么不……"

陈景深和他商量道："能以后再批评吗？"

喻繁把王潞安和左宽的消息都屏蔽掉，手机扔一边，才抬起眼来冷漠地应了一句："……哦。"

两人走到一个教室门口，还没来得及进去，一束手电筒的光忽然从教室门顶上的玻璃扫了过来，晃了一下又瞬间消失。

下一刻，左宽的大嗓门从楼底下清晰地传过来——

"朱旭……实验楼的兄弟姐妹们快跑啊！！！胖……胡主任今晚

'钓鱼执法'呢！！！马上杀上楼啦！！！哎哎哎主任，我错了我错了，你别拧耳朵……"

一阵兵荒马乱。

看似诡异阴森的实验楼忽然拥出不少人，一部分跑楼梯，一部分跑安全通道，遇到冲上来抓人的学校保安又飞快折身。

喻繁抓着陈景深从一楼教室窗户翻出去的时候还有点恍惚。这是什么鬼打墙，他今早不是才跟陈景深从这儿翻出去？

他们有经验，动作快，虽然在五楼，但比其他人都先一步翻墙出来。

实验楼闹哄哄的。

电影终于散场，同学们拖着椅子回教学楼，场面颇为壮观。

前面的楼梯拥堵得进不去人，某些同学就会绕一圈从教学楼后面的楼梯上去。

"喻繁和学霸到底去哪儿了？"

"不知道。哎，你说他们是不是故意的？故意跑路，让我们帮他们搬椅子。"左宽烦躁道，"胖虎刚捏我耳朵那一下也太重了，现在还有点儿疼。"

…………

十一

胡庞的巡楼计划被左宽一嗓门喊凉，虽拯救了大半早退的同学，让他从此在南城七中有了"侠"的称号，但也为此付出了代价。胡庞把他这段时间的违规全清算了一遍，记了他一个小过，还勒令他写三千字的检讨，让他在下周的升旗仪式上念。

于是周一，左宽那故意拖长的音调响彻学校——

"……所以我检讨，我不该逃课，更不该在胡主任抓人时大喊大叫，"洋洋洒洒念了两千多字，左宽眨眨眼，话锋一转，"但我觉得胡主任也不该捏我耳朵，那样拧说实话挺疼的，也让我很没面子。我本来还幻想过去打耳洞的，最后也没去成——"

音响发出一道短促尖锐的杂音，然后左宽话筒被关了。胡庞一摸头顶，气势汹汹地冲上了主席台。

胡庞教书多年，嗓音浑厚，不用麦克风都能让台下学生听见他的声音："你一大男生打什么耳洞？是不是想记大过你？？"

左宽："拜托！男生打才更酷啊！"

主席台下犯困摸鱼的学生们都愣了一下，随即发出一阵爆笑。

王潞安笑得前俯后仰："他怎么这么搞笑。他是真要打耳洞还是故意说来气胖虎啊？"

喻繁低着脑袋打了个哈欠，浑身都散发着浓浓的困意："不知道。"

"哎，你是没看到当时的情况，太好笑了。左宽见你一直没回来，就想去找你，结果我俩刚溜出操场就看到胖虎带着人鬼鬼祟祟往实验楼走。左宽一看情况不对，抢在胖虎上楼前吼了一嗓子，直接把胖虎吓得抖了一下，哈哈哈哈！"

说起那天的事，王潞安又想起什么，问道："不过你那晚到底去哪儿了？我和左宽在教室等了半天都没见你回来，听朱旭说你和学霸在一块儿？"

喻繁："随便溜达了会儿，后来散了就回家了。"

"哦，那可惜了，没看见那精彩的一幕。"王潞安说完就把脑袋转了回去。

三个年级的学生都聚在操场上，站着自然挤，两个人之间基本只有半步的距离。

喻繁闻着后面浅淡的薄荷味，慢吞吞地想，一般吧。

肩膀冷不防被拍了一下，喻繁抬起眼皮，转头时下意识先看了一眼身后的人，对上陈景深的视线后顿了顿，才偏过脑袋去看给了他一巴掌的庄访琴。

"站直了，你看你这姿势像什么样？把手从兜里拿出来。"庄访琴拧着眉小声道，"你就不能学学人家陈景深？"

庄访琴说完已经做好了被顶嘴的准备，没想到喻繁沉默了下，撇回脸，懒洋洋地站直了。

她正愣着,八班班主任朝她这边靠了靠:"行了庄老师,喻繁最近表现多好啊,站歪点就歪点吧,比我班里那个站到主席台上的人强多了。"
　　庄访琴笑了一下:"听说左宽上周把胡主任吓了一跳?"
　　两人小声地聊起来。对方耸耸肩,道:"谁知道呢,我也不在现场。对了,听说主任那晚抓了两对早恋的,有你们班的吗?"
　　庄访琴说:"没。"
　　"我们班也没有。"
　　升旗结束,队伍解散。回到教室,所有人的目光都放到黑板和物理老师身上,喻繁手臂忽然被笔杵了一下,他看过去,他同桌夹着笔的手指下按着什么东西,一言不发地推到他的课桌边缘。
　　手松开,露出底下的小字条。
　　喻繁面无表情地蒙了一下。
　　他盯着那张边角折得整整齐齐的字条看了一会儿,又抬头看他同桌那张冷淡的脸,反复三次后,才把那张小字条拿到手里。
　　喻繁绷着脸拆开字条。

　　　　周末一起去看电影?

　　陈景深正低头记错题,字条短暂地在空中飞了一下,砸在他拇指上,又掉到他笔尖旁。
　　他拆开,一张干干净净的字条已经被喻繁霍霍得不成样——

　　　　就坐旁边传什么字条,你没长嘴?

　　他写完后又粗鲁地划掉,只是没划干净,勉强能辨认。

　　　　别给我传字条。同上。
　　　　看什么电影?同上。

— 055

到了最后，无数道乱七八糟的划痕下面，只剩一个又草又乱的——

哦。

这几日南城气温直逼四十摄氏度。喻繁睡觉时不爱开风扇，醒来时额头都会出点薄汗。

于是到了周六中午，喻繁睡醒后先去洗了个澡，然后擦着头发站在书桌前翻手机消息。

微信讨论组一如既往聊了很多，他点开就看到王潞安在跟别人对答案。

期末考试定在下个月七号，他们昨天刚考完这学期的最后一次月考。

王潞安：什么？第七道选择题选C？我不信！@陈景深 学霸你可要为我做主啊！！

章娴静：你觉得学霸可能理你吗？

章娴静：放弃吧你，我刚问婷宝了，她跟我一样选C。

王潞安：@喻繁 喻繁你选的什么？

朱旭：……有生之年居然能看到别人问喻繁考试选什么答案。

左宽：你们这群七班的差不多得了，学个屁的习，群里的风气都要被你们带坏了。出来打台球。@所有人

陈景深：C。

看到陈景深的头像出现在群里，喻繁擦头发的动作慢了点。下一秒，他微信里跳出一条私聊消息。

陈景深：看这场？

然后他发来一张图片。

喻繁点开看了一眼电影的开场时间，连影片名都没仔细看就回了个"哦"。

在跟陈景深商量好碰面时间后，喻繁扔开毛巾，去阳台上坐着晾头发。

把头发晾干，喻繁进了屋，在他空得可怜的衣柜里挑了套衣服，带

着口香糖出了门。

中午的公交车没什么人。喻繁独自坐在最后一排靠窗的位置,敞着腿玩手机。

他打开陈景深的对话框,又看了一下刚才没有细看的购票图。

电影下午三点开场,现在一点四十,差不多吧。他过去玩会儿《贪吃蛇》游戏,先把陈景深的最高纪录破了。

电影名叫《夏日、圆月和你》,今日首映,海报上是喻繁眼熟但叫不出名字的明星,应该还挺红的。

喻繁木着脸敲字:你想吃什么?爆米花还是酷薯。

电影票是陈景深买的,吃的当然由他来点。

陈景深:椰子鸡汤。

喻繁:我在里面给你摆一桌?

陈景深:看完去吃。

喻繁:……哦。

到站下车的时候,喻繁还在搜附近有椰子鸡汤的店铺。

他挑了一家好评最高的店,截了张屏,点开微信刚要发给陈景深,王潞安的电话忽然打进来了。

微信有语音功能,王潞安很少给他打正经电话。

喻繁眼皮跳了一下,停下进商场的脚步,接通——

"喻繁,你在哪儿啊?出大事儿了!!"王潞安嗓音又重又急,像喻繁当初被隔壁校的人堵了那样着急,"左宽被十来个人围台球馆了!!!"

陈景深出门之前,繁繁围着他转了无数个圈。

他手指钩着繁繁的项圈,把它往后挪了一点,坐到小花园的石椅上跟它商量:"晚点我叫阿姨来带你出去。"

繁繁显然不太愿意,朝着他可怜巴巴地低叫了两声。

"今天没空陪你。"陈景深拍拍它的脸,说,"乖点。"

安抚好狗,陈景深刚准备起身,手机忽然响了。

喻繁:有事去不了了,下次吧。

陈景深目光在屏幕上停留片刻,又坐了回去,打字:什么事?

057

对面敲敲打打，输入了快十分钟。

喻繁：楼上小妹妹自己在家，怕。

陈景深：下次是什么时候。

几分钟又过去了。

喻繁：除了今天以外都行。

陈景深：明天？

台球馆后面的老旧小公园里，二十几个男生闹作一团，场面混乱。

喻繁举着手机匆忙地回了个"好"字。

左宽今天约王潞安来台球馆打球，隔壁桌的人闲着无聊，约他玩两局。

左宽这人学习不行，不务正业的东西却都玩得很溜，对方连着输了他好多局，有些恼羞成怒，给钱的时候说了几句阴阳怪气的话。

左宽哪里咽得下这口气，张口就是一句"人菜瘾大"，想想又加了句"菜狗别叫"，最后再添一句"玩不起滚"。

一旁的王潞安见势不对，火速叫了人。

闹剧结束后，左宽跟将军凯旋似的，大手一挥，说要请所有人喝奶茶。

奶茶店里，左宽跷着二郎腿破口大骂："输到最后输不起了就说我犯规，嘴里阴阳怪气不干不净的，这我能忍他？"

"大哥，你看看情况行不行？我们当时就两个人！"王潞安说。

左宽无辜道："……那我能知道他外面坐了十几个兄弟？"

王潞安小腿被踹了一脚，现在还疼着，摆摆手道："算了，就当我自己倒霉，在这美好的周六看到了你在群里约球的消息。"

"……"

王潞安用余光一瞥，看到他身边另一个兄弟正坐着靠在墙上，冷脸捧着手机，不知道在发什么呆。

"喻繁，你伤到哪没？"王潞安问。

喻繁摇头。

台球馆那帮人就是靠人数撑场子，几乎没碰到他。非要说的话，脸一侧有点疼,也许是在哪儿不小心碰的。

"有镜子没?"喻繁瞥过眼问。

王潞安愣了一下:"没有,手机前置摄像头要不要?我给你举着。"

半分钟后,喻繁看着镜中的自己的脸,在心里骂了句脏话。

那明天还能去吗?

陈景深现在在干吗?看电影?还是把票退了?

看他脸色越来越沉,王潞安立刻安慰道:"没事,比起你前几次的伤不算什么,过一星期就好了。"

喻繁听得心烦,往后一靠:"闭嘴吧。"

喻繁从兜里掏出一块口香糖扔进嘴里使劲儿地嚼。

男生们互夸了一波刚才的精彩操作,然后话锋一转,开始讨论接下来去哪里玩。

正聊得高兴,朱旭的手机响了。他看了一眼来电显示,立刻紧张地对大家比了个"嘘"的手势。

"喂,怎么啦?"周围安静下来后,朱旭接通了电话,"我没干吗呀,为什么不回你消息……我刚才手机静音了,没听见,哎哎哎别生气,真没听见,我在哪儿?我在跟左宽他们上网呢……"

朱旭电话一挂,男生们全都笑出声来。

"你怎么还撒谎呢,直说呗,我们又没打输。"

"那不行。"朱旭悻悻道,"上次我为了帮喻繁,没考上试,我同桌差点跟我生气,还好后来补考了……哎,上学的时候你们可别在她面前提今天这事,不然我完了。"

其他人笑归笑,闻言都点点头让他放心,保证不提。

"也别跟陈景……"坐在角落的人忽然冷冰冰出声,话说到一半又改了口,"也别和我们班里的人说。"

大家循声看去,都是一怔。

"什么意思?你为什么不敢说?"王潞安不明白地问。

"不是不敢。"喻繁烦躁地拧了一下眉,"让你别说就别说。"

"嘶……那什么,喻繁,"坐在店门口的左宽愣了一下,晃晃手里的手机,说,"我是挺想保密的,但你说得有点晚了。"

"我一直在群里图文直播呢,主要是给章娴静她们看看,还问她们要不要过来等会儿一块儿去玩。"左宽轻咳一声,"不过你放心,我就在我们那个小群里说了,别的地方我——"

"学霸?"王潞安目光扫向店门口,惊讶地叫了一声。

喻繁嚼口香糖的动作一僵。不能吧?

过了好几秒,他才慢吞吞地把脑袋转向门口。

然后他跟陈景深对上视线。

陈景深沉默地立在店外,没什么表情地看了他一眼,然后很淡地垂眸,目光在他脸颊上扫过。

……喻繁脸上的疼痛好像瞬间放大了一点儿。

撒谎这件事对喻繁来说毫无负担。他自认是个没什么素养的人,说什么做什么全凭心情,庄访琴和胡庞都不知道听过他多少扯淡的话,就算对方不信或者直接拆穿他,喻繁也不会有什么情绪,典型的死猪不怕开水烫。

但此时此刻,一点莫名的心虚像潮水一样涌上来,泼得他脑子有点凉。

喻繁嘴唇动了下,又不知道说什么,于是半天没出声。

王潞安:"学霸,你怎么在这儿?喻繁叫你过来玩的?"

陈景深淡淡地收起视线。

"没,只是路过。"他说,"走了。"

目送着陈景深走出一段,王潞安怔怔道:"这都能路过,也太巧……"

一阵风"嗖"地从他脸前刮过,他还没反应过来,喻繁已经起身飞快地跟了出去,一下就没了影。

十二

喻繁在距离陈景深几步的位置慢了下来,闷声不语地跟在他身后走。

陈景深今天穿了简单干净的白色 T 恤,肩膀单薄宽阔,没了校服的约束感,背影看起来显得比在学校里时更随意自在。

陈景深走得不快，脸上也没什么表情。换个人可能觉得他和平时无异，刚才店里那么多人，就没人能看出什么。

但喻繁知道陈景深在生气。

说来神奇，一开始他只觉得陈景深的面瘫脸很欠揍。但认识久了，他发现能从陈景深同一个表情里看出别的情绪，冷的居多，他们单独在一起的时候，陈景深眼神才会松动一点。

想到陈景深刚才那一眼，喻繁低头"啧"了声，抬头薅了下头发。

陈景深在生气，而他目前没什么办法。

两个男生一前一后，始终隔着一段距离走着。

直到路口，陈景深拦了辆出租车，上车的时候往里挪了个位置。

喻繁福至心灵，跟着上了车。

路上，司机忍不住频频从后视镜中偷看。一是难得见到这么帅的男生，还是两个；二是很少有人结伴上车却一句话不说的。

喻繁盯着窗外思考了一路，直到听见陈景深跟门卫打招呼，把出租车放进小区时，喻繁才回过神来。

跟着陈景深下了车，喻繁盯着面前带空中花园的豪华别墅，差点没忍住脏话。

陈景深一进屋，趴着的繁繁就立刻坐了起来，兴奋地朝他"呜呜"叫。陈景深没理它，进屋把总开关开了，回头一看，才发现他刚留着的门还半掩着，外面的人没有进来。

陈景深返回去推门看了眼，没看到人，再转头，跟坐在他家旁边草坪上的人对上视线。

喻繁今天穿了一身黑，坐得很散漫，腿随意舒展着，正低头敲着手机。

感觉到他的视线，喻繁抬起脑袋来看他。

"进来。"陈景深说，"家里没人。"

喻繁下意识道："不是有监控？"

"遮住了。"

喻繁一进去就被狗吼了两声，繁繁似乎还认得他，狗脸看起来挺凶，尾巴却摇得很欢。喻繁没什么心情地薅了它一把就进了屋。

陈景深家里客厅摆了很多艺术品，整体色调跟陈景深房间一样偏灰，导致整间屋子看起来又大又空，有点冷清。

虽然在视频里看了很多次，但真正坐到陈景深房间里时，喻繁还是下意识环视了一遍。

房间一尘不染，每样家具都干净得像新的，就连床铺都整整齐齐。

喻繁的视线最后落到了房间的角落。

监视器已经被黑布完全遮挡住了，黑漆漆地立在房间角落，像随时会将人卷进去的黑洞。

喻繁坐在椅子上跟被遮挡的监视器对峙了几分钟，才拧着眉撇开眼。

陈景深什么意思，把他带进来后自己出去了？还回来吗？

喻繁正犹豫着要不要出去看一眼，兜里的手机"嗡"地响了一声，他刚在陈景深家门外发出去的消息终于有了回复——

喻繁：在不在？有事问你。

朱旭：在啊，怎么了？我刚在玩游戏。

朱旭：你去哪儿了？还回来吗，我们都去上网了。

喻繁：不回。

喻繁：你同桌生气的时候，你都怎么哄的？

朱旭：学霸怎么了？

喻繁：别问这么多。到底怎么哄的，能不能说？

朱旭：呃，这得看情况。是你做错事了还是……

喻繁：……我吧。

朱旭：那你就得辛苦点，认个错，一定要真诚！然后……

朱旭认认真真写了一百来字的建议，喻繁看了个开头就卡住了。

他僵坐在椅子上，一脸木然地盯着手机屏幕，觉得自己有点不认识字。

喻繁"野蛮生长"十七年，从来没跟谁认过错。

他反复看了两遍，确定朱旭说的这些事他都做不出来。他侧身坐着，手肘撑在椅背上，低头打字：有没有更好一点的办法……

还没发出去，"咔"的一声，房门开了。

喻繁立刻把手机扔进了口袋。

陈景深去而复返，手里拎着一个塑料盒子。

陈景深把塑料盒子连同手机一起随手放桌上，下一秒，他的手机忽然响了一声后亮起。

两人都下意识朝屏幕上瞥了一眼——

谢大厨椰子鸡：您好！本店当前叫号53桌，您的排号为58桌，请合理安排时间，不要错号哦。

陈景深把手机翻了个面，打开塑料盒子，露出里面满满当当的医药品。

他挑挑拣拣，找出棉签和生理盐水，放到喻繁面前。

喻繁下意识等了一会儿，旁边的人却没了动作，陈景深没什么表情地站着，看起来没有下一步的打算。

喻繁回过神，拧开盖子蘸了一点后就往脸上撑。他脑子里想的还是刚才看到的那条消息提示，力道重了点，棉签直直杵在伤口上，疼得他面无表情地抽了一下脸。

下一刻，棉签就被人拿了过去。

陈景深看了眼棉签，拧了下眉还没开口，椅子上的人就已经自己把脸抬了起来。

陈景深下颌线轻微绷着，垂下的目光始终落在他脸上，浑身看起来都冷，只有动作是轻的。

喻繁额头上还有一点前段时间留下的疤，现在又多了两块创可贴。陈景深想了一下，觉得这人出事的时间比没事的时间多。

陈景深目光往下掠了点儿，没说话，只是在药箱里又拨了拨，翻出一瓶暗红色的药酒来。

他把药酒弄了点在手上，手背撑着喻繁下巴往上抵了一点，直接按在他脖子下侧刚冒出来的一点青紫上。

喻繁那里不疼，陈景深碰了才有点感觉。擦药时要带点力道才能把药酒揉进去，喻繁觉得有点闷闷地疼。

差不多了，陈景深收起手，拿起药酒放回去，正考虑往撒谎的人脸上盖几张创可贴。

"陈景深。"旁边的人倏地叫了他一声。

陈景深动作顿住,终于抬起眼皮看他。

"左宽那傻子说话不过脑,打电话来的时候那边吵吵闹闹的,我没办法,不是故意放你鸽子。"喻繁顿了下,"我本来都到商城了。"

喻繁长这么大惹过不少人生气,哄人是头一回。

开了头就放开多了。陈景深没吭声,喻繁就靠过去:"现在过去吃饭好像还来得及……我请你。去不去?"

陈景深沉默地看了他一会儿,伸手把创可贴捧他脸上。扔下一句"算了",合上药盒出去了。

喻繁站在原地,抿唇抓了下头发,拿起手机发消息。

喻繁:你说的怎么没用?

朱旭:啊?

喻繁刚要再说两句,房门被推开,陈景深站在门边问他:"面吃不吃?"

喻繁:……等等,好像有点用。

朱旭:怎么样?是不是对你态度好点啦?

喻繁:嗯。

朱旭:那你就继续加把劲儿,努努力!加油!

家里有阿姨,陈景深没怎么下过厨,勉强能煮点面。淡淡的药酒味传过来,陈景深眼尾瞥过去,问拿着手机走到他旁边的人:"要辣椒吗?"

那人放下手机:"不要。"

"……"

吃完面,陈景深打电话让阿姨今天不用过来,又叫了家宠物店上门遛狗。

待他挂了电话,喻繁就靠在墙上开口道:"你让那人别上门了,我牵去遛。"

"要顺便送它去洗澡。"

喻繁站直后"哦"了一声。

陈景深没赶人,喻繁也没走。把繁繁交给上门遛狗的人,陈景深回房间写作业,默不作声地在旁边拉了张椅子。

喻繁坐下后,他又往旁边递了张卷子。

陈景深的书桌比喻繁那张要大很多，两人一起用完全不妨碍，手臂之间甚至还能隔出一段距离。

　　陈景深给的卷子比较难，喻繁没做几题就开始抓头发。他碰碰陈景深，对方便放下笔，扯过他卷子来看。

　　"会了没？"陈景深问。

　　喻繁的头枕在手臂上，被题目弄得满脸烦躁，皱着眉说："没，这是什么卷子？"

　　"……"

　　做完卷子的时候夜色已经完全沉下来。喻繁后靠在椅子上看手机消息，他一天没理人，手机已经炸了。

　　陈景深眼皮半垂，做卷子的时间里，除了讲题之外，没跟他说一句多余的话。

　　喻繁按灭手机，想凑过去说几句话。

　　陈景深脸一偏，让开了。

　　喻繁撑在椅背上的手顿了顿："你干吗？"

　　陈景深转了下笔，转头看他："这话该我问你。一天了，在干什么？"

　　"……"

　　喻繁怀疑地皱了下眉："我干什么你看不出来？"

　　"看不出来。"陈景深说。

　　"你是不是在生气？"

　　陈景深不置可否地看着他。

　　喻繁忍不住蹙眉："放你鸽子是我不对，但你是不是也太难消气了？"

　　陈景深放下笔，台灯的灯光照在他脸上，显得表情更冷淡了："以后不要再跟人起冲突了。"

　　"……还有创可贴吗？"

　　"抽屉里。"

　　喻繁拉开桌柜，拿出创可贴时随意往里扫了一眼。陈景深的抽屉也收拾得很干净，文具都分类摆放，一眼就能望到底。

　　喻繁视线在最里面的黑色本子上停留了一下。

一个看起来蛮旧的本子，没什么特别，会吸引他是因为本子里夹着的东西没放好，露出了一半，看起来是个长方形的字条，他隐约看到两个字。

两个什么字？

喻繁眯起眼看了半天，没看出来，这比他的字还丑。

"怎么了？"陈景深问。

"没。"喻繁没窥探别人隐私的爱好。他把抽屉关上："我回去了。"

陈景深家里是下沉式玄关，鞋柜上摆着喻繁叫不上名的花，香气幽微。喻繁低头穿鞋。

"那你今天说的话还算吗？"陈景深说，"明天看电影。"

喻繁愣了一下，才想起是自己在场面混乱时抽空答应的。

"算。"喻繁顿了顿，"这次我买票。"

陈景深说："好。"

喻繁穿好鞋，抬眼后揉了一下鼻子，道："我不会迟到了。"

陈景深原本半倚在墙上，闻言眨了下眼："好。"

忽然房门处传来一道尖锐的"嘀——"，两人均是一怔。

门被推开，季莲漪侧着身跟自己身后的司机叮嘱："行李放这儿就行。明天晚上九点来接我去机场，不要迟到，还有……"

她边说边回头，看清后声音瞬间停滞几秒："景深？你怎么站在这里？这是……喻繁？"

十三

季莲漪一个姿势保持了很久。

她身穿简单的真丝衬衫和白色西装裤，刚结束近半月的高强度工作并经历了十多个小时的飞行，但此刻看起来依旧体面光亮。

她看到喻繁面颊上的创可贴和那比家长会时更长的头发，眉毛不由得一皱，下意识的反感已经转变为严肃。

"你们干什么了？"良久，季莲漪问。

喻繁听见这话后才反应过来自己现在的表情有多僵硬。

他暗地里长松一口气,眉眼懒散地耷下来,换上比平时还吊儿郎当的表情:"就是找他拿点……"

"钱"字还没说出口,喻繁被人拉到身侧。

陈景深淡淡道:"他来找我写作业。"

"……"

季莲漪清楚喻繁是什么样的学生,表情登时更微妙了。

喻繁嘴唇刚动了动,只见季莲漪忽然松开眉,颔首:"这样。"

"这么晚了,也应该做完了吧。"她看向喻繁,"需要我让司机送你回去吗?"

喻繁单手抄进兜里:"不用。"

跟在季莲漪身后的司机安静地提着行李,在喻繁走到他面前时让了让身。对方擦着他的肩出去,头也不回地离开了。

"老吴,你也回去吧。"

"好的。"司机立刻把行李放下,"明晚九点我准时来接您。"

房门关上,季莲漪把手提包放到鞋柜上,顺手点开了家里铁门处的监控,边换鞋边看着喻繁离开。

陈景深收起目光,沉默地去拎起季莲漪的行李箱:"晚饭吃了吗?"

"在飞机上吃了一点。"季莲漪温声问,"你们真的没事?"

"没。"

季莲漪回想了一下两个男生刚才的神态,确实不像闹过冲突。她点点头,没再多问。

这段时间她忙着工作和办理离婚,是有点疏于对儿子的关心,才让他和喻繁这样的学生玩到了一起。

不过还好,忙完这阵也就好了。她在心里算了算,这学期只剩下十来天了,现在折腾转班的事也麻烦。

"那就行。"季莲漪道,"这几天怎么把家里的监控都遮上了。"

"不舒服。"陈景深淡淡道。

季莲漪沉默几秒,点点头:"你长大了,妈能理解,但我安监控不是为了监视你,是为了你的人身安全,你能明白吗?妈是为你好。"

陈景深垂眼看她,没有说话。

"以后别挡房外的监控。"季莲漪轻描淡写地下命令,将手轻轻搭在陈景深肩上,"妈去煮碗面吃,用不用给你煮一点?"

"不用。"

"好。明天我让阿姨过来给家里做个大扫除,顺便熬锅鸡汤,我晚上陪你吃了饭再走。"

回家路上,喻繁把一整盒口香糖都嚼完了。

他坐在公交车最后一排,面无表情地盯着窗外,脑子乱糟糟的,几分钟看一次手机,都没收到陈景深的回复。

直到回到家冲澡,放在盥洗台上的手机才慢悠悠地响了一声。喻繁手都没擦干就连忙去摸。

喻繁:你妈骂你了?

陈景深:没。

一个字,喻繁紧绷的神经骤然松懈。他的肩膀慢吞吞地垂下去,把手机往台上一扔,重新走回淋浴头下。

安下心来,喻繁才后知后觉,他已经很久没有这么心慌过了。

自从家里只剩他和喻凯明后,他对很多事情都是无所谓的态度。他孑然一身,无牵无挂,不怕别人怎么说,不怕承担什么后果。

但陈景深跟他不一样。

陈景深:明天看不了电影了。

心里刚卸下一桩事,又冲了个澡,喻繁现在身心舒坦。

窗外蝉鸣声阵阵。他躺在床上,单手支在脑后,懒洋洋地打字。

喻繁:哦,那下周。

周一第一节课下课,喻繁在学校为数不多的狐朋狗友全围到了他座位旁的窗外。

"所以我早读的时候没看错?喻繁肩上背着的真是——"朱旭怔怔地问,"书包??"

喻繁:"……"

"我也吓一跳！我看到的时候还以为我在梦里，还没睡醒。"王潞安说。

章娴静："何止你们，访琴经过他们座位的时候，还以为学霸今天背了两个书包。"

左宽伸手进窗户，拎起喻繁挂在椅子后的书包掂了掂，道："也不重，装了什么东西啊？你不会把什么乱七八糟的塞里面了吧……"

左宽手贱，说完就想去拽拉链。

喻繁正犯着困，闻言立刻回头一巴掌拍他手上，结果因为动作太急，转身时磕了一下课桌，桌上的笔猛地一晃，骨碌碌地从课桌边缘掉了下去——

然后笔在半空被人接住，重新放回喻繁的课桌上。

陈景深顺便瞥了眼喻繁刚做一半的卷子，手指在某道题上点了点："步骤错了。"

喻繁被左宽惹得一脸暴戾，在看到陈景深的手之后忽然熄火："……哦。"

再转头回窗外时，喻繁又是懒洋洋的："再碰我东西试试看。"

左宽："……"

"哎，趁现在有时间，赶紧说说你们那天到底什么情况。"窗外有人道，"听说喻繁为了左宽跟人起冲突了？"

喻繁："……"

看到身边的人沉默地转了一下笔，喻繁真想把窗帘攥成一团塞进这些人的嘴里："那是上次丁霄那事他来了，我这次还他，不是本意……"

"嘘。"左宽食指伸到嘴边，"别嘴硬了喻繁，我都懂。兄弟是手足，多的不说，这次的事兄弟记在心里了。"

喻繁："老子……"

"哎，你们不提我都忘了。"左宽把手机掏出来，"那帮人不知道从哪儿弄来我电话，发短信骂我们，还说要跟我们见面聊聊。"

喻繁："……"

王潞安立刻激动道："他们居然还敢来！那天事发突然，我好多兄弟没来得及叫，这次一定好好教育一下他们！"

左宽:"当然!我昨晚已经在短信里跟他对骂三千句了,就约今天下午在学校后面那条巷子——"

"不去。"喻繁说。

激烈的讨论按下暂停键。

王潞安愣了一下:"为什么?"

"我懂了,"左宽把手机翻过来给他看,"你一定是没看到那人是怎么骂我们的,你看看,他说我们这次不来就是孬货,还说以后……"

"哈哈!"王潞安夸张地嗤笑一声,"你现在就回一条,告诉他上一个敢对喻繁说这种话的人——"

喻繁不为所动:"说了不去。"

"为啥?"左宽想不明白,"你不是孬了吧??"

"可能吗?"

喻繁后靠在椅子上,抵着某人的肩,面无表情地含糊道:"……同桌不让。"

十四

喻繁背书包上学的事其实在校门口就引起了一阵不小的波澜。

一周有三天准时在校门抓学生仪容仪表或迟到的胡庞是第一个被惊着的。那书包虽然旧旧的,一看就没装什么书,单肩背着看起来还是吊儿郎当,但比起以前已经有那么点学生样了。

为这事,胡庞专门在教师会议上夸了庄访琴两句。

庄访琴一开始觉得太夸张了,学生背书包天经地义,有什么可表扬的。直到这学期最后一次的月考总分出来,庄访琴恨不得让胡庞去学校广播室再夸一遍。

"这次月考考得不错,但你不要骄傲,继续进步,期末也要保持这样的水平,知道吗?"

刚做好成绩排名的表格,庄访琴就把人叫到了自己办公室。她本意是想夸几句,看到对方十年如一日的站姿后又忍不住蹙眉:"站直了你!"

喻繁困得一声不吭，懒洋洋地挺了挺脊背。

庄访琴还是不满意，刚想用尺子把他腰给拍直，八班班主任从门外进来，经过时顺便往她办公位上放了杯豆浆："庄老师，这是在训人还是夸人呢？来，我刚去了趟食堂，给你捎了一杯。"

"哎呀，谢谢顾老师。"庄访琴说，"训他呢。"

"训啥呀？我听说他这几次月考进步都很大啊。"

"还行，一般，差得远呢，"庄访琴微笑道，"也就从第一次月考的年级一千一百二十八名变成了现在的四百九十九名，勉强挤进年级前五百，哪儿算得上什么大进步啊？"

喻繁："……"

顾老师也微笑地无语了一会儿："已经很了不起了。你得给我传授传授经验啊庄老师，怎么把他学习拉上来的？"

"我哪有什么经验，是他自己有了学习的心思，不然没法这么快。"庄访琴想了想，"非要说的话……我把年级第一调到他旁边去了，你可以试试。"

顾老师："……"

怎么，我徒手给自己变个年级第一出来？

庄访琴看了眼时间，对喻繁道："行了，差不多要上课了，回教室吧。记得我说的啊，继续保持，不要骄傲。"

最后一句话对您自己说吧。

喻繁"哦"了一声，转身朝门口走。

顾老师拿着自己班级的月考排名表，叹了口气："唉，我们班这次平均分排掉了两位。还有个之前年级前三十的学生，这次突然掉到百名开外了。"

庄访琴说："情绪没调节好吧？挺多学生都这样，你要注意点，到了高三这种情绪会更严重。"

"也不全是。"顾老师犹豫了一下，压低了声音，"还不是早恋？跟我们班一个学体育的男生。不行，我还得找他们家长谈谈，马上就高三了，可不能让这些虚无缥缈的感情影响成绩。"

庄访琴赞同地点头,还要说什么,刚要离开的人忽然折了回来。

喻繁单手抄兜,一脸不在意地问:"那谁……这次考试排名多少?"

"谁??"

"陈景深。"

"第一。"

喻繁微不可察地松了一下眉,冷漠地"哦"了一声,又转身出去了。

庄访琴说完才觉得莫名其妙,喻繁怎么还关心起别人的成绩来了?

"他们关系挺好啊,"顾老师笑笑道,"看来陈景深对他起到了不小的激励作用。"

庄访琴回神,过了几秒才茫然点头:"……是吧?"

喻繁刚回到教室,王潞安就凑了过来:"访琴找你干啥?等你好久了。"

"没——"喻繁下意识扫了眼他同桌端正的后脑勺,才拉开椅子坐下,"干什么?"

"我们几个约好这周六去新开的一家室内游乐场玩,一起去?"

"不去。"喻繁想也没想,"有事。"

王潞安:"大周末的能有啥事?你那一对一家教不是晚上才来吗?"

还有两分钟上课。王潞安"啧"了一声,用余光瞥向另一个人:"那学霸,你要不要跟我们一起去?"

陈景深仍旧垂眼看着题:"不了。"

"想什么呢你,都要期末了,学霸哪儿有空出去玩。"章娴静好笑道。

"噢,"王潞安道,"原来学霸也要进行考前冲刺啊?"

"也不是。"陈景深淡淡道,"有别的事。"

王潞安对学霸的周末生活还挺好奇的,顺嘴问:"啥事?"

"跟他一样。"陈景深用笔指了指身边的人。

周六。陈景深一到电影院就看到站在购物台前的男生。

"两杯可乐?要不您再加五元,可以多拿一份小杯爆米花?"售货员指了指菜单,"这是我们这儿新出的套餐。"

喻繁正低头发消息,本想说不用,听到最后又顿了一下。

他抬眼,语气犹豫:"……套餐?"

"对，买套餐有折扣的。"售货员笑了下，"您要不问问对方吃不吃爆米花？"

喻繁拧眉考虑了两秒，然后低头敲字："我问问。"

"不吃。"

回这么快？他都还没发出去……

喻繁顿了顿，面无表情地转头："谁问你了？"

陈景深说："那你问谁。"

"手机钱包。"

售货员："……"

她正犹豫要不要再推个别的套餐，只见那个头发长些的男生回过头来，把手机扔进兜里，揉揉鼻子对她说："……两杯可乐，不要套餐。"

喻繁来电影院看电影的次数一只手能数过来。以前有人会带他来看，那人走后就没看过了。他没耐心，坐不住，也不喜欢跟陌生人坐在一起。

放映厅很小，他和陈景深并肩坐着，心想这跟上课没什么区别。

后来他发现有区别。上课的时候他至少还能听课、做题打发时间，但面对一部两个小时的烂片，实在有点想走人。

电影开局便是交代背景，女主角因为四岁时吃了男主角一颗糖，在没见面的情况下暗恋了男主角十四年。

这可能吗？谁会记住四岁见过的人？再说，就不担心这男主角在十多年里变丑、变坏？

到这儿喻繁都还能忍忍。直到他看到两人重逢的第一面就一起崴了脚，并抱着在地上滚了一段，最后定点还亲了个嘴的时候，他的拳头是真的捏紧了。

喻繁忍着离场的冲动坐直身，忍到后来，他发现这电影的剧情是烂，但撇开男女主角不看，每帧画面都拍得很美，属于随便挑一帧出来都能当壁纸的那种——

男主角发生车祸的那条绿荫大道被繁盛的枝丫包裹，光影斑驳。

女主角得知自己身患癌症，跌坐在雪地里，鹅毛大雪纯洁凄美。

经历重重困难后,男女主角发现他们是亲兄妹,决定分手。分手之前去了他们第一次重逢的校园,两人在纷飞的秋叶中拥抱、牵手、告别。

算了,就当是过来看风景的。

上半场恨不得把电影荧幕砸烂的人如是想道。

电影散场,两人第一批走出影院。

下午三点,日光充沛。刚在黑漆漆的环境里待了两个小时,喻繁从影院后门出来时被刺得睁不开眼。

他甚至没看清周围的环境,就听见有人喊他——

"喻繁?学霸??"

右边传来一道惊讶的声音:"你俩不是有事儿吗??"

十五

喻繁僵硬地转过头,看到右侧乌泱泱一群熟人,好半天没有缓过神来。

"你们……"面面相觑了好久,喻繁才找回声音,"怎么,会在,这里?"

"那家室内游乐场二十个人拼团打六折!哈哈哈!"王潞安重复道,"你和学霸怎么在这儿?"

二十双眼睛齐齐盯过来,里面还有好多眼熟但不认识的人。喻繁满脸木然,恨不得抓着陈景深回去再看一遍那部烂片。

喻繁"头脑风暴"了许久,最后决定逃避:"游乐场好玩吗?"

"好玩啊,里面还有真人CS(反恐精英),特牛!"一旁的左宽左右张望。

喻繁:"谁赢了?"

"我。"章娴静看了一眼旁边商城挂着的标牌,扬眉问,"你和学霸去看电影了?"

转移话题失败。喻繁还没憋出来话,就听见旁边的人风轻云淡道:"嗯。正好碰上。"

王潞安一拍手:"那正好啊!跟我们一起去承安寺?这不马上高三

了,我们打算去拜拜,顺便求个学业符。"

"我可不是。"左宽立刻澄清,"谁要求学业啊,我是去求神仙别让我那么帅,天天收情书很累的好吧。"

王潞安:"你真不要脸。"

承安寺是南城最有名的一座寺庙。据说非常灵验,所以一直以来香火鼎盛,很多人过来旅游、出差都会到那儿拜一拜。

喻繁想也没想:"不去。"

"为什么?不是看完电影了吗?"章娴静看着他,"难道你还有别的事要做?"

喻繁:"没。"

"那一起去,正好帮我拍几张照片,我请你吃冰棍儿。"章娴静问完也不管喻繁答不答应,看向另一个人:"学霸,你也一起?"

喻繁还想再拒绝,只听见陈景深轻飘飘地扔了一句:"好。"

"……"

这拼团的二十个人也不是全都熟悉,这会儿就是从室内游乐园出来一块儿去公交站。最后走了十来个人,只剩下几个熟悉的,分成两辆的士一起去了承安寺。

寺庙外是一条略微崎岖的山路,两侧摆满了卖玉石、香烛的摊子,把原本就狭小的路挤得更窄。

陈景深走在人群最后。他看了一眼远处白烟袅袅的寺庙,又转头去看身边的人。

喻繁两手抄兜,神色不耐,是这条路上看起来最不诚心的香客。

某一刻,陈景深有些恍惚。

眼前的人和他印象中的某个小小身影重叠,烦躁的表情、脸颊的痣,甚至身后的景色都和他脑子里的画面相差无几。

"陈景深。"张口时说的第一句话都一模一样。

只是这次后面多了一句挺凶的:"别看我。"

陈景深过了几秒才问:"为什么?"

喻繁:"很烦。"

陈景深收起视线。他看着前方吵吵闹闹的几个人，忽然问："之前来过这里吗？"

喻繁没想到他会问这个，随口应道："来过。"

"什么时候？"

喻繁想了想："夏令营。"

当时夏令营地点就在附近，老师带他们过来兜了一圈，小孩子受不了寺庙里的香烟，进来不到十分钟就走了。

"夏令营？你还参加过这种活动？"走在前面的王潞安听见了，好奇地回头，"什么时候啊？"

喻繁："小学。"

"好玩吗？"

"这么久了谁记得。"喻繁懒洋洋道，"应该没什么意思。"

越往山上走摊子越少，直到看见寺庙门口，周围才终于清静了。

繁茂树枝缠绕着寺庙红墙，偶尔飘过几缕白烟。章娴静在寺庙外拖着他们驻足许久，拍了好多风景照，最后把手机往喻繁手里一塞，让他帮忙拍几张全身照。

完了之后章娴静翻阅照片，忍不住邀请："喻繁，暑假我们家要去海岛度假，要不你也一起——"

"别做梦了。"喻繁耐心消磨得差不多，"你到底进不进。"

一行人刚进寺庙，就被两侧的祈福长廊和大榕树枝丫上挂满的红牌子吸引了目光。

旁边有工作人员正在给游客介绍，说这红牌子三十元一个，事业、爱情、亲人等要分开买，全套大吉大利是一百五十元，随便挂在庙里哪儿都行。还有莲灯、香火和符纸，心诚则灵，买了定会万事顺意。

一百五十元不是大钱，来都来了，前边几个人商量之后都决定买大吉大利套装。

朱旭挠挠头："能帮别人买吗？"

"你要帮谁买？"王潞安问。

"他同桌呗，好像是这次月考考砸了，成绩出来后就没怎么理他。"

左宽走到许愿牌前看上面的字。

"许愿牌只能帮亲人挂,不过你可以买别的拿回去给她,"工作人员立刻道,"要不看看我们这儿的学业符?拿回去带着,一定学业有成、步步登高。"

工作人员熟能生巧,一句话里能带三四个吉利词儿,把几人说得一愣一愣的。

最后连左宽都掏钱,他看了章娴静一眼,很小声地对工作人员说:"给我来个,那什么桃花的……"

等东西都拿到手,他们才发现后面那两个人一动不动,连话都没怎么说。

"喻繁,学霸,你们不买?"王潞安拿着他一家人的符签,"我听说这玩意儿很灵的。"

喻繁:"听谁说的。"

"刚才那个工作人员。"

"……"

喻繁满脸嫌弃地看了他手里的玩意儿一眼:"不买。"

"宁可信其有嘛。"

喻繁没搭理他,只是看着王潞安低头捣鼓那些符签的模样,他忽然想到自己上一次跟着夏令营来这儿的时候,身边也有一个迷信的小屁孩。

他当时参加的是素质拓展夏令营,很多活动都是团体比赛,说是比赛,也就是做点户外小游戏。

但有些小孩儿好胜心重,玩个丢沙包都想赢,所以老师分组时会有意识地均衡分配。

喻繁当时的组里有个瘦不拉几的小呆子。

小呆子是个男生,明明和喻繁一样年纪,个头却只到喻繁的脖子。平时总是不爱说话,表情呆木木的,反应也比其他小孩慢半拍。

因为这样,他们组的比赛总是落到最后一名。一次两次还好,谁想那小呆子一连拖了七天的后腿,很快就被组里的小孩排挤了。

有些小孩天生就坏。一开始只是孤立和恶言相向,过了几天就会故意把小呆子绊倒或撞倒,最后直接动了手,把小呆子在承安寺求来的平安符给撕了,还踩了几脚。

当时老师去了厕所,周围的大人也没管。只有喻繁,把嘴里的棒棒糖"嘎嘣"咬碎,冲了上去。

原本只有那小呆子在哭,后来那几个小男孩也跟着他一起哭号,最后他们整个团被寺庙赶出了门。

老师气急了,把喻繁骂了一通,等车的时候故意把他晾在一旁。

过了一会儿,其他小男孩都息了声,只有最能哭的那个还双手捧着那个破破烂烂的平安符,"啪嗒啪嗒"挨在他身边掉眼泪——

"在想什么?"身边人突然问了句。

"没,"喻繁回神,半晌后道,"……想起上次来这儿的时候,身边带了个哭包。"

陈景深微怔:"哭包?"

"嗯,烦得要死,长这么大没见过这么能哭的。"

陈景深安静了两秒:"为什么哭?"

"被人欺负,平安符还被弄坏了,就坐在这儿哭了半天,"喻繁下巴指了指前面那块地,"哄了很久才消停。"

"怎么哄的?"

喻繁心不在焉地回道:"拿了当时要写周记的纸,给他写了十多张符,跟他说……"回忆到这儿,喻繁突然顿住了。

陈景深等了一会儿:"说什么了?"

"……"

说让他别哭了,以后我保佑你之类的。具体说了什么喻繁想不起来了。

太傻了,他现在说不出口。

于是他冷了冷嗓子:"我就说,别哭了,再哭把你扔下山。"

"……"陈景深偏头看了他一眼。

"然后他就不哭了。"

"……"

"憋得太辛苦，他回去路上一直打嗝，打一次看我一眼，很傻。"感觉到陈景深的视线，喻繁抬起眼来跟他对视，刚想问他看什么看，话到嘴边忽然一顿。

喻繁抬手在陈景深的眼睛上比了比："哦，那哭包跟你一样单眼皮，很丑。我那时候都找不到他眼睛，光见眼泪了。"

他本意是顺带气一气陈景深，谁想陈景深偏开脸短促地闷笑了一声。

喻繁一愣。陈景深好笑地沉声问："还有哪儿像？"

"欠揍的气质。"喻繁说，"哭起来应该也像，陈景深，哭一个给我看看。"

"很难。"

"我马上让你哭。"

喻繁抬起手臂勒着陈景深的脖子，另一只手刚要去揉陈景深的脸——

"喻繁，学霸，我们搞完了。"

未见其人先闻其声。听见王潞安的声音，喻繁立刻松开了陈景深的脖子。

一帮人从河边放灯回来，走在他们前面的工作人员已经笑开了花。

拐过洞门，看见自己两个兄弟，王潞安道："我们准备去正殿拜一拜，一起呗？"

"不去。"喻繁懒懒倚着石栏杆，"不信这些。"

王潞安猜到了，于是他又问另一个："学霸，你也不去吗？"

"以前拜过，不去了。"陈景深淡声道。

"嗐。每天来拜的人这么多，神仙哪儿记得住。"朱旭说，"反正来都来了，不如进去刷刷脸，省得把你忘了。"

磨蹭了半个多小时，再加上路程，这会儿已是黄昏。

承安寺在山腰，从寺外往远望，能看见橘红色的夕阳沉落山中，染红山木一片。

喻繁半仰着头发呆，看起来像在赏景，落日余晖在他脸上描出一条明亮的、弯曲的线。

"不了。"陈景深说。

神不用记得他。

他的神会保佑他。

十六

南城出了名的冬冷夏热，不算一个宜居城市。

期末考试那几天暑气高涨，胡庞巡考场时发现学生们都蔫巴巴的没精神，加上这次期末考试题目难度大，好多学生两鬓都被汗打湿了，表情痛苦。

这哪能成。期末考试结束后，胡庞立刻找校长讨论了一下这件事。

于是来学校领成绩单这天，学生们看到架空层放了一大批待装的空调。

领完成绩单，又去操场排队晒太阳开会。等胡庞在阴凉的主席台上讲完那些暑期注意事项，已经将近中午十一点。

这时间没什么好玩的地方可去，晒了这么久也没心思再回家睡回笼觉了。于是一帮人商量以后，一起去了学校附近味美价廉的小饭馆。

喻繁人还没清醒就在太阳底下暴晒了一个多小时，整张脸都是臭的。他落座后就没怎么说话。

"你们看到楼下那批空调没？胡庞怎么这么舍得了？？"王潞安含着红烧肉惊叹道。

左宽："早该安了，我最近在教室睡觉总是被热醒。"

"把你们嘴里的东西吃完再说话，"章娴静嫌弃地说，"那你们发没发现空调旁边还放了好多小箱子，知道是什么吗？"

"什么？"王潞安咽下嘴里的东西问。

章娴静："摄像头。婷宝上次把作业交到教师办公室，听到老师们说实验楼下面几层要改成办公室，所以摄像头全都要换新的，那些没安摄像头的教室也要安上。别怪我没提醒你们，下学期小心点。"

闷头吃饭的人突然顿了下，抬起头来。

陈景深扫他一眼，往他空了的杯子里倒满水。

朱旭平时挺活跃的,今天却满脸忧郁,沉默寡言。

王潞安:"你是不是没考好……"

"可能吗?他是体育生,管成绩干吗?"左宽喝了口可乐,说,"跟同桌闹别扭了。"

朱旭本来只是情绪低落,听到这儿已经低头去捂眼睛了。

左宽立刻去搭他肩膀:"不至于不至于,你这不还有兄弟吗?"

"就是。"王潞安连忙跟上。

章娴静给朱旭递了张纸:"别哭了,真要喜欢毕业后再说。"

"谢谢。"朱旭今天穿了无袖上衣,露出属于体育生精壮有力的肌肉,低头擦眼泪的时候有那么一点喜感。

他哽咽一声:"算了,她成绩这么好,以后肯定能上很好的学校,找很好的工作,我在体育队里都排不上号……怪我自己太差了。我如果有学霸那样的成绩,能跟她互帮互助就好了。"

大家的视线忽然都转了过来。

陈景深抬眼,对上王潞安"你安慰他两句"的目光,沉默片刻后憋出一句:"现在开始学也不晚。"

吃饱喝足,大家商量着要带朱旭走出伤心,约着先去召唤师峡谷大杀特杀二十四小时。

喻繁拒绝得很干脆。他在小饭馆门口目送他们之后,伸手去扯陈景深的衣袖:"你跟我回去。"

回到熟悉的"贫民窟"。这次暑假卷子多得喻繁一只手握着都挤,他把卷子全扔书桌上。

"叫我来写卷子?"身后的人淡淡道,"我算了一下,一天要刷两张才能做完。"

"……"

喻繁木然地踢了一下椅子:"自己写吧,桌子借你了。"

不过作业也不急在这一天。两人商量了一下,决定出门吃晚饭。

喻繁家门口的老街都是一些苍蝇馆子和小摊,他们兜兜逛逛,挑了一家香味飘满街的烧烤店。

陈景深去买了两瓶水,刚坐下来大腿就被狠狠撞了一下。

喻繁膝盖抵在他腿上,手里拿着吃剩的扦子:"说吧,哪根手指不想要了?"

下一秒,陈景深的手就伸到他面前,懒懒地朝他摊开:"你看看想要哪只。"

"……"喻繁面无表情地把他的手拍走。

老板娘端着装满烧烤的铁盘过来,放到他们桌上后顺势打量了他们一眼,然后她回头喊:"臭老头!"

正在后厨准备食材的老板探出头:"干啥嘛!"

"把蚊香点上!"老板娘喊,"客人脖子都要被叮满了!"

喻繁中午那顿被陈景深刺激得没怎么吃,晚餐他吃得比平时都多。有了满足的饱腹感后,他往后一靠,刚准备招呼老板过来结账——

结果老板娘朝他们走过来,又往他们桌上放了几串大鸡翅。

"等等,"喻繁蹙起眉,把人叫住,"这不是我们点的。"

"哦哦,对,刚才一个男的给你们点的。"老板娘的手搓在围裙上,对喻繁笑笑,"他说他是你爸。"

十七

南城的夏天就像把人闷在蒸笼里,烧烤店就算安了几个大风扇在客人头顶呼呼地转,还是没法驱逐空气里的燥意。

喻繁坐在其中,觉得被一盆冰水泼了满脸,四周忽然就冷了下来。

喻凯明回来了。喻凯明就在附近。喻凯明在看着他。

每一个认知都在刺激着喻繁的神经。他肩颈不自觉地绷直,眼睛警惕地巡视四周,始终没找到那张熟悉又令人生厌的面孔。

喻凯明为什么要做这些?

喻繁不知道自己现在的脸色有多难看。

陈景深沉默地看了他一阵,伸手刚碰到他,对方就像触电似的立刻躲开。

喻繁动作比脑子快。他愣了一会儿，才抬头去看陈景深的眼睛。

喻繁找回声音，他脸色很快恢复如常，撇开眼问："吃饱没？"

"嗯。"

"那走吧。"喻繁拿起老板娘最后送过来的铁盘子，举到垃圾桶上轻轻一翻，几串鸡翅"哗啦"一声掉进黑色塑料袋里。

回到老小区，喻繁抬头望了一眼，灯果然亮着。客厅的灯年岁已高，用来照明可以，但长久待着会坏眼睛，苟延残喘的光亮给人一种萎靡压抑的不适感。

走到小区大门，陈景深衣服被身后人拽住。

"你别上去了。"喻繁垂着眼没看他，"在这儿等我，我去拿你的卷子下来。"

"一起。"陈景深说。

"让你等着就等着。"

"我跟你上去，"陈景深说，"就在门外等你。"

喻繁虽然没提过他跟家里人的关系，但陈景深大致能猜个七七八八。

陈景深没点透，喻繁却直白地回过头看他："不用，上次他怕了，他最近还不敢惹我。你在这儿等着，别乱走。"

喻繁推门进屋时，喻凯明正坐在沙发上打电话。

喻凯明看了他一眼，重新撇过头去看电视，嘴里乐呵呵地说："对，刚到家。我都让你跟我赌那一场，你非不听！现在来怪老子——行行行，下次一定带你发财……"

喻繁看都没看他，就径直进了自己的房间。

他们的相处模式似乎已经固定下来。每次吵完架，喻凯明就会短暂离家，给两人各自冷静和恢复的时间，再回来时就跟往常一样各自把对方当作空气。他们默不作声、死气沉沉地等待下一次炸弹的引爆。

他和喻凯明的关系就像一块永远不会好的疤，结痂了会裂开，血淋淋一片后再合上。喻繁以前一直选择忽视，他自暴自弃地等，等这块疤在某天彻底坏死、消亡。

但他现在已经不想和这块疤一起烂掉了。

喻繁从出烧烤店到进屋回房间,脸上一直都没什么表情。但其实他一路上心脏都跳得比平时快。

还好,喻凯明还算安分。

他手撑在桌上平静了两分钟,把一些东西仔仔细细藏好以后,抓起陈景深的试卷转身下楼。

喻凯明双脚搭在茶几上,满脸不在意地讲着电话。房门一关上,他的眼珠子立刻转了过去,盯着紧闭的房门看了好一会儿。

直到电话里传来询问,他才收起目光,慢吞吞地从沙发上站了起来。

"对,我那'便宜儿子'出去了……没吵,我懒得和他吵,狗东西脾气太差,这个月我得找那女人多拿点钱……"

喻凯明走到客厅窗前往下望。老小区路灯昏暗,他看到他儿子走到之前在烧烤店里的那个男生面前,把卷子递了过去。

"你也收敛收敛脾气,少跟他说两句,小心把你儿子惹毛了,长大不给你养老。"电话里面的人说,"叛逆期嘛,你忍忍,过这几年就听话了。"

"我对他还不够好?他七岁的时候我就带他去吃肯德基,刚才还给他和他朋友点了两串鸡翅,我看不是叛逆期的问题,这狗东西野得很……不过最近确实好点,我看他好像在学习,还交了个看起来挺乖的朋友。"

喻凯明目光聚焦在楼下那个高高瘦瘦的男生身上,安静了片刻才接着道:"他那朋友看起来还挺有钱的。"

老小区楼下,喻繁把试卷塞到陈景深手里,叫他这段时间都别过来了。

陈景深确定他没在楼上失控之后,说:"去我家。"

"不去。"

"那我们在哪儿见?"

喻繁沉默了一会儿,憋出一句:"开学见。"

"……"

说是这么说,喻繁回家睡了一觉,彻底从情绪里抽离出来后,睡醒的第一件事,还是忍着困,拿手机搜能带陈景深去的地点。

当他把电影院、游乐场、电玩城等全都排除掉时，陈景深的消息发了过来。

陈景深：我在你家楼下，醒了后下来。

喻繁眯起眼盯着这行字看了很久，猛地清醒！他从床上跳起来，边换衣服边打字。

喻繁：我不是说不准你过来吗！！

喻繁：等着，我刚醒。

陈景深：所以我没进去。

陈景深：带上卷子。

喻繁刚被陈景深拽上出租车，手里就多了一份早餐——三明治和牛奶。

陈景深说："尝尝，不喜欢再带你去吃别的。"

喻繁拆开袋子咬了一口，发现陈景深还在看他，便蹙起眉问："看什么看？"

陈景深问："好吃吗？"

"凑合。"

"哦。我自己做的。"

"难吃。"

陈景深笑得转过了脸。

喻繁又咬了一口三明治，他还是困得发晕。

车子停下，喻繁站在宏伟大气的省图书馆门前沉默了两秒，掉头就要回到车上。

陈景深把人叫回来："去哪里？"

"回家睡觉。"喻繁木着脸说，乱发下面的眼睛睡得有点肿，"陈景深，你觉得我适合进这种地方吗？"

"为什么不适合？"陈景深说，"你是年级前五百强。"

"滚。"

陈景深手臂抬起来揉他头发："你是年级第一的同桌。"

"……"

十分钟后,喻繁穿着一件黑色骷髅短T恤,满脸不爽地坐到了图书馆自习室透过玻璃照射进来的阳光下。

陈景深挑的自习室里面没几个人,都是两两结伴,就坐在他们不远的地方。

他们坐在最后一排,喻繁把塞在口袋里弄皱了的试卷摊平,陈景深娴熟地从笔袋里拿了支笔放他卷子上。

"先做,吵的话再换另一间自习室。"陈景深道,"不会的题空着。"

图书馆静得出奇,喻繁这种不太能坐得住的人,都在里面一言不发地憋着做了两张卷子,直到兜里的手机振了几声才抽出神来。

王潞安:你在哪儿呢?出来上网不,我们都在"坏男孩"网吧。晚上再去嗨一下。我和左宽都想好了,今晚就由你给朱旭唱《失恋阵线联盟》。

你有病?联盟个屁。

喻繁本来想回"图书馆",打出来又觉得这三个字实在不符合他的气质。于是他按了回删键,重新发:没空。

陈景深已经超额完成了今天的作业,现在正在翻某本厚重的书。喻繁扫他一眼,心想:狗贼,明天我一定不上你当。

陈景深低声道:"做完这张,我陪你去找王潞安他们。"

喻繁转笔的动作还僵着:"你怎么知道?"

"他们在群里说了。"

喻繁揉了揉鼻子,半晌才挤出一句小声的"哦"。

七月下旬,南城正式进入酷热的三伏天,在街上多逗留一会儿都仿佛要被晒化。

下学期便要正式升高三,他们这次的暑假严重缩水,满打满算不过二十天,但各科老师的作业量并没有因此而改变。

班级群也热闹起来,每天都有人问谁写完了卷子借来抄抄。

假期在这些问句中飞快地过了一半。这天,王潞安大清早给喻繁发消息,想跟他相约一起不交作业。

喻繁刷着牙打字,告诉他自己还差几张就做完了。

王潞安：你是叛徒吧！！

他拿上没做的卷子准备出门去图书馆，经过电视机时闻见一阵臭味，是喻凯明昨晚点的螺蛳粉，这会儿已经臭气熏天，旁边还倒了好多个空酒瓶。

喻凯明正在沙发上躺着睡觉，喻繁嫌恶地皱眉，想把人踹醒。他刚走过去，喻凯明扔在桌上的手机忽然"叮"的一声亮了。

你的支付宝好友云姗向你转账5000元，附言：繁繁八月生活费。

十八

七月天犹如孩子的脸，说变就变。刚才还烈日当空，转瞬便沉了天。喻繁还保持着低头的姿势，一动不动地盯着那个许久未见的名字。

老旧的房屋仿佛也被乌云笼罩，阴沉一片。窗外响起一声闷雷，喻繁轻眨了一下眼，终于有了动作。

他拿起喻凯明的手机，捞起喻凯明垂在沙发下的手，把手指摁上去，手机"咔"的一声解了锁。

宿醉的人没那么容易醒，喻凯明皱了下眉，"吧唧"两声后继续睡去。

喻繁打开支付宝转账界面往上滑了一下，全都是转账：繁繁七月生活费、繁繁六月生活费、繁繁五月生活费……

转账人的头像是一幅向日葵油画。

喻繁盯着那个头像看了一会儿，舔了下干涩的嘴唇，然后腾手去掏自己的手机。

喻繁：今天不去图书馆了。

陈景深：为什么？

南城的夏天并不会因为下雨而降温，喻繁闻着空气中潮湿闷热的气息回复。

喻繁：下雨了。

把手机扔回口袋，喻繁坐在茶几旁的矮木凳上，手里握着喻凯明的手机，力道大得手指尖都发白。他盯着某处，沉默地吞咽和深呼吸。

他继续去翻里面的记录。

喻繁滑了很久很久才滑到头,最早一条消息是在二〇一四年九月,云姗给喻凯明转了三百元。

喻凯明:三百元?你打发谁?够你儿子吃几顿饭?

云姗:我现在只能给你这么多。

喻凯明:滚,下个月转五百元,不然老子就让他饿着。

五百元的转账持续了四个月,喻凯明忽然发了一张照片过去。

喻繁点开看了一眼,照片里是他。

是初二某一天,被喻凯明打得一耳朵血的他。

喻凯明:我说过吧,你再敢偷偷来看他,来一次老子打他一次。

喻凯明:跟别的狗男人跑了还好意思回来看儿子?

云姗:我知道了,我不会了,你别打他。

云姗:求求你。

云姗:我转你两百元,你带他去医院行不行?

喻凯明:转来。

喻凯明:我警告你别报警,别忘了上次你报警,老子也就进去蹲了十几天。你敢再让我进去,我出来就先把他打死,再把你家烧了,连你老公家我也烧,老子光脚不怕你们穿鞋的,听到没有?

…………

二〇一五年的年中,喻凯明:听说你娘家拆迁了?以后每个月给我打两千元。

二〇一六年的年末,喻凯明:他们说你开画展了?恭喜啊,以后每个月给我打三千元。

云姗:繁繁过得怎么样?

喻凯明发去一张照片:好着呢。

可能是对云姗按时打钱感到满意,也可能是发现自己已经管不住喻繁了。喻凯明这两年对云姗的态度渐渐缓和了一点,至少在聊天记录里没有再恶言相向。

今年年初,喻凯明:你们家移民国外了???飞黄腾达了吗?从今天起每个月给老子打五千元,你儿子上了高中特能吃。

…………

他把消息全部翻完。

喻繁觉得浑身血液都冷。脑子上像被扎了无数支看不见的箭,疼得他呼吸都困难。

可怕的阴暗念头就像细菌一样腐蚀着他的大脑,这个念头由来已久,只是以前很快就会被按回去。喻繁望着沙发上的人,像在看一具即将入土的尸体。

夏季的雨气势滂沱,下得又快又猛。喻繁没什么表情地坐着,脑子里已经把某件事演练了一遍又一遍。

随着雨滴砸在窗户上的声音,喻繁手机安静地振了一下。

陈景深:视频吗?

喻繁如梦初醒。他绷着下颌,手指头硬邦邦地去敲手机。

喻繁:晚点。

喻繁垂头用力地揉了好几次脸,才再次拿起喻凯明的手机,给那个向日葵头像发去一句:别再给他打钱。

他打开转账功能,把喻凯明所有余额都输了进去,再捞起喻凯明的手指按指纹。

喻凯明从梦中惊醒。

屋内半明半暗,让人分不清此刻的时间。他一转头,又被吓了一跳。

喻繁一声不吭地站在他身边,可能是光线不够,画面像极了恐怖电影。

"你站这儿干吗?吓死人……"喻凯明揉着脖子坐起来,视线落到喻繁手上后又是一愣。

他下意识伸手去抢,被喻繁轻松躲开。喻凯明震惊地看着他:"你拿我手机干什么?"

确定钱全都转过去了,喻繁才从手机上抬头,陈述道:"喻凯明,你一直在找她拿钱。"

他声音不轻不重,惊雷似的砸在喻凯明耳边。

如果他现在还醉着,或还在几年前,喻凯明可能不会怕他。但现在不同,他岁数大了,最重要的是——喻繁看他的眼神不太对。

喻凯明这辈子没跑这么快过。他几乎是立刻从沙发上蹦起,然后跑进自己的房间里反锁了门。

恐惧引发的剧烈心跳在黑暗中尤为清晰。下一刻,他房门被狠狠一踹,房门下方都被踹得往里弯曲了一下,又恢复原样。

"你跟我说过没和她联系的吧,喻凯明。"门上又被踹了一脚。

隔了一扇门,喻凯明才放松了一点。他后背抵着门,转头大喊:"这是我和她当初说好的!离婚可以,必须每月交给你生活费!"

"你再说一遍,是谁的生活费?"

"……那臭女人走的时候不是给你留了钱吗?还有你爷爷留的,你缺钱吗?你以为家里的水电费谁在交啊?!"

门又脆弱地受了一脚。

喻繁冷冰冰地说:"你再这样叫她一句试试?"

"怎么?我骂错了?"喻凯明提起来就气,"当初是她先跟那个超市老板好上的!出轨!她有错在先!不然能把你判给我??全街人谁不知道你妈是个水性杨花的——"

"砰!"背后的门发出一声重响。

喻繁说:"天天挨你的打,谁愿意跟你这种烂狗过一辈子。"

喻凯明心脏随之一跳,他甚至觉得喻繁真能把这扇门踹破。

"既然你跟她关系这么亲,你这么护着她,当初她怎么没把你带走?"喻凯明质问,"她当初离家出走逼老子离婚的时候,怎么没带走你?"

"老子告诉你,因为她那个姘头不肯要你!因为那男的不让她带着儿子嫁过去!"

门外忽然静了下来。

窗外闷雷阵阵,倾盆大雨,天像是要砸下来。

喻凯明松了一口气,过了一会儿,他道:"你现在明白了吧?老子跟你才是一边的……"

"你以为我不知道?"

没人比他更清楚了。

喻繁低头站在房门前,拳头攥得很紧,思绪似乎一下被人强硬地抽回到四年前。

云姗被喻凯明家暴了七年,七年里,她难道就离家出走过那一次吗?

她曾经无数次收拾行李,无数次在深夜偷偷走出家门。只是她被她儿子绊住了脚步,她儿子总是哭着叫她名字,总是牵她衣服,总是站在窗户前看她。

然后女人就会掩着面再回来,把他抱回房间,流着泪哄他睡觉,再打电话跟一个陌生男人解释。

直到最后一次。也是像现在这样的雨天,他看着云姗从床上起来,收拾行李,推开家门。在离开的过程中,女人回房看过他很多次。

他一直装睡没起来。

喻繁看着她走出小区,每次云姗抬头,他就会迅速蹲下去躲起来,咬着自己的拳头哭得鼻涕直流。

他知道自己不能发出声音。

不然喻凯明会醒。不然他妈又会回来。

听见他的回答,喻凯明一愣:"你怎么会知道?"

喻繁懒得跟他再废话。他给了那扇门最后一脚,然后冷静地通知他。

"喻凯明,再让我知道你去找她,我对你不客气。"

说完,喻繁转身便走。

他现在不能跟喻凯明处在同一个空间里,他不敢保证自己会不会做出别的事。

"……行,知道了。不过我还有件事要告诉你。"房间内沉默了很久,喻凯明忽然出声,"其实我今年找人打听了一下……你妈的情况。"

喻繁深吸一口气,拿起旁边的木棍想去砸门。

"她有孩子了,去年生的,也是儿子。

"哦,这么说来,怪不得她要移民去国外,国外教育环境好点,比你现在那个破高中强多了。

"喻繁,认命吧,你妈早不要你了。

"你就是再讨厌我,我还是你老子,你这辈子都得跟我待在一起。"

外面下着暴雨,加上喻繁刚才疯狂的踹门声,邻居们又把房门锁紧了。

这栋破旧居民楼的一楼安了一块挡雨板,黄豆大的雨滴砸在上面,"噼里啪啦"地震天响。

喻繁走出屋子,关上门,便停住不动了。

明明忍住了,他却觉得这次比以往还累。

喻繁站了很久才转身下楼。他脑子里一片糨糊,很多事、很多话挤在里面回响、播放。以至于他都走下最后一级台阶了,才发现自己身前站了一个人。

陈景深站在那儿,手里拿着一把伞。

喻繁愣了很久,想问他为什么在这儿,什么时候来的,但动了动嘴唇才发现喉咙太干,发音有点艰难。

"高一的时候见过你顶着台风翻墙出学校,觉得你应该不怕雨,就来了。"陈景深却好像从他眼睛里看懂了,"来很久了。"

喻繁"嗯"了一声。

陈景深走上来,伸手抱他。喻繁下意识挡了一下。

"来了人就松下来。"陈景深说。

于是喻繁就不动了,精疲力竭地趴在陈景深的肩上。

这是一个纯粹的拥抱。陈景深的肩膀宽阔温热,有让人心安的作用。

于是喻繁闭了闭眼,低头把脸埋在他肩膀上。

眼前漆黑一片,他的世界只剩下雨和陈景深。

"喻繁。"

喻繁一动不动,很闷地应了一句:"嗯。"

"高三最后一年,你好好学。"陈景深说,"我们考一样的地方。"

感觉到肩膀的湿润,陈景深沉默地抬手,很轻地揉了揉他的头发。

★第二章★

放学等我

十九

喻繁很长一段时间没哭过,哭是示弱,显怂,没面子。所以意识到自己在掉眼泪,他立刻往回忍了一下。

但陈景深的手就像按到什么开关,喻繁一点都绷不住。

喻繁边流眼泪边觉得羞耻。

……太丢脸了。

夏季的雨来得快去得也快,挡雨板的动静渐渐变小。喻繁闷在陈景深的T恤上,自暴自弃地想等这块面料干了再起来。

"吱——"

又闷又轻的一声,喻繁心头一跳。

他撑着楼梯扶手,慌张警惕地仰头看。老旧的梯子延伸向上,黑沉地死寂一片。

"怎么了?"陈景深随着他抬头。

喻繁沉默地听了很久,那声短促的动静没有再响,也没人下楼。喻繁怔怔开口:"有没有听到什么声音?"

"没有。"

我听错了?

喻繁在这栋楼里住了十多年,刚才那道动静,像没上油的门轴摩擦时发出的挣扎声。

但只有很轻的一下,轻到他自己都分不清是真的还是幻听。

喻繁犹豫了一下,还是走上半截楼梯去看,二楼房门紧闭,一切都跟他下楼时一样。

"听见什么了?"陈景深低声问,他想跟着喻繁上去,但走了两级台阶又被喻繁挡住。

"没什么,听错了。"

喻繁被那一声硬生生地从情绪里拽了出来,终于意识到这里是他家楼下,周围都是密集的居民楼,别人不需要走近都能看见他们。

确定楼道没人后,喻繁松了一口气,难受地眨了一下干涩的眼睛。

他从小就这样,哭得后劲特别大,眼肿和眼眶红要很久才能消。所以以前被喻凯明打了以后,云姗不仅要帮他敷伤口,还要帮他敷眼睛。

陈景深盯着他通红的眼皮看了两眼,下一秒,喻繁就抬手把眼睛捂住了。

"看个屁!"喻繁拽他衣服,冷漠道,"走了。"

雨势渐弱,陈景深带来的大黑伞勉强能挤下两个男生。

喻繁出小区的时候忍不住回头看了一眼,他一只手还遮在眼前,把头仰得很高。

二楼窗户灯暗着,没人。

"看得见路?"陈景深扫了眼他包袱很重的同桌。

"废话。"喻繁把脑袋转回来,低眼看着前面的路,"我又没瞎。"

陈景深:"要不要买眼药……"

"闭嘴,陈景深。"喻繁挡在脸上的手握成拳头,又松开。

陈景深把伞往前倾了一点,把自己的脸也遮上了。

"笑也不行。"旁边的人又冷冷道。

陈景深道:"我们去哪儿?"

暑假的图书馆非常抢手,这个时间去肯定没有座位了,喻繁把陈景深带去了他常去的上网的地方,就在老小区附近。

两人早餐和午饭都没吃,陈景深去隔壁两家店晃了一圈,举着两杯关东煮回机位时,看到喻繁跷着二郎腿,正眯眼皱眉,满脸不爽地盯着电脑屏幕。

他放下东西扫了眼屏幕,看到一行大字:"江城各所大学录取分数线"。

喻繁虽然还没有认真考虑过以后要去哪个大学,但他知道以陈景深这样的成绩，肯定会选江城那几所著名院校。

陈景深拿起一串白萝卜递给喻繁，喻繁盯着电脑屏幕，偏头咬了一口。

"陈景深——"鼠标滑到底，喻繁没什么表情地说，"算了。"

"怎么了？"

"考不上。"喻繁算了算，以现在的分数，他应该只能去给这些学校的食堂洗碗。

陈景深伸手，在距离屏幕几厘米的地方停下，点了点其中几个校名："这几所可以。"

喻繁转头看他，木然道："陈景深，我和他们录取线差一百多分。"

"嗯，还有一年。"陈景深又给他穿了一颗丸子。

喻繁安静地跟他对视了一会儿，把丸子接过来吃了下去。

难得来上网，喻繁填饱肚子后，拿起手机去群里找人打游戏。

在这里待了一天，陈景深回家的时候天色已晚。

他低头翻出置顶的人，边敲字边开门。推开大门看到屋子里面露出的光亮时，手指微微一顿。

"是吗？那太好了，我这几天正琢磨着这件事，还想着抽空去找你一趟……需要家长签名才能敲定？好的，没问题，我当然愿意签。那确定下来之后麻烦你再通知我一声。"

客厅精致的吊灯照亮整间屋子，季莲漪坐在沙发上，常年的习惯令她跟人打电话时也保持着优雅的坐姿。听见声响，她朝门口看了一眼，随即淡淡笑开："好的，那下次联系。"

挂了电话之后，季莲漪从沙发上起来："去哪儿了，这么晚才回来。吃晚饭了吗？"

"吃了。"陈景深把手机放进口袋。

"我让阿姨留了点汤，一会儿喝点再睡吧。"

"不用，"陈景深道，"怎么回来了，不是说要忙到下周？"

"提前结束了。"季莲漪揉揉眉心，"公司业务差不多都转到国内了，我和你爸也正式离婚了，接下来的时间，没需要处理的事就不用再往外飞了。"

陈景深安静地站在那儿,片刻后才开口问:"没事吧?"

季莲漪愣了一下,点点头:"没事,都处理得挺好的。"

因为对方出轨,甚至在外面有比陈景深还大一岁的孩子,这次离婚她拿到的东西比她预想中要多得多。

"马上就是你最关键的一年,景深,妈终于可以好好在家里陪你。"季莲漪说,"妈已经在江城看好了房子,等你以后考过去,妈就跟你——"

"不用,我自己租房。"陈景深淡淡地打断她。

季莲漪一顿,道:"不行,租房不安全,也不干净。"

换作以前,陈景深应该也就随她去了,他们每次都这样,她提出要求,陈景深沉默地遵守,连反抗都很少。

"我自己租房。"陈景深重复了一遍。

"……"

季莲漪脸上的笑慢慢冷下来,母子俩沉默地对视了一会儿。

马上面临高三,她不能在这时候跟孩子起冲突。高三学生的心灵是脆弱的。

差不多还有一年,考完再慢慢谈吧。

"以后再说。"季莲漪的脸色绷紧又松开,她道,"对了,下周开学了是吧?到时妈送你去报到。"

可能因为没有产生肢体冲突,吵了一架后,喻凯明依旧留在家里。

两人还是把对方当作空气,直到开学前一天,喻繁取快递回来,进屋后踹了踹喻凯明躺着的沙发。

喻凯明头也不抬地看球:"干吗?"

"你跟她还联系没?"

喻凯明自然知道他说的是谁:"没有。起开,挡着我看电视了。"

喻繁不信,让他把手机拿出来检查。一一翻完消息,喻繁松了一口气,把手机又扔回去。

"扔坏了你给老子买一个啊?说了没有没有,不信……"喻凯明鼓捣了一下手机,忽然道,"你最近怎么不出去了?"

喻繁刚要回房，闻言疑惑地回头看他。

喻凯明沉默了两秒："……每天在老子面前晃，烦都烦死了。"

喻繁懒得理他，"砰"地关上房门。

陈景深妈妈这半年一直奔波在外，这次回来，每天都在安排和娘家亲戚的聚餐，偶尔还会请人到家里吃饭，每回都要陈景深跟着去，抽不出时间。所以他们这周只去了一趟图书馆，其余几天恢复到了以前的视频讲题状态。

不过马上也要开学了，无所谓。

喻繁把包裹拆开，拿出里面的摄像头，开始巡视能安装的位置。

这玩意儿别人都是用来看自家猫狗的，只要感应到房间内有物体在活动，就会给他的手机发提示。

自从上次喻凯明翻他东西后，他就多了个心眼。马上要开学了，不安这东西他上课不安心。

安这东西没什么难度，喻繁拿手机确认几次后，躺到床上盯着天花板算了一下自己的存款。他妈离开家时已经很久没有工作了，留给他的钱其实并不多，他这几年的生活费用的都是他爷爷留给他的钱。

喻凯明以前沉迷一种一分钟开一次奖的赌博，输钱如流水，劝都劝不回来，他爷爷觉得这东西是没救了，加上父子俩关系也很僵，走之前几乎什么也没给喻凯明留，全偷偷塞给喻繁了。

但也不是什么大数目，这几年下来，已经用得差不多了。

喻繁闭眼"啧"了一声，正考虑边打工边读大学的事，褥子上的手机忽然"嗡"地连续振了好几声。

是那个烦人的讨论组，正在约开学第一天的班级篮球赛。

左宽：那就这么说定了，输的班请赢的班吃麻辣烫，我要点四十元一份的。

王潞安：没问题，你等着，看喻繁明天不把你们班的篮筐给灌烂。

左宽：有本事你别让陈景深来防我！

王潞安：你没事吧？学霸是去防你的吗？人家打的就是那个位置！

王潞安：@喻繁 @陈景深 两位大哥，先提前想好麻辣烫里放什么哈，吃垮他们。

喻繁在为钱发愁，忽然天降白食，不错。他敲了敲键盘，打出一句：可以多约几场……

刚要发送，一条新消息跳出来。

陈景深：我和喻繁打完就走，不吃了。

章娴静："……"

王潞安：啊？你俩干吗去？

陈景深：约了别的事。

喻繁："……"

有吗？我们约了什么事？

总不能打完球还约他回教室做题吧。

群里还在热热闹闹地聊——

王潞安：没事，那喻繁和学霸那两份，转给静姐和柯婷。

左宽：就一点亏不吃是吧？你们班剩下两个位置谁来打？

王潞安：吴偲和高石。

吴偲：啊？在聊什么？我才看到。

王潞安：在说明天球赛的事，同桌，我已经帮你报名了，明天放学干死他们！

吴偲没有再说话，估计看聊天记录去了。

王潞安和左宽又在群里互相放了一会儿狠话，群刚要转到借作业抄抄的话题，吴偲的头像忽然跳了出来——

吴偲："……"

吴偲：班级球赛？那我和学霸没法参加啊。

吴偲：你们还不知道吗？学校要重新分班了。

二十

吴偲这话一出，讨论组霎时安静下来。过了好久才有人说话。

王潞安：今天不是愚人节，别乱说啊同桌。

吴偲：没乱说，我也是才知道的……

吴偲：好像是家长联合签名，那边才松了口。

陈景深后靠在椅背上，手指停在屏幕上，还没来得及说什么，卧室的门被推开。

季莲漪拿着杯子进来："我给你热了一杯牛奶，明天的高三动员会不是要上台发言吗？喝了就睡吧。"

南城七中的领导们一致认为，不仅要抓高三学生的学习，更要不断地鼓励他们。别的学校通常都只在高考前一百天开一次百日誓师大会，南城七中则要从高三开学的第一天，就强行先打一剂鸡血。

前几天胡庞联系了陈景深，让他开学那天作为学生代表上台发言。

热牛奶被放到面前，季莲漪扫了他手机一眼："这么晚了，还在玩手机？我怎么觉得你最近有点痴迷电子设备呢。"

陈景深另一只手放下笔，手机还握在手里。他把手机屏幕摁灭，看了那杯热牛奶一眼，抬起头问："你早就知道转班的事了？"

季莲漪被问得一顿，她目光落在陈景深脸上："是的。学校已经通知你们了吗？"

她这几天本来想着手安排转班的事，但学校联系上她，说认为在这种时候把尖子班的学生放回普通班，对他们来说是不公平的。因为尖子班的上课速度比普通班快得多，中途把学生们放回去便只能学习重复的内容，这肯定会对他们的成绩造成一定影响，所以他们征集了家长的签名，给教育局提交了申请。

那边想了想，同意了。他们这届便成了南城七中最后一届尖子班。

"这是好的开始，是吧？"季莲漪拍拍他的肩，"喝完收拾一下明天上学要用的东西就睡吧。"

季莲漪离开之后，陈景深重新点开手机，里面已经多了一条未读消息。

喻繁：明天我帮你搬书上楼。

因为假期只有二十天，很多书他们都还放在教室里，没带回家。

这条消息没有挽留和难过之意，就像不在同一个班对他们而言就是一件很普通、很微小的事。

陈景深忽然也跟着放松下来。

他想了一下季莲漪说过要送自己去报到的话,在台灯下点开喻繁头像几次之后,才有点可惜地回复:不用。

第二天,季莲漪连司机都没叫,亲自开车送陈景深去学校。

路上,季莲漪轻声细语地叮嘱了很多事,这几天她一直如此,仿佛要把这半年缺掉的唠叨都补回来。

陈景深一言不发地听着,那句"能转回原来的班级吗"在嘴边兜兜转转,最后还是没说出口。

季莲漪不会同意他这个要求。

算了,两个学期而已。

到学校后,虽然陈景深总说不需要,季莲漪还是忍不住地忙前忙后。

她先去办公室跟老师聊了一会儿,再找陈景深拿了食堂的饭卡,往里面充了点钱,最后又去了陈景深的教室,帮他整理起书来。

"坐这儿能看到黑板吗?"季莲漪问。

"嗯。"

"你这位置后面就是空调,不好。不然我去找老师,给你换个座位。"

"不用。"

"行吧。这次妈回来了,以后每次考试的卷子都拿给我看一下,还有你的错题本我也翻过了,记得有点乱,就算是草稿,也要记得保持工整。"

"嗯。"

身为学霸新同桌的吴偲,目瞪口呆地坐在一旁,安安静静地听了好久。直到女人朝他看了一眼。

"你好。"季莲漪笑了笑,"我是陈景深的家长。"

吴偲:"……阿姨好。"

"景深其实比较容易走神,如果可以的话,请你上课时尽量不要打扰……"

"妈。"陈景深抬起眼,淡淡地打断她,"动员大会马上开始了,你先回去吧。"

季莲漪回到车里时，学校里已经响起了集合的音乐。

季莲漪其实挺想留下来看儿子演讲的，她很享受看陈景深在一众人里熠熠发光的模样。在经历一场极其失败、滑稽、丢脸的婚姻之后，孩子已经成了她的骄傲，她最大的精神支柱。

可惜她还没到可以全身心照顾儿子的时候，工作业务刚转到国内，许多事未定，她还有一阵要忙。

季莲漪系上安全带，简单地回复了一下没来得及看的邮件，戴上墨镜正准备驾车离开。

"咚咚"两声，她的车窗被人敲响。

季莲漪扭头，跟站在她车窗外，弯着腰往她车里看的人对视了一眼，不自觉地皱了一下眉头。

那人咧开嘴朝她笑了笑，又"咚咚"地闷敲两声，季莲漪抓着方向盘，忍着心里莫名的不舒服，稍微降下了一点车窗。

"有事吗？"她问。

之前空着的一班又回来了，在操场集合开会时其他班级都要往右边再挪一点，给一班留出站队的位置。

高三七班的队列里，王潞安精神萎靡，还不愿接受已经开学的现实——

"为什么又要上课？我昨天不是刚放假吗？二十天的假期凭什么叫暑假？我过个暑假回来，怎么同桌还没了？"

"鬼叫什么你？"隔壁队列的左宽装模作样地掏掏耳朵，"自己坐难道不是更爽？"

"爽个屁，寂寞死了！连个说话的人都没有……嗯？"

王潞安突然想起什么，扭头看向班里另一个没了同桌的人："喻繁，那我俩岂不是又能凑到一桌去啦？"

左宽："做梦吧你，你觉得你们班主任可能让你俩坐一块儿吗？"

"以前是不可能，现在可不一定了。"王潞安朝身后递了个大拇指，"我兄弟，现在那可是年级前五百名，我成绩也进步了，我俩要是一起跟访琴提,说不准还真能……"

"不要。"身后的人冷酷地打断他。

"为什么？？"

喻繁双手抄兜,眼皮没精神地半垂下来:"太吵,影响我学习。"

王潞安:"……"

左宽:"……"

怎么说呢,虽然喻繁这段时间确实在学习,但或许是气质还没跟上,这句话从他嘴里说出来,还是有那么一丝魔幻色彩。

王潞安刚想说什么,用余光忽然瞥见一个熟悉的身影,脱口道:"哎,轮到学霸演讲了。"

原本在摸鱼的脑袋立刻就抬了起来。

陈景深的校服太晃眼,把站他身边的胡庞身上的白衬衣都衬黄了许多,宽阔横直的肩膀撑起校服,手指毫不掩饰地夹着演讲稿。

"大家好,我是高三一班的陈景深。"少年冷淡的嗓音在操场响起。

陈景深显然没把演讲这事儿放在心上,没做多少准备,自始至终都看着手里的演讲稿。喻繁也就毫无顾忌地扬起下巴看他。

没什么感情地把稿子念完,陈景深捏着那张纸下台,即将要走到他们班队伍的时候,喻繁习惯性地站直了点,预备等陈景深过来时偏身让他过去。

陈景深从七班的队列经过,继续朝前走。

喻繁顿了一下,又散漫地拉下了肩。

班里许多人同他一样,脑袋随着陈景深的身影转动。

王潞安转头盯着遥远的一班看了一会儿,嘀咕:"啧,我怎么有点恍惚呢,学霸真在我们这小破班待过吗？"

喻繁没作声,也扭头过去盯着一班的方向。他在一堆脑袋里找到最端正的那一颗,脸色越来越臭。

陈景深那身干净板正的校服在七班时总是显得鹤立鸡群,回到一班就好了许多,前后几个学习仔都跟他一样,把纽扣系得死死的,就是没他穿得好看。

喻繁昨晚听到要转班时其实没觉得有什么大不了的，陈景深和这个班原本就不在一个进度上，能回尖子班当然最好。

反正还在一所学校，他们还是随时能见面。

但真正分班了，他又觉得好像忽然隔了很远。教室隔了四层楼，体育课分在不同的时段，就连在操场排队，都隔了六个班的距离。

还有——

陈景深从上台到下来，没看他一眼。

啧。

就在喻繁准备收回视线的时候，那颗端正的脑袋忽然垂了下去，手臂也弯了弯。

下一秒，喻繁兜里的手机振了一下。

陈景深：放学等我。

"……"

喻繁盯着这几个字看了一会儿，非常冷漠地回了个"哦"，再抬起头，恢复了之前懒洋洋的模样。

下午最后一节课。陈景深正在刷题，忽然听见周围响起一阵细细碎碎的交谈声。

"他怎么会在这里？"

"不知道，像来找麻烦的……"

"肯定是来找麻烦的，一会儿我们结伴回去吧。"

陈景深坐在教室最里面的小组。他停笔抬头，随着其他人的视线一起往教室前门看去。

他看到了喻繁。

喻繁后靠着一班教室走廊外的矮墙，宽敞的校服乱七八糟地贴在他身上，嘴里嚼着口香糖，吊儿郎当地巡视着一班里的人。

两人对上目光后，喻繁面无表情地吹破一个泡泡，用眼神催他：快点。

陈景深挑眉回答：我没办法。

喻繁生来没什么耐心。五分钟后，他翻了个身，低头在学校篮球场上的小黑点里寻找那几个被他鸽了篮球比赛的兄弟。

十分钟后,喻繁靠在一班某扇窗户旁的墙上,阴恻恻地盯着黑板看。

什么鬼,我怎么一题都听不懂。

窗边的同学瑟瑟发抖,头都不敢抬。

十五分钟后,喻繁挪到了教室前门,斜身靠在门边,脸上写满不耐烦。

老师跟他对上视线:"……"

喻繁:"……"

陈景深垂头转着笔,忍无可忍地把脸偏向窗外,闷笑起来。

陈景深是放学后第一个出教室的。

待人站到自己面前,喻繁冷着脸质问:"你老师怎么这么能拖堂?"

从他身后经过的老师:"……"

"也许只是偶尔。"陈景深问,"怎么上来了?"

喻繁:"不是让我等你?"

"让你在班里等我。"

一班很多学生放学后都会留在教室里自习,没法讲题。陈景深掂了一下书包肩带:"走了,回七班。"

庄访琴拎着要批改完的暑假卷子起身,刚走出办公室便遇上刚刚下课的某位数学老师。

"庄老师,回去了?"对方问。

"还没。"庄访琴笑笑,"我明早有事不来学校,先去教室把卷子放讲台,好让他们明天上午发下去。"

"哦。"对方犹豫了一下,道,"庄老师,我刚看你们班那个脸上两颗痣的男生,刚才来一班门口找陈景深……"

看出对方表情里的意思,庄访琴立刻点头道:"没事,他们之前在我班里是同桌,关系挺好的。"

对方松了一口气:"这样,那就行,那我先走了,您尽快去吧。"

跟对方道了别,庄访琴朝自己班级走去。

已经放学很久了,加上今天刚开学,学生们都走得很早。三楼教室安安静静,仿若无人。

庄访琴在心里琢磨着调整座位的事，不知不觉就走到了七班的后门。教室里居然有人。

老师总有点喜欢突袭的臭毛病。听见声音，庄访琴脚步不自觉放慢，在后门探出脑袋看了一眼，而后欣慰地笑了笑。

最后一组最后一桌，两个穿着白色 T 恤的男生肩抵肩坐着，跟以往一样。

一个握着手里的笔正在草稿纸上勾勾画画，讲题声冷淡低沉。另一个坐没坐相，手臂屈在课桌上抵着脑袋，看不出来有没有在认真听。

金乌西坠，夕阳被窗户切割成长长几片。

他们坐在一片灼热的金黄里，庄访琴抬起的脚顿住，内心怔忪一片。

二十一

高三生活与以前截然不同，光是从教学楼的氛围就看得出来。以前下课时教学楼走廊总是闹闹腾腾的，现在下课时间走廊很少看见人。

每个班级的黑板上都多了一个高考倒计时，气氛压抑得让人没精神。

左宽以前不明白为什么有些很混的朋友上了高三后突然就没了声息，但他现在有些懂了。

他每次下课去七班看到他两个兄弟正在趴着做题，也提不起劲儿。

喻繁和王潞安还是单独坐一桌，他俩没跟老师提，老师也好像忘了这件事。

"别学了，放松放松。"左宽从后门摸进七班教室，在王潞安旁边的空座位上坐下，"今天放学打球？"

"不打，我要回家补课。"王潞安头也不抬地做题。

左宽："又补课？你一周补几天啊？至于吗你。"

"我爸说了，我如果能考上一本，上大学就给我买车。我现在的努力都是为了我的将来。"王潞安说，"你想想，以后你在桥边捡垃圾，兄弟开辆大豪车去接你蹦迪，这不酷？不羡慕死其他捡垃圾的？"

"……滚，老子才不捡垃圾！"

"那你还不赶紧学习??"王潞安说,"喻繁都改邪归正了,你还有什么资格混!"

喻繁因为一道题正烦着,听到自己的名字后更烦了。

他后靠到椅子上刚想骂人,章娴静忽然转头递了张表格来:"别搭理他们,签名。学校让每个班都交一个自愿补课报名表,以后每周六都要上课。你签完往隔壁组传。"

表格每一条都有学生的个人信息。

喻繁抽过表格,潦草地在上面挥了几笔,签完发现自己下面还有陈景深的信息,顺手往下挪了挪,写下陈景深的名字——

"哎等等。"柯婷也回过头来,小声地制止他,"老师打印的时候调错了表格,已经转班了的学生不用签的。"

喻繁笔尖一顿,回过神来。

他放下笔,很淡地"哦"了一声,把表格递给了王潞安。

王潞安接过表格看了一眼,惊叹:"喻繁,你字怎么变好看了?"

"有吗?"章娴静手肘支在喻繁课桌上,往他草稿本上看了一眼,"不还是鬼画符??"

"名字写得好看啊……"王潞安一顿,忽然想起什么,震惊道:"喻繁,你该不会练了学霸送的那几沓离谱的字——"

话没说完,他椅子就被轻踹了一下。喻繁抻着腿,没什么表情地道:"可能吗?赶紧签完传上去。"

"噢。"

王潞安刚写上自己名字,突然又出声:"……欸?学霸快生日了啊?"

喻繁扭头看他。

"你怎么知道?"身边的左宽问。

"身份证号啊,喏,这不是写了。"王潞安指了指表格。

"八月十一日,"左宽探脑袋看了一眼,"那不就这周五吗?"

被王潞安提醒了字帖的事儿后,章娴静就直勾勾地盯着喻繁看,没再听旁边那两个活宝说什么。

喻繁对上她的视线,转笔的动作微微一顿,心里被盯得有点发毛。

章娴静:"你……"

"喻繁!"高石在教室门口喊了一声,"访琴让你去办公室!"

喻繁心里一松,立刻起身从教室后门出去了。

走廊没什么人,喻繁边走边漫不经心地想,章娴静刚才的眼神是什么意思?

想到这儿的时候,喻繁刚好走到连接着教学楼和办公楼的天桥走廊上,他下意识地抬头朝一班的方向看了一眼。

明明是下课时间,六楼的走廊里却空无一人。

一班老师管得严,手机被看到就要没收,他今天还没跟陈景深联系过。

有时他从自习课上醒来,看着旁边无人的座位,甚至会像王潞安那样恍惚一下。陈景深真来过这个班?自己旁边真的坐过人?

这些偶尔冒出来的迷茫,又会在放学后,陈景深拎着卷子坐到他旁边时消失。

有人从一班门口出来,喻繁立刻收起目光,转身进了办公室。

喻繁是抱着躲避章娴静视线的心态出来的,没想到到了办公室也只是换了个人盯他。

庄访琴把人叫来之后就没下文了,她默不作声地批改着作业,偶尔抬头看一眼。

喻繁在她办公位前罚站了十分钟,直到上课铃响,他说:"老师再见。"

"站着!"庄访琴拍他,"谁跟你再见了?下节自习课,你不用回去。"

于是喻繁又懒散地靠了回去。

"喻繁,我教了这么多年书,你这种情况——"庄访琴话没说完,喻繁不知道她在想什么,很快曲解了她的意思。

"我知道,我情况挺烂的。"喻繁顿了顿,道,"……但现在好像好一点了。"

高三拼一年,能考到江城最好,上不去他就去邻市。

他妈已经去了国外,等他毕业,他就和喻凯明一点关系都没有了。等他独立出来,他就能打工赚钱,能在江城租一间房,过属于他自己的日子。

他好像已经好一点了，至少敢去想一想他的未来。

"……老师不是这个意思。"

庄访琴突然就哽住了。她心里百感交集，手里的钢笔在纸上画出了一堆乱七八糟的线条。

"是有什么事儿吗？"喻繁说，"我身上处分消了两个，你别担心。"

"……闭嘴吧，别气我了。"庄访琴紧绷的神经被轻轻拨了一下，她有气无力地说，"行，这是你自己选的路，我没办法干涉你，但是喻繁，你必须把我这些话听进去。

"以你现在的年纪和阅历，你走的这条路前面有千难万难，只是你现在还看不到，我也没办法具体地告诉你。你如果一定要坚持下去，就必须做好一定的心理准备，你明白吗？"

喻繁垂眼沉默了一会儿，说："我明白。"

"回去吧。"庄访琴疲惫地摆摆手。

喻繁刚要走，就被抓住衣服。

"还有，不要做一些你这个年纪的学生不该做的，知不知道？"庄访琴强调，"一点都不行！！"

"……哦。"

喻繁转过身，又被抓了回去。

"还有，"庄访琴说，"无论什么事情，绝对绝对不能影响学习！知道没？"

"哦。"

第三次被抓住时，喻繁已经有些不耐烦了。

"还有，"庄访琴垂下眉眼，"……以后如果出了什么事，第一时间来找老师。"

喻繁一顿，半晌后才说："我知道了。"

出了办公室，自习课已经过了一半。

喻繁盯着脚下的路出神，有些不明白庄访琴为什么会说他前面的路千难万难。他其实没觉得有什么难的，读书拼一拼就行，赚钱也是，他随便打两份工就能搞定房租，只要熬过这一年……

— 109

兜里的手机"嗡"地振了一下,喻繁回神,心不在焉地拿出来看。

陈景深:今天见不了了。

二十二

车子疾驰在马路上,车速比周围其他车辆都要快。

手机很快收到回复,陈景深低头看了一眼屏幕上的"哦",把手机扔回书包里,转头看向驾驶座上的女人。

季莲漪紧盯前方,头发凌乱地盘起,好几撮碎发散落在耳后,她嘴上涂了唇膏衬气色,但看起来依旧精神疲累。

这段时间季莲漪一直是这个状态,甚至越来越糟。陈景深问过几次,对方总是深深地看他一眼,然后摇头说没事。

今天他还没放学,就收到季莲漪的消息,说放学要来学校接他。

车子还没上高架桥就被堵住了,陈景深看着前方的车灯问:"出什么事了吗?"

"没有。"一如既往的回答。

"你看起来很累。"

"……可能是前段时间处理的事情太多了,闲下来反而不舒服。"季莲漪抓方向盘的手不由得紧了一些,她偏头去看陈景深,"以后妈每天都会接送你上下学。"

陈景深手指蜷了一下:"不用。"

"早上一起吃了早餐再出门,下午放学就准时出来。妈就在校门口等你。"季莲漪无视他的拒绝,"跟今天一样。"

陈景深原本想说什么,偏过头却对上季莲漪的目光。她像是好几个晚上没睡好,漂亮的丹凤眼里黯淡无光。

在后面的车按下喇叭催促的时候,陈景深收起视线。

"知道了。"他说,"车多,开慢点。"

回家冲了个澡,陈景深坐到书桌前开灯,刚拿出错题本,外面忽然传来几道闷重的碎裂声。

客厅没开灯,黑沉沉一片。陈景深快步走到季莲漪门前,敲了两声门没反应后推门而入。

季莲漪半弯着腰坐在书桌前,手肘支着桌子,手指陷在头发里。长发被她拨乱,玻璃杯碎了一地,地上还有她的手机。

季莲漪呼吸很重,听见动静后恍然抬头,半晌才张嘴:"……怎么过来了?"

陈景深站在房门口,忽然明白过来他为什么会觉得这样的季莲漪很熟悉了。

在她知道自己丈夫在外面有个比自己儿子还大一岁的孩子的时候,她很长时间里也处于这样一个状态。

"听见声音了。"陈景深走过去,蹲下捡拾玻璃碎片。

"别。"季莲漪猛地站起来,她把头发往后拨,"别扎到手,妈自己来……"

陈景深已经三两下把碎片捡好扔进垃圾桶里。他捡起掉在地上的手机,刚要递过去,屏幕忽然亮了起来。

下一秒,他手里一空,季莲漪已经把手机拿了过去。

"不小心把水杯碰倒了。"季莲漪把手机扣在桌上,"吓到你了?"

"没有。"陈景深想了想,问,"是身体不舒服吗?"

季莲漪一顿,摇头:"不是,怎么会。回房间去吧,把作业写完早点睡,明天还要早起吃早餐。"

陈景深蹙起眉,还想再问什么,季莲漪的手已经搭到了他的后背:"行了,妈有工作的事要忙……"

"不是说这段时间没有工作?"

"项目收尾。"季莲漪抬头看着她的宝贝儿子,笑了笑,"过段时间就好了。没事,没事的。"

陈景深回到房间,还在回想季莲漪刚才的反应。

是那家人还在联系她?还是离婚的官司没处理清楚?

他沉默地坐在书桌前,一下又一下地转笔,心思有些难以收拢。直到桌上的手机响起来。

他看了一眼喻繁发来的"在干吗？"没回复，直接放下笔回拨视频。

喻繁正坐在阳台上吹风，看到视频时愣了一下。他和陈景深最近每天下午都在教室做完作业再走，加上陈景深妈妈总是进陈景深的房间，他们开学后就没视频过。

喻繁立刻接通。风把乱发全吹在他脸上，他烦躁地往后拨，露出白净的脸："到家了？"

陈景深："嗯。我妈来接我，放学就回来了。"

喻繁"哦"了一声，放松地靠回防盗网上："我以为你有什么事……"

"她这段时间都会来。"

喻繁顿了一下。

都会来，意味着陈景深以后放学就要走，没时间再去哪个班里做卷子了。

见他没说话，陈景深道："她最近情绪不太好，可能出了什么事。过几天……"

"正好，每天放学都要留堂，烦都烦死了。"喻繁无所谓地挑眉，很生疏地补充了一句，"那你多陪她。"

"嗯。写会儿作业？"

喻繁刚想说"好"，话到嘴边又变了："挂了写吧，万一你妈突然进来呢。"

陈景深沉默两秒，说："好。"

陈景深手指刚动了动，视频那边的人忽然大喊一声："等等！！"

陈景深："嗯？"

这个视频来得猝不及防，快挂断时喻繁才想起正事儿。他薅了一下自己的头发："你这周五放学……有没有空啊？"

陈景深下意识看了一眼日历。周五，八月十一日，每年这个日子，季莲漪都会订一个礼物送到家里来，久而久之陈景深也就记住了自己的生日。

"有。怎么了？"陈景深问。

"还能怎么？当然是让你出来，"喻繁说，"上网。"

"……"

周五放学,下课铃一响喻繁就出了学校。

他去了平时不常去的商场,问了工作人员后走上手扶梯,径直进了三楼左角的钢笔店。

店里没什么人,在玩手机的老板见到他立刻站直身。

这家店是喻繁在网上看了几天评论才选出来的。他看着玻璃柜里各式各类的钢笔,眼花缭乱地眯了眯眼。

"欢迎光临。"老板立刻走到他面前问,"想要什么款式的?是自己用还是别人用?需不需要我给你推荐几款。"

"送人。"喻繁说。

老板立刻弯腰去翻几支热门款,边拿边问:"送朋友还是长辈?"

喻繁巡视的目光顿了顿,然后飞快地说:"朋友。"

老板立刻挑了几支淡色精致的放到他面前:"那您真是巧了,这些都是新款,南城只有我们这家店有……"

"这款,"喻繁点了点展示柜中一支深蓝色钢笔,"多少钱?"

"九百九十九元。"老板呆滞地回答道。

喻繁双手抄兜,跟那支钢笔冷酷地对视许久,用力一咬牙:"……包起来。"

拎着礼物出来,喻繁边走边算自己的生活费。他以前其实花钱挺随意的,没打算上大学,又觉得日子过得没意思,花起来总有点自暴自弃的味道。

以后每天控制在三十元以下,应该能把高三应付完……

喻繁心不在焉地走着,用余光瞥见什么,脚步一顿,又慢慢退了回去。

他盯着橱窗里的小蛋糕,两个小人在心里厮杀。

省钱。

过生日没蛋糕不好吧?

陈景深多大了啊还吃蛋糕?

多大也要吃蛋糕。

吃蛋糕幼稚不幼稚啊。

三分钟后，喻繁面无表情地站在蛋糕店店员面前："订个小尺寸的蛋……"

手机响了一声，喻繁拿起来看。

陈景深：抱歉，见不了了。家里临时聚餐，要忙到晚上。

陈景深换了衣服准备出门的时候，拉开房门就看到已经打扮好了的季莲漪。

见他已经收拾好了，季莲漪有些意外，一边戴耳环一边说让他先上车，又说今天回外婆家过生日。

陈景深说自己有约，那一刻，季莲漪的脸色变得奇差。她冷着脸不许他去，还让外婆给他打了电话，母子俩对峙了半个小时，直到陈景深发现季莲漪没关好的手提包里有几盒药，才无奈地答应。

陈景深和爸妈两家的亲戚其实都不熟。他和叫不上名的几个同辈坐在一起，冷淡地听他们玩游戏，他在这些人眼中是"别人家的孩子"。其中一个人问他玩不玩，另一个马上说，陈景深怎么可能会玩游戏？

又被季莲漪推到人前和长辈们聊天，坐在沙发上许久，聊成绩聊前程，大家都挺热闹，只有他自己没说过几句话。

中途收到喻繁的消息：聚餐好不好吃？

陈景深回：没关东煮好吃。

熬到晚上，终于坐上车回家。母子俩都还记得出门前的事，一路上谁也没开口。

直到进了家门，陈景深刚准备上楼回房，季莲漪忽然叫住他。

"你今天听到外婆说的那所学校吗？"季莲漪道，"那所纽约——"

"我不出国。"陈景深淡声回答道。

"你可以先了解一下那边的环……"

"不去。"陈景深道，"别提了。"

季莲漪跟他对视几秒，撇过脸表示这个话题结束。

回到房间，陈景深只觉得累。他把礼物盒全都扔到桌上，刚要去洗澡，手机进来一条消息。

喻繁：到家了？

陈景深：刚到。

喻繁：哦，走廊。

陈景深看着这条消息，怔了两秒才有动作。他转身开窗，站在阳台上往下望——

小区里路灯昏暗，树枝随着夏夜晚风晃来荡去，茂密的枝丫下，影影绰绰能看到坐在长石椅上的男生。他手肘不耐烦地支着石椅扶手，跷着二郎腿，旁边空着的位置还放了什么东西。

陈景深电话打过来的时候，喻繁刚赶走一只蚊子。

"陈景深。"喻繁仰起头，把对蚊虫的怒气全撒在阳台上站着的人身上，"你们小区种这么多树干什么？！"

陈景深绷了一天，忽然就笑了。他说："等我下来。"

"别，"喻繁赶紧叫住他，"你就站阳台上。你家客厅窗帘没拉紧，你妈在沙发上打电话。"

说完喻繁又觉得自己有点变态，居然偷窥别人家。

陈景深安静了一会儿，像是在犹豫，半晌才问："怎么进来的？"

"保安见过我，我说我来帮你遛狗。"

"什么时候来的？怎么不跟我说。"

"没多久。"喻繁含糊地说，"陈景深，你废话真多。"

喻繁站起身，从昏暗树影里跟他对视："看得清我吗？"

陈景深说："能。"

然后他就看着喻繁转身去拿椅子上的东西，捣鼓了一会儿后，陈景深眼底一晃，黑夜里忽然冒出一点星火。

喻繁举着点燃了蜡烛的蛋糕转过身。他一只手举着蛋糕，另一只手举着手机，仰头说："陈景深，十八岁生日快乐。"

陈景深今天被强制拽去演了一天的寿星，台词只有"是"、"不是"和"没有"。

这场无聊的剧本原本已经进入尾声。喻繁举着巴掌大的蛋糕远远地对他说了一句"生日快乐"，这一天似乎又热闹起来。

— 115

陈景深站在阳台上沉默了许久,才开口问:"哪儿来的打火机?不是戒烟了吗。"

"……"

喻繁立刻冷下脸:"蛋糕店送的。说戒就戒了,我还能骗你?"

那抹火光把喻繁的眼睛映得闪烁明亮,他皱了下眉,不耐烦地催:"赶紧吹蜡烛,举着很累。"

陈景深很短促地吹了一下,一股轻风拂过,烛火倏地熄灭。

两人都怔了怔。喻繁盯着蛋糕呆了几秒,然后才重新抬头通知他:"行了。这蛋糕你吃不到,我自己吃了。"

"还能这样?"陈景深问。

"不然?我爬墙给你送上去?"

"可以试试。"

喻繁忍着把蛋糕扔陈景深脸上的冲动,重新坐回长凳,掏出叉子往嘴里塞了一口蛋糕。

"怎么样?"陈景深问。

喻繁都不知道多少年没吃蛋糕了,简单评价道:"甜死了。"

两人一人吃,一人看,傻子似的对望了一会儿。

陈景深:"要不我跳下去吧。"

"然后我给你打急救电话?"

"……"

陈景深忍了下笑,看着他一点点把蛋糕吃掉:"为什么突然来找我?"

因为看你发的消息,觉得你好像不是很开心。

喻繁说:"闲得没事干,瞎转转,就转过来了。"

"还带着蛋糕?"

"路上捡的。"喻繁面无表情地说,"正好写了你的名字。"

他实在吃不下了,把蛋糕放回盒子里,准备带回去明天再吃:"陈景深,我回去了。"

陈景深"嗯"了一声:"电话别挂。"

"……哦。"

喻繁拎起蛋糕盒，忽然又想起什么，从口袋里掏出一个黑色礼盒："对了陈景深，礼物。我藏这棵树下，我走了你再下来拿。"

"我现在下去。"陈景深说。

"别，一会儿让你妈看见了。"喻繁提起蛋糕盒，道，"我走了。"

喻繁走出一段，回头看了一眼。陈景深还站在那儿，阳台没开灯，他只能看到男生高瘦的身影。

他想起刚才陈景深和他妈妈一起下车的时候，两人一句话也没说，陈景深拎着很多礼物，脸上却什么表情都没有。

明明是出去过生日的，回来却是一脸寂寞。

陈景深看着他停住，刚想开口问，对方忽然折身回返，走到了刚才那张石椅前。

"陈景深。"喻繁仰着头看他。

"什么？"

一阵微凉的晚风吹过，树叶沙沙响。喻繁的头发被吹得满天乱飞，那双看向陈景深的眼睛在黑夜中微微发亮。

"生日快乐，陈景深。"电话里，喻繁又说。

二十三

高三的日子过得飞快。第二次月考结束的时候，南城步入初秋，天气渐渐转凉，刚买回家不久的新风扇被喻繁扔到角落里积灰。

蓝色的校服T恤已经过季，喻繁从衣柜里掏出基本没怎么穿过的校服衬衫和黑裤套上。他习惯性地留了一颗扣子，背上书包后犹豫了一会儿，把最上面一颗也系上了。

衬衫全扣上不太显傻，喻繁刷牙洗漱好后，对着镜子确认了几遍，才拿起书包出门。

"等等。"坐在餐桌边的喻凯明忽然出了声。

喻繁动作稍顿，冷漠地往后瞥。

"爸煮了面，吃了早餐再去上学。"喻凯明吃得满嘴油，用筷子指了

— 117

指餐桌上的煮锅。

一句话说完,屋内安静下来。

喻凯明本来想装作自然地缓和一下关系,说了半晌没听见应答,他才慢吞吞地抬头:"看我干什么?让你过来吃早餐。哦,我还买了几个菜包,排了半天才买到的,你带去学校……也分点给关系好的同学吃,知道吧?来,放你书包——"

一个空酒瓶破空而来,从喻凯明脸边擦了过去,猛地砸在墙壁上,发出一声脆响。

喻凯明吓得一哆嗦,举着筷子瞪了半天眼才回神,转头想骂:"你——"

"再说那个字就把你嘴撕了。还有,"喻繁说,"别跟我说话。"

喻繁在喻凯明敢怒不敢言的眼神里出了门。他掂了一下书包,刚准备下楼,用余光瞥到楼梯边露出的半边小脑袋,还有一撮小辫子。

楼上的小女孩背着粉色小书包,躲在楼梯扶手后,明显是在等父母送自己上学。她眨眨眼叫道:"哥哥。"

喻繁抬头看她:"说。"

"你是要去上学吗?"

喻繁再懒得答应她,抬脚要下楼。

"哥哥!"她又叫住他,忙问,"另一个大哥哥怎么都不来找你了呀?"

喻繁脚步一顿:"什么哥哥?"

"就是那个,很高很高,很帅很帅……"

"你什么时候看到他的?"喻繁蹙着眉沉默了几秒,问她。

"就在这儿呀,他说他在等你起床。"小女孩指了指喻繁家门口的空地,问,"他下次什么时候来呀?"

"不来了。"喻繁无情地告诉她。

小女孩的表情当时就蔫了,往前走了两步:"啊?那你,那你能不能叫他来?"

"你要干什么。"

小女孩抓着她白色小裙子的裙摆,笑起来时露出刚掉的牙:"我想当那个哥哥的女朋友!"

118

"……"

小女孩蹲下来,双手抓着栏杆,把脸抵在上面看他:"行不行啊哥哥?行不行行不行……"

"不行。"

庄访琴最近情绪变化极大,她每天只要看到喻繁就愁,看到班里逐渐上升的成绩后又喜,一段时间下来,觉得自己都快精神分裂了。

这次月考平均分又提高了一点,庄访琴发卷子的时候,顺便给每个同学送了几根棒棒糖。

于是中午放学,留在班里自习的学生嘴里都叼着糖。

"不学了不学了!努力学了这么久,这次数学月考还比上次低七分!!"章娴静烦躁地扔下笔。

王潞安安慰她:"哎呀,这次月考就是难,你没发现你年级排名上去了吗?大家一样烂。"

"……"

王潞安一转头,看到他另一个兄弟正盯着试卷皱眉。

"干吗啊喻繁,考这么牛还不满意?"王潞安说,"这次差点就进年级前四百了。"

年级前四百有什么用,单看分数,还是离那几所大学十万八千里。

他起点太低,刚开始学的时候年级排名跟飞似的往前冲,越往后学就进步得越慢,分数也开始变得难涨起来。喻繁看着跟之前分数相差无几的卷子,没出声,有点烦躁地揉了揉脸。

身边椅子被拉开,喻繁以为是王潞安,刚想让他回自己座位上坐,抬头看到一张空白竞赛卷被放到课桌上,还有那张冷淡的面瘫脸。

喻繁把糖挤到嘴巴的角落里,怔怔地看着他,还没说话,王潞安先开了口:"学霸?你怎么来了?你今天中午不回家啊?"

"嗯,家里人有事,没回去。"

陈景深边回应边伸手,把喻繁拿着的卷子抽走了。

喻繁举卷子的动作保持了两秒,伸脚去踹旁边的椅子:"干吗看别人卷子?"

陈景深扫了眼他的分数:"还行。访琴讲卷子没?有没有没听懂的?"

"没讲。行个屁,总分还差八十多。"

七班没一班学习氛围那么紧张,班里现在有在睡觉的,有自习的,也有讲题或者说小话的。

王潞安到前面座位质问纪律委员第三节课凭什么记他名去了,大家都面对着黑板,并没人注意教室最后一排。

陈景深:"我给你讲。"

王潞安跟纪律委员大战几百回合,一个小时后凯旋。回去时看到他兄弟半靠在墙上听题,嘴里叼着棒棒糖。

王潞安想起自己也有几道题没听懂,学霸在这儿岂不是正好?于是他立刻弯腰,在他那乱成一团的抽屉里翻翻找找,半天才抽出卷子转头:"学霸……"

陈景深拉开椅子起身:"什么?"

王潞安愣住:"你要走啦?"

"嗯。"陈景深说,"还有十分钟就上课了。"

"……"

王潞安可怜兮兮地抓着自己错题一堆的卷子,目送着陈景深拿起卷子和笔,含着棒棒糖离开了他们教室。

他叹了口气,坐回原位,心想放学再去问访琴好了……

还有两分钟上课,喻繁拿出手机,打开陈景深的对话框,刚敲了两个字,手机蓦地振了一下,一条短信从顶端弹了出来。

陌生号码:你好,喻繁。请你现在来一趟南扬街11号的咖啡厅。

喻繁动作一顿,茫然地皱了一下眉。

南扬街?他们学校后面?

喻繁很少跟人发短信,最新一条短信还是几个月前,隔壁学校的人给他发的。但这人的语气看起来不凶。

上课铃声响起,喻繁手指一滑,忽略掉这条短信准备去上课,下一秒,手机又是一声动静。

陌生号码:我是陈景深的妈妈,想跟你好好谈一下关于陈景深的事。

…………

喻繁下楼的时候遇到了胡庞，胡庞问他："你干吗去？"

喻繁说去帮老师搬东西。放在以前，胡庞已经抓着他的衣领把人拎回去了，但喻繁最近表现太好，胡庞信了，挥挥手让他赶紧走。

胡庞的身影消失在教学楼里后，喻繁熟练地从学校后墙翻了出去。

喻繁去咖啡厅的路上一直心不在焉。

陈景深妈妈找自己干什么？陈景深和自己不在一个班，现在我们也不是同桌，她能找自己干什么？

喻繁被这一条短信弄得措手不及，他不擅长跟人讲道理或吵架。所以他一路低头看着石砖，沉默地在脑海里乱想。

陈景深知道季莲漪来约自己吗？从今天中午来看，应该不知道。不知道就好。

喻繁没怕过什么，他从记事起就敢反抗体形是他几倍的喻凯明。当他走到那家咖啡店门前时，脚步却停了下来。

几秒后，他抬手把额前的碎发往后拨了拨，伸手推开了咖啡厅的门。

季莲漪早上送儿子上学以后，就一直在咖啡厅里坐着了。

咖啡厅被她包了场，四周没有吵闹声，她才能安静思考要怎么跟喻繁谈判。

季莲漪在商场的谈判桌上运筹帷幄十多年，今天面对一个十多岁的高中生，她反而忐忑起来。

门被推开，被她叮嘱过的店员刚要上前，又被她伸手止住。对方立刻明白过来，给她添了一杯咖啡后转身回了后厨。

季莲漪一抬头就看到那头野草似的头发，某些画面浮现在脑海，一股恶心感下意识涌上来。她手指微微颤了颤，身子不露痕迹地往后倾了倾，尽量控制着自己的语气："坐。"

椅子被粗鲁地拉开，男生在她对面坐了下来。

两人无声地对坐，谁都不开口，沉默像是彼此的试探。

良久，季莲漪抗拒又忍不住地打量他：皱巴巴的衣领，脸蛋瘦削，坐姿吊儿郎当，双手有气无力地搭在桌上，满身街头沾染的混混气息。

季莲漪忍着心里的不适，率先开了口："你应该知道我找你是什么事吧。"

"不知道。"喻繁说。

"你和景深。"季莲漪说，"我知道你们是朋友。"

季莲漪看到对方手指抽了一下，然后冷漠地说了一句："哦。"

季莲漪说："你立刻跟他划清界限。"

"你让他自己跟我提。"

季莲漪看着对方无所谓的表情，那股熟悉的焦虑和心慌再次袭来。她努力克制着自己，细长漂亮的手指握紧又松开，反复几次后，她冷静道："你直说吧，要多少钱。"

话音一落，季莲漪似乎听见对面的人很轻地笑了声，男生垂眼懒懒道："这我得想想。"

这笑声莫名让她回忆起前几次和另一个人的会面，她的神经更加紧绷，做了个深呼吸，补充道："行。不过我必须跟你说清楚，拿了这笔钱，你和你爸以后都不要再出现在我和景深面前。"

某个字眼出现的一瞬间，喻繁倏地抬起头来。

他脸上所有表情全部消失，无声无息地看着她，连呼吸的起伏都似乎没了。

季莲漪同样面无表情："我知道你们是有计划的。但我告诉你们，我给你们的每一笔转账、每一条聊天记录和通话记录，我都保留下来了，也联系了律师，我可以明确地说，如今的金额已经够你们俩进去蹲很多年了。"

喻繁只是看着她，没有说话。

"当然，我如果真想告你，今天也不会把你叫出来。我直说我的要求吧，我愿意花钱消灾，最后给你们一笔钱，你让你爸把照片全部删除，然后再给我签一份保证——"

"什么照片？"对面的人木讷地开口道。

季莲漪一室，不可避免地想起那些画面，她闭了闭眼问："你说呢？"

"什么照片？"

"……你们跟踪景深。"季莲漪顿了一下,"到处拍他的照片,现在还来问我?"

喻繁脑子像被一根木棍狠狠捅穿,回忆一下都疼。他过了很久才想起来,喻凯明回来后的那几天,常常在他回家没多久的时候跟着回来。之后忽然有一天,喻凯明问他怎么不出门了。

"没有了。"他听见自己说。

季莲漪并不相信他,但也已经懒得再在这件事上纠缠:"总之,今天事情谈妥之后,你必须当着我的面把我儿子的照片全部删除,然后不再带有目的地接近我儿子。以后你和你爸再来对我进行勒索,我一定会采取法律手段。说吧,你们想要多少钱?"

"他怎么找到你的?"喻繁问。

一句话牵起季莲漪这段时间一直以来的噩梦。

她永远记得那一天,自己坐在车上,被一个男人敲了窗。待她拉下车窗,男人咧开一嘴黄牙对她笑。

折磨从那一瞬间开始。她收到了大量她儿子被跟踪的照片,收到了对方勒索的短信和电话,她几乎睡不着觉,晚上一闭眼,脑子里就全是——

"你报警吧,老子坐牢之前不会让你儿子好过!"

季莲漪不明白喻繁为什么明知故问。她强制自己抽出思绪,冷静地重复:"你们想要多少钱?"

说着,她目光忽然扫到喻繁的手臂上。

喻繁把手抽回来,随意地放到桌下,挡住陈景深中午帮他一点点折上去的衣袖。他没什么起伏地问:"他之前一共找你要了多少?"

"八十万。"

喻繁:"哦。我回去商量一下。"

那就是同意的意思了。

季莲漪把面前的文件往喻繁那儿一推:"这些是我让人整理出来的法律条款,上面已经写明了你们这种诈骗行为一旦被起诉,将会获得的刑期。"

季莲漪其实并没有起诉的打算,她无法忍受这世界上再有其他人知道这件事。

所以在看到喻繁接过这份资料时,她心里松了很大一口气。

"你们商量好价钱,让你爸直接给我发短信。还有,在我给景深办转学的这段时间里,我希望你先暂时不去学校,也不要联系他,我怕他受影响。"季莲漪问,"这对你来说应该不难吧?"

"嗯。"

一切办妥,季莲漪点点头,不愿再多停留。

她拿起自己的手提包,体面地起身离开。可她刚走两步,又忽然停住,转身折回桌旁。

她吞咽了好几次,才低声问:"最后一件事。你和景深交朋友……是不是你威胁他?"

她声音低弱,像是溺水的人微小的挣扎。

喻繁低了低头,扫了自己衣袖一眼,说"是"。

季莲漪彻底喘过气来。她拿起桌上没喝过的咖啡,泼在男生脸上,褐色液体从他头发流到下巴,再一点点浸湿白色校服衬衫。

喻繁下意识闭眼,再睁开时,他听见季莲漪颤抖着说:

"我儿子被你毁了。你跟你爸一样恶心。"

二十四

咖啡厅里只有一个员工。后厨是透明玻璃设计,她虽然听不见外面的人说话,但情况都看得一清二楚。

今天店里被包场,其他员工都不用来了。她陪着外面的男生一起坐了半小时,终于没忍住,拿着热毛巾走了出去。

"你好,需不需要……"

对方忽然站了起来,女员工吓了一跳,下意识后退一步。

男生脸上没什么表情,衣服上的咖啡也已经干了。他转身要走,想起什么后又转身:"多少钱?"

女员工愣了愣,忙说:"不用,那位女士都付了……"

喻繁抬头看了一眼这家店的菜单，从口袋里拿出他今天带出来吃饭的三十块现金放到桌上，转身出了咖啡厅。

现在正是南城最舒服的季节。喻繁走在街上，却像置身冰窖，走路的姿势都是僵硬的。

他闻着自己身上的咖啡味，脑子里什么也没想，只是等回过神来时，已经站在了超市的厨具区域里。

他目光在几样东西上一一扫过，挑好后拿到前台结账。输支付密码时因为手指太木，错了两次，差点被锁。

超市老板正准备拿袋子把东西装起来，对方却直接单手把东西拎起来，转身推门出去了。

回到熟悉的老小区，路过的街坊邻居看到他身上的污渍，又看到他手里的东西，立刻躲得老远。只有一个人还傻傻地跟他搭话。

"哥哥，你也放学啦？"小女孩坐在台阶上，"我们学校今天去秋游了哦，你们也去了吗？"

喻繁开门的动作一顿，转头沉默地看她。

"可是我爸爸妈妈还要好久才回来。"小女孩双手支着脸，看到他手里的东西，"哥哥，你今天要做饭吗？"

"不做。"喻繁哑声说。

她长长地"哦"了一声，突然想到什么，起身拍拍小裙子走了下来："那哥哥，你带我去吃东西好不好？我可以付钱，我秋游还剩了……"她犹豫道，"七块钱。"

喻繁看了一眼自己被她拽住的裤子，伸手进口袋摸了一下，才想起现金全给咖啡店了。

"不去。"他说。

小女孩委屈地松手："啊……好吧。哥哥，你的衣服都脏了。"

喻繁没说话，他开锁进屋，关门之前突然想到什么，又把门拉开。

"今天如果听到什么声音，别下来。不然就把你的小辫子剪掉。"

小女孩吓得立刻捂住自己那两撮小辫子，瞪圆眼奶声道："为什么要剪——"

125

门关上了。

家里没人,喻繁把东西扔到桌上,转身进浴室洗脸。

他脸颊、脖颈、耳朵全都黏糊糊的,皮肤上已经粘上了咖啡的颜色。他抬头看着镜子,抬起脸去搓那几处暗黄色的地方,搓了两下没有搓掉,他又改成抓。

几分钟后,他看着自己脖子上一道道抠出来的血痕,沉默地垂下手。

他总以为等他十八岁,等他毕业离开这里,他就能彻底摆脱喻凯明。但他忘了有人已经逃过,逃了这么多年,还是深受喻凯明的折磨。

喻凯明厚颜无耻,总用两败俱伤的办法去威胁人,专挑别人最软的地方下刀。确实如他所说,他光脚不怕穿鞋的,送他进牢里,他还会出来。这世上的人都牵挂太多,喻凯明就总是能得逞。

他就像是把自己做成一个人肉炸弹,让所有人都拿他没有办法。

但喻繁不一样。别人拿刀戳他的软肋,他会把那把刀从自己身体里抽出来,再扎回到那人身上。

他比其他人豁得出去。

喻繁洗完脸出来时,衣服和头发都已经湿了。他浑身松弛地靠在防盗网上,抬头望着天,脑子里突然又出现中午陈景深给他讲的某道题。

是怎么解来着……为什么突然不记得了。

他盯着太阳,眼睛都要看瞎了。直到手机"嗡"地振了一声他才猛地眨了一下眼。

王潞安:你掉厕所里啦?!

王潞安:怎么还不回教室啊。

王潞安:访琴来教室巡逻,我骗她说你去校医室了,她没怀疑,哈哈哈!

王潞安:你人呢?

喻繁盯着屏幕看了一会儿,才抬起手指打字。

喻繁:我抽屉里还有糖。

王潞安:啊?

喻繁:拿去吃。

他看了一眼时间，喻凯明最近很规律，晚上十点之前一定会回家看球。还剩最后几个小时。

喻繁坐起身，盘着腿认认真真地想了一下。门窗要锁紧，喻凯明声音这么大，得……

他忽然想起什么，跳下阳台回房间。

他从书包翻出钥匙，开了书桌下面的锁，抽出柜子把里面的东西全倒在地上。零零碎碎的东西叠在一起，信封躺在里面，最为明显。

喻繁只瞥了一眼就没再看。他随便抽了个黑色袋子，把关于陈景深的囫囵往里塞。

考试时的草稿纸、已经密密麻麻快要写完的字帖、杜宾犬玩偶……这些都不该出现在这间屋子里。关于陈景深的东西，没有一样是属于这里的。

喻繁就像是在清理什么现场，他把自己记得的东西全装完还不放心，一言不发地把房间全部翻了个遍，生怕自己落下什么。到最后，他甚至把床单掀了，把衣柜打翻，把墙上的奖状全撕下来，跟疯子一样去确认奖状后面的墙壁。

等他全部翻完，房间已经一地狼藉。

喻繁两腿随意舒展着，跟那个黑色袋子一起坐在地上。

他抓了抓头发，不死心地在满地狼藉里找。今天之前，喻繁都不知道自己房间里有这么多东西，他妈以前用过的发夹、他小学的校服、不知哪个年代的橡皮擦……还有一本起了灰的相册。

他翻东西的时候动作太大，相册摊开着躺在地上。

他从相册旁经过，伸手想把这本东西合上，目光扫到上面的第一张照片。

十几个小孩并排站着，顶端写着"夏令营大合照"，因为背景是前不久刚去过的承安寺的红墙，喻繁就多看了一眼。

他当时被其他小孩和夏令营的老师一起孤立，所以站在队伍的最左边，和其他人隔得老远。

另一个被孤立的人就站在他上面的台阶上。

喻繁抬头挺胸看镜头，把后面那个瘪着嘴还在流眼泪的哭包衬得更傻了。

他扫了一眼便把相册合上，把它扔进某个抽屉里，继续低头在地上翻。

过了几秒，喻繁忽然觉得哪里不对。

半晌，他面无表情地回头，盯着那本相册看了一会儿，才伸手去拿它。

翻相册的时候，喻繁的手指是僵硬的，他像第一天拥有手似的，一页页往后找。他在相册里看到了他爷爷，看到了喻凯明，看到了他妈。不知过了多久，他才终于又找到那张照片。

回忆里的夏令营就像被盖了一层纱。他只记得哭包的眼睛很小，长得很瘦，哭起来看不见眼睛。

他跟照片里流泪的人对视了很久，才伸手去拿照片。相册年代已久，放置相片的那层膜已经和照片紧紧贴在一起，喻繁伸手去抠，越抠越急，越急就越弄不出来。凉爽清透的秋风从窗户穿进来，喻繁坐在房里，出了一头的汗。

照片被抽出来，喻繁盯着哭包那熟悉的眉眼看了很久很久，然后抖着手指翻到照片背面。

背面写着每个人的名字。他先是看了一眼"喻繁"两个字，再疲惫地抬眼去看上面——

"陈景深"。

几滴眼泪猝不及防地砸在照片上。这一刻，喻繁的脑袋好像突然通了，皮肤上的黏腻、脖子上的刺疼、胸腔那股巨大的窒息感，全都一并传达到他四肢百骸，痛得他发不出一点声音。

他终于失控，手指剧烈颤抖，眼泪狼狈地不断往下掉。陈景深的名字一直都是模糊的，他伸手去擦照片上的水渍，怎么擦都擦不完。

一股强烈的反胃感涌上喉咙，喻繁放下照片冲出房间。

他跪在厕所里，抑制不住地呕吐。他其实根本没吃什么，每吐一下就觉得要把自己的胃给吐出来，他吐得满脸眼泪，所有感官只剩下苦味。

为什么呢？他想。

喻繁其实很少想这些，但此时此刻，他止不住地想，为什么呢？世界上这么多人，为什么偏偏是他呢？为什么要把他生下来？为什么不把他带走？为什么他好像从来就没顺利过？

恐怕季莲漪也这么想。为什么呢？为什么她儿子要遇到他这样的人？

陈景深为什么要遇上他？

喻凯明回家的时候，房间里昏暗一片。他嘀咕了一句"怎么不开灯"，转身进了自己房间，拿了两件衣服进了浴室。

再出来时，他被面前的场景吓得一顿。

家门被反锁，鞋柜被挪到门后挡着。喻繁没有任何表情地站在鞋柜前面，苍白冷淡地看着他。

"喻凯明。"喻繁说，"你是要跟我一起走，还是跟我一起死。"

二十五

喻凯明是真的害怕了。

人年纪越大越怕死。他年轻的时候愿意和全世界同归于尽，现在老了，只剩下那张犯贱的嘴。

但喻繁现在正年轻，他不想和全世界同归于尽，他只想宰自己。虽然他们关系不亲，可毕竟是从小看到大，喻凯明知道他向来说得出做得到。

这是有史以来，喻繁和他最平静的一次谈话。喻繁以前屁大点儿的时候挨打时嘴里都不服气地在骂他反抗他，今天不仅没动手，连声音都好像没什么起伏。

喻凯明坐在沙发上，忐忑地看着喻繁翻他的手机，眼珠子往四处转了一圈，没找到什么称手的东西，于是更心慌了。

喻繁把关于陈景深的照片全部删光，然后去翻喻凯明给季莲漪发的短信。

看完之后他低头盯着某处沉默了很久，反反复复地告诉自己不行、不可以、不值得。

喻繁在沙发上坐了一夜,喻凯明也在他旁边绷了一夜。喻繁明明什么也没说,喻凯明却觉得自己一整晚都站在陡峭悬崖边上,随时会被一脚踹下去。他精神紧绷了一晚上,以至于身边的人有动作时,他浑身一激灵,立刻往旁边挪了一下。

好在喻繁并没多看他一眼。

天将亮。喻繁起身去给季莲漪打电话,对方很久之后才接,声音憔悴:"我不是说了让你别给我打——"

"是我。"喻繁说,"我带他去自首。"

喻繁听到了药盒的声音,他攥紧拳头,过了很久才开口:"你给我一个银行账号。"

这件事里唯一值得庆幸的,是那笔钱喻凯明并没有花多少。他起初只是几千、一万地要,直到他知道季莲漪开的那辆车的价值后,才狮子大开口要八十万。钱前两天到账,球赛昨晚才开始,喻凯明还没来得及拿这笔钱去豪赌。

把钱打回去后,季莲漪又被吓得不轻,再次打电话来敏感地问他到底什么意思。

"他之前拿的那三万块,以后会陆陆续续打到你卡上。"喻繁说,"照片我删光了,以后不会有事了。"

季莲漪愣怔片刻,好像才反应过来,这件事或许不全和这个男生有关系:"那你爸会不会——"

"我带他走。"

喻繁把黑色袋子里的东西一件件拿出来,放进面前的行李箱里:"这事不会传出去。别让陈景深转学了。"

电话那头陷入沉默。就在喻繁以为季莲漪已经挂断的时候,才听见她说:"尽快,路费或者其他手续需要帮忙就联系我。还有……你走之前,别让景深知道。"

季莲漪明显感觉到儿子已经在渐渐脱离她的掌控,她已经不能承受更多的变数了。

钱被转走，喻凯明像做了一场富贵梦又突然醒来，敢怒不敢言。

不过他这笔确实敲得有点大，紧张的一夜过去，他反而有种劫后余生的感觉。

喻繁进浴室洗了把脸，出来刚要回房间，喻凯明连忙开口："你要拿老子手机到什么时候？这叫侵占别人财产知不知道？"

"哦，那你报警抓我。"

"……"

"我的忍耐是有限度的，喻凯明。你再去找些不该找的人，我们谁也别过了。"喻繁冷淡地说，"收拾东西，走的时候会还你。"

没有收到喻繁回复的第三个小时，陈景深出门去找人，却在门口就被人拦了下来。

"我不舒服。"季莲漪对他说，"联系了徐医生，现在就过去，正好明后两天是周末，你陪妈去吧。"

徐医生是季莲漪的心理医生，曾经帮季莲漪从婚姻失败的痛苦中走出来，如今因为工作调度去了邻市。

"你先去。我约了人，见完我坐高铁赶去。"陈景深说。

他刚走出一步，衣服被拉住。

"先跟我去吧，回来再见。"季莲漪脸色苍白地看他，坦诚地说，"景深，妈现在很痛苦。"

陈景深没说话，在玄关沉默一阵后，他一只脚踏出家门，一句"我会尽快过去"已经到了嘴边，手机突然振了一声。

喻繁：睡着了。发这么多消息干吗，催魂？

陈景深不知何时紧绷起来的神经松懈下来。他低头回了一条消息，简单说了自己这两天去外地的事，然后才抬头去看屋内的人："走吧。"

这次走得突然，陈景深一晚上几乎都耗在高速路上。中途他拿出过几次手机，季莲漪就会敏感地朝他看过来："能收起来吗？太亮了，我有点睡不着。"

到达目的地的时候天已经蒙蒙亮。到了酒店房间，陈景深进浴室洗了把脸，忽然听见隔壁传来季莲漪的声音。酒店房间隔音效果很好，他只能模模糊糊听到一句"不行"。

陈景深动作一顿，脸都没擦干就去隔壁按了门铃。房间内没反应，陈景深等了两分钟后，转身打算叫前台带备用房卡过来，"咔嗒"一声，门开了。

季莲漪面无血色地走出来，不知怎的，她这次的情况好像比以前还要糟糕。

"怎么了？"她问。

"听见一点声音。"陈景深垂眼扫了一眼她握着的手机，"在打电话？"

"没有。"季莲漪几乎是下意识否认，随即又低声道，"开了个视频会议。这段时间忙得没时间去公司，那边出了一点乱子。"

早上六点，视频会议？

陈景深没说话，只是垂眼安静地看她。季莲漪心悸的感觉又漫上来，伸手搭在他后背上："走吧，司机在楼下等了。"

诊所今天只招待季莲漪一位客人。陈景深独自坐在诊室外的长椅上，两手随意地垂在腿间，疲倦地出着神。

季莲漪上次生病是因为发现丈夫出轨。她是完美主义者，掌控别人才能给她带来安全感。她无法接受自己失败的婚姻和糟糕的丈夫，在那之后很长的一段时间，她对陈景深的控制欲已经到了恐怖的程度。

她每时每刻都要确定陈景深在她的视线下，陈景深接触什么人、发生什么事，都必须在她眼皮底下进行。

直到她接受了漫长的心理辅导，得以回归工作之后，这种情况才渐渐好转。

这几天怎么又突然恶化了？

陈景深盯着某处，没找到头绪。

他拿出手机看了眼时间，上午八点，某人应该还在梦里。就诊时间还要一会儿，陈景深点开唯一的娱乐软件，打算撑一下精神。

却看到《贪吃蛇》在线好友1，是喻繁。

陈景深一顿，退出去发消息。

陈景深：喻繁？

那头过了十来分钟才回。

喻繁：别烦。在破纪录。

陈景深：回去帮你破。

喻繁：……滚。

喻繁：打游戏了，别发消息干扰我。

陈景深终于笑了一下，切回游戏观战起来。

回到南城时已经是周一下午。连续做了两天的心理治疗，季莲漪的状态未见多明显的好转。

季莲漪让司机直接把车开去学校，陈景深下车之前，季莲漪出声叫住他，说今天下午她要回公司处理一点拖了很久的事，可能来不了学校了，让他按时回家。

这会儿是上课时间，操场只有几个上体育课的班级。

陈景深掂了掂书包肩带，刚要往教学楼走，忽然瞥见一个熟悉的身影。

他脚步一顿，蹙起了眉。

喻繁倚着图书馆天台的栏杆往下望。图书馆建得不高，不过位置好，一眼能把南城七中看个七七八八。

他特意挑上课时间过来，一来就上了天台。本意是这儿离得远，高三教学楼看不见，他能毫无顾忌地在这儿等庄访琴下课，但真站到这儿了，又忍不住朝高三教学楼的六楼看去。

是今天回来吧？在听课，还是在刷题，抑或是在考试？

正出着神，楼下忽然响起一道尖锐的哨声，喻繁以为自己被发现了，立刻转身蹲了下去。

等了一会儿没了动静，他半蹲起身去看，只是体育老师在叫那些逃课去食堂的学生回来。

这体育老师也带他们班，这声哨子经常是吹他的。

喻繁吐出一口气，干脆背靠墙坐了下来，把手伸进口袋想掏烟，听到天台铁门发出的"吱呀"一声后又立刻停住。

他以为是保安巡逻，懒洋洋地抬头去看。

133

然后看到了他连名字都不敢想的人。

喻繁两腿屈着,还没坐稳,满脸愣怔地看着对方走过来。

他还没来得及做出任何反应,陈景深已经走到他面前蹲了下来。

陈景深注意到他脖子上的几块创可贴边缘,刚要抬手,喻繁倏然回神,伸手去挡。

陈景深问:"怎么弄的?"

"……猫抓了。"喻繁开了口才发现自己声音哑得过分,可能是这两天都没怎么说话的缘故。

"为什么在这儿?逃课了?"陈景深问。

"刚打完狂犬疫苗回来。"

平时生病都不愿意去医院的人,怎么可能因为被猫抓去打疫苗。

喻繁平时编谎的时候一直喜欢往别的地方看,但说这几句瞎话的时候,目光却一直放在他脸上。

陈景深沉默几秒:"没事吧?"

情绪差点决堤。喻繁咬了一下牙,绷得下颌都鼓了起来。他终于说了一句实话:"没事,吵了两句。"

陈景深"嗯"了一声:"再忍忍,最后两个学期了。"

"……"

喉咙干疼得厉害,喻繁庆幸过了两天:"你什么时候回来的,怎么不去上课?"

"刚来学校。"确定他没事,陈景深疲惫地松了一口气,"这两天陪我妈去了趟诊所。"

"……严重吗?"

"回来的时候好多了,只是还要定时去。"

喻繁喉咙滚了滚,过了好半晌才"哦"了一声。

陈景深蹙眉看了他一会儿。喻繁平时话也不多,但很少这样,脸色苍白,没有生气。

下课铃响起,喻繁如梦初醒:"下节是物理课,你回去吧。"

"背我课表了?"陈景深问。

"可能吗？只记得这一节。"

"你呢。"

"要去一趟访琴办公室……周五下午出去上网，被她抓到了。"

"我陪你过去。"

"不用。"喻繁舔了下嘴唇，"下节是体育课，现在去办公室也是罚站。我坐会儿再去。"

陈景深说："那我等你。"

"别。"喻繁说，"又不顺路。"

陈景深沉默半晌，妥协道："那你早点去。今天不赶着回去，晚点我去教室找你。"

天台旁边就是一个大音响，上课铃声轰轰烈烈地响起，能把周围人的耳朵震麻。

喻繁眨了一下眼，突然在这震天的音乐声中小声叫了一句："陈景深。"

"嗯？"

"……没什么。"

音乐响了十秒。喻繁手撑在身侧，指甲都扎进了肉里。他这两天脑子里一团混乱，在这一刻似乎全都清空了。

在一阵恍惚感里，喻繁听到陈景深低低对他说："放学等我。"

一班下课总比其他班级晚。最后一节课，陈景深频频往外看。

栏杆没人，墙边没人，门口也没人。

他拿出手机，给置顶的人发去一条消息：拖堂。你先做作业。

对方迟迟没有回复。

陈景深太阳穴一阵一阵地跳，总觉得不太对劲，做题也难以集中思绪。拖堂时间一直延长到二十分钟，在陈景深第三次看手机的时候，他心头猛地一跳，忽然拿起书包起身，在全班的注视和老师的疑问声中出了教室。

他终于反应过来是哪里出了问题。在他出现在天台的一刹那，喻繁的反应完全不对，震惊、茫然，像是根本没想过会见到自己。

中午留校自习的人很多，但下午基本没有。大家都赶着吃饭、洗澡，再返回教室自习。

所以陈景深到七班教室的时候，里面空无一人，只剩寂寥。

这种场景陈景深也不是没见过。但今天似乎比往日还要空。

他走到教室最后一桌，静静地垂眸看去。

平时这桌面上都会摆着最后一节课的课本、做了一半的卷子，还有一支经常忘盖的笔。桌肚也是乱糟糟一团，卷子和练习册搅在一起，每次上课或交作业都要翻半天。

但此时此刻，这张课桌空空如也。

陈景深一动不动地站在课桌旁，不知过了多久，他才拉开旁边的椅子坐了下来。他从书包里随便抽了张卷子，提笔开始打草稿。

偶尔拿出手机看一眼，拨一通电话，他再放下继续做。

夕阳打在他僵硬挺直的脊背上，陪着他一起沉默。

后门传来一道声音，陈景深笔尖一顿，回过头去。

庄访琴神色复杂地站在那里。他们对视良久，庄访琴才出声："怎么不回家？"

"等喻繁。"陈景深说。

庄访琴上了一天的课，脸色疲倦。脸颊似有水渍未干。

她看着少年固执又冷淡的表情，抓紧手里的课本，好艰难才继续开口。

"……回去吧，不用等了。

"喻繁已经退学了。"

二十六

庄访琴在出声之前想过陈景深知道这件事后的各种反应，或悲伤，或震惊，或慌乱。

但陈景深很平静。他一言不发地坐在那儿，直到广播站开始广播，操场音响响起《夏天的风》的前奏，陈景深才终于开口。

"他说什么了？"

他说什么了……

庄访琴脑海里立刻浮现那个平时散漫嚣张的少年,疲倦地微驼着背,垂眼望地,轻描淡写地对她说:"老师,我读不了了。"

庄访琴一开始不答应给他办,让他实在不行就先休学,等事情处理好了再回来读书。喻繁摇头,说不回来了。

陈景深听完没说什么,只是点了点头,收拾好东西,背起书包说:"我知道了。老师再见。"

庄访琴站在七班走廊上目送着他离开。

放学有一段时间了,操场跑道已经没几个学生。陈景深单肩背着包往校门走,影子被落日拖得很长,板正又孤独。

庄访琴摘下眼镜,眼泪忽地又涌出来。

其实她没把话说完。

她当时原本是想给喻繁一耳光的。明明变好了,明明进步了,为什么还是被拽回去了呢?但她站起来后,巴掌又忍不住变成拥抱。

"陈景深知道吗?"她问。

她明显感觉到喻繁一震,可能是终于明白她之前说的"千难万难"是什么,少年许久都没再说话。

直到最后,她才听到一句低声的、哽咽的话。

"别说出去,求求你,老师。"

陈景深去了那个破旧的老小区。

喻繁似乎不是很想让别人看见他出现在这里,以前他每次来的时候,总是被很急地拽进屋里。

但今天他敲了很久的门,又在门外的台阶上坐了两个小时,还是没人愿意放他进去。

小区楼梯是声控灯,很长一段时间,楼梯间里只有一盏幽幽的手机灯光。

陈景深发了消息没人回,打了电话没人接,他给自己定了规则,一局《贪吃蛇》结束就再试一遍。周末两天时间,喻繁已经破了他的纪录,勉强超了一千分。

又一局游戏结束，陈景深退出来习惯性去看排行榜第一，却发现上面是他自己的头像。

可他还没有破喻繁的游戏纪录。

陈景深僵坐在那儿很久，直到有人上楼，声控灯亮起，陈景深的身影把那人吓了一跳。对方一哆嗦，脱口道："有病吧，坐这儿不出声！"

陈景深不说话，只是终于愿意动一动手指，按照自己刚定的规则，切回微信去发消息。

消息已经发不过去了。

在楼梯坐到晚上十点，直到手机撑不住快没电了，陈景深才终于从台阶起身，转身离开了小区。

这条老街很小，陈景深把每家店都走了一遍，甚至去了御河那家上网的地方，等他把所有能跑的地方跑完，连烧烤店都已经准备收摊了。

陈景深站在门口又打了一通电话，这次连漫长的"嘟"声都没了。女声冰冷委婉地告知他，他的手机号码连同他的微信，已经被人打包一块儿扔进了垃圾桶。

回到家，陈景深发现屋子亮堂一片，安静得像一座无人岛屿。

他给季莲漪发过消息，说有事晚点回，之后手机就没了电。现在看来，季莲漪还在等他。

季莲漪之前应该是在房间和客厅之间来回踱步，此刻房门大敞。她正抚额坐在书桌前，闭着眼在疲倦地讲电话。

陈景深抬手刚要敲门——

"妈，不用再联系外面的学校了，先不让景深转学了。"听见电话里母亲的询问，季莲漪揉揉眉心，含糊地说，"没什么事。只是之前有个不学好的学生，我怕他受影响，现在那学生转走了，事情就差不多解决……"

看见站在门口的儿子，季莲漪倏地没了声音。

季莲漪一直觉得自己的婚姻生活是美好的，是令人艳羡的。但事实打了她一巴掌，她的婚姻充满了欺骗和谎言，早就污秽不堪。

之后的每时每刻，她都告诉自己，没事，没关系，虽然没了婚姻，但她还有一个乖巧懂事、品行端正、成绩优异的好儿子。可此时此刻，她的好儿子直挺挺地站在她面前。她过了几分钟才找回声音："景深，你只是被他带坏了，是他威胁你，他亲口承认的……他那种孩子从小缺乏家庭教育……"

"他很好。"

"不是！不是！"季莲漪把刚买回来没几天的杯子扔到地上，砸得四分五裂，歇斯底里地对陈景深尖叫，"是他！是他！！你是好孩子！你是不是还在怕他？但他已经走了啊，你不用再这样……"

"是我一定要跟他做朋友，是我缠着他，是我——"

"啪！"清脆的巴掌声打断了陈景深的话。

他脸偏向一边，没觉得疼。他说："他一直拒绝，但我不肯放过他，我……"

他话没说完，季莲漪双手捂在他嘴上，指甲都抠进他脸颊的肉里，她面无表情地摇头："不是的，景深，你以前明明很听话很乖的，为什么啊，到底为什么……"

陈景深抓住她的手腕，挪开。

"因为我是一个人。"陈景深垂眼陈述，"不是你养的一条狗。"

季莲漪怔在原地，她浑身都使不上力气，只能眼睁睁地看着陈景深拿起地上的书包，转身朝他的房间走去。

上楼之前，陈景深回头问："你知道他去哪儿了吗？"

季莲漪还对着自己房间的木门，她喃喃道："景深，你不是这样的。"

陈景深转身上楼。

翌日大早，陈景深发现楼下静悄悄的。他推开门，看到季莲漪坐在沙发上发呆，看起来一夜没睡，桌上摆满药盒。

心理情况太糟糕，季莲漪很快被送到医院住院，陈景深在医院陪床了两天，直到他外婆安排了几个陪护轮流看护，他才得以继续正常上学。

陈景深到学校的那天，一班门口蹲守了好几个人，一看到他就立马冲了上来。

"学霸，你知不知道喻繁退学了？？"朱旭着急地问。

"他把微信群退了,把好友删了,电话都给我拉黑了!你呢?你电话打得通吗?"左宽问。

陈景深摇头。

"那你知不知道他去哪儿了?"王潞安眼眶通红地问,"他什么都没跟我说。"

"不知道。"

"我都说了,连我们都不知道,学霸肯定也不知道,你们还非要上来问。"左宽想了想,"要不我们去问你们班主任?她肯定知道吧!"

"我问过了,她不说。"王潞安说。

"再问一次嘛,走!"

三个男生风似的下了楼,只剩一直没出声的章娴静还站在原地。

季莲漪的情况比上次糟糕。陈景深每个周末都会去医院看她,尽管季莲漪并不愿意跟他说话。

除开周末,他每天放学都会去一趟老小区。去久了,整栋楼的人几乎都见过他了。

这天他一如既往地停在那扇老旧的黑色木门前,抬手刚要敲门。

"哥哥,你来找哥哥吗?"一个小女孩坐在楼梯间的台阶上,双手捏着书包肩带问他。

"嗯。你见过他吗?"陈景深问。

小女孩摇摇头,说:"哥哥搬走了哦,和那个大坏蛋一起。"

小女孩觉得很奇怪。

她明明都说了,这户的大哥哥搬走了,为什么这个哥哥听完之后还要敲门呢?

没得到回答,她低头看下去:"所以哥哥,你到底……哥哥,你怎么啦?"

陈景深这段时间一直把自己绷得很紧。他麻木地在家、学校和老小区里转,三点一线的生活过了很久,仿佛在做什么任务,只要日子久了,积累到某个数字,这扇门就能被他敲开。

一瞬间,那个模糊的数字好像忽然变得清晰。而他做任务的次数早已远远超过那个数字,面前这扇门依旧无声无息,岿然不动。

声控灯熄灭,楼道陷入一阵漆黑、短暂的冷寂。

陈景深终于在这一刻,接受了他找不到喻繁的事实。

他沉默地立在那儿,抬手挡住眼,掌心滚烫一片。

一个学校或班级,很少因为某个人离开而变得不同。

少年时期的情绪来得快去得快,再加上高三繁重的课业,一段时间过去,高三七班大部分人都习惯了喻繁不在的日子。

只有后排那几个人,带着对喻繁不辞而别的怒气,在躲在厕所的时候大声咒骂。

也在聚会的时候发誓,不管喻繁还会不会回来,他们从此都是陌生人,绝不跟他多说一句话。

后来他们被沉重的高考气氛压着一步步向前,煎熬又笨拙地尝试着多学一点,渐渐不再提起这个人。

只是喻繁的课桌自始至终都摆在那里,连同他旁边那张一样。每次考试时王潞安会自觉地多搬两张桌椅,考完后再默默搬回来。

微信里那个小小讨论组沉寂了一段时间,又开始活跃。对话里少了两个人的身影,一个是退群了,另一个是不说话。

王潞安曾开玩笑说觉得陈景深根本没来过他们班,喻繁退学后这种感觉就更明显了。

明明还在一所学校、一个微信群里,他们却很少再和陈景深碰面或说话,周一的主席台也没再出现过他的身影,只知道他次次考试依然是第一。

就连得知陈景深保送江城大学的消息,大家都只是私底下夸几句,到了群里只字不提。

偶尔在教学楼打个照面,大家都觉得他好像变了,却又说不出来哪里变了。

不过想来也正常。

在这枯燥又烦闷的高三时光,连章娴静都不再染发,懒得搞那些花里胡哨的指甲,她成天顶着张疲惫的脸趴在课桌上背课文。

冬去春来，王潞安和左宽还成立了一个跨班学习小组。

一直到高三最后的尾声，拍毕业照这天，又是一年热夏。

章娴静前一晚往各个群里转载了很多关于毕业的老土规矩，什么在校服上写名字、把校服纽扣送人、撕书……在班级群里隐忍多年的庄访琴终于出来冒泡，说谁敢撕书，她就和谁急。

说是这么说，但法不责众。第二天大家依旧在漫天纸屑中拍完了属于他们的毕业照，高三七班最后一排的右边，王潞安特地空出了身边的位置，是属于他和他兄弟的浪漫。

离校的最后时刻，章娴静穿着签了七班所有人名字的校服回教室拿水杯。

她把杯子里的水一口喝完，又拿起马克笔，在衣服特意留出的一块空地上随意写下："喻繁""陈景深"。

她重新把马尾绑好，拿起所有东西起身离开。走之前，她鬼使神差地往那个空了快一年的座位看去。

她随即微微一怔。

一束晨光倾斜进教室。

空荡荡的课桌里，躺进了一颗干净剔透的白色纽扣。

它们藏进校园一隅，孤独安静地待在一起。

★第四章★
那我就等到了

二十七

  十一月的宁城晴空万里。

  宁城是座临海城市,其他城市早早入了冬,这里每天气温却还保持在二十摄氏度以上。每到冬季,这座城市的人流量就会变多。

  在日光笼罩下,蓝色海面波光粼粼,每道浪花都像夹着鳞片,带起一阵哗啦浪声,再被卷入海里。

  沙滩边的女人整理了一下自己的裙摆,撩起头发抬眼想说什么,看到她今日的摄影师时又忽然没了声。

  面前的年轻人个高腿长,身穿宽松的灰色卫衣,衣袖捋至手肘,露出一截清瘦白皙的手臂。

  他头上敷衍地戴了顶冷帽,头发全拢在帽里,额间有几撮头发乱七八糟地跑出来,此刻正垂着头,趁没浪的空隙检查相机里之前拍的照片。

  他的脸全暴露在空气中,干净的眉眼,流畅锋利的轮廓线条,是任谁看了都觉得英俊的长相。

  她约过很多拍外景的摄影师,这是她见过的最白的一个。甚至白过了头,他没表情时显得很冷,没有生气。

  每个经过的路人都会下意识瞥他一眼,她一下分不清谁才是在拍照的那一个。

  正恍惚着,对方忽然抬起眼,黑亮清冷的眼睛笔直朝她看过来。

  下一刻,她脚脖被浪花轻轻一撞,男生举起相机,女人心跳顿时好像漏了一拍,下意识挑起裙摆笑了一下,然后听见一道清脆的快门声。

  "怎么样,拍到了吗?让我看看。"浪潮又退回去,女人拎着裙子朝男生跑去。她第一时间不是去看相机,而是抬头盯着摄影师的脸。

对方不露痕迹地让开身,跟她拉开半人的距离,把液晶屏伸到她面前。

女人视线还停留在摄影师脸颊的两颗痣上,直到脖子被人搂住,身后响起一道慵懒的女声:"怎么样?"

她这才低头去看液晶屏,眼睛瞬间睁大:"……好看。"

"主要是你人好看。"汪月抬起眼皮,对旁边的男生使了个眼色,把相机接了过来:"这边差不多了,喻繁,你去帮我们买两杯柠檬水?"

喻繁懒懒地"嗯"了一声,转身刚要走,衣袖被人抓住。

"等等,你帽子借我用用。"汪月表情一言难尽,"今年什么情况啊,十一月能晒成这样,我头发都要焦了。"

话还没说完,对方已经扯下冷帽。男生茂密杂乱的头发散下来,正好到脖颈,蓬松的碎发把眼睛半遮半挡住,更让人忍不住看他。

男生走远后,汪月立刻被发小反钩住脖子。

"汪月!你工作室有这么帅的小男生居然不告诉我!你早说我不就早点回国了!!!"

"我说过啊,"汪月把帽子随便盖在头顶遮太阳,也不戴,"你自己翻翻聊天记录,六年前,我是不是跟你说我工作室来了个挺帅的小男生。"

"这叫挺帅?这是无敌爆炸帅!"

女人顿了顿,问她:"不过怎么是摄影师?这脸这身材,不该去当模特吗?"

汪月道:"刚来做兼职那会儿是模特,后来人家改行了。再说了,人家现在在这一行做得风生水起好吧,知不知道每天有多少网红想跟他约拍?你今天这趟还是我这老板给你走的后门,不然你起码得排上两个月。"

女人"哦"了一声,掏出手机:"那你再给我走个后门,把他联系方式给我。"

"别想了,想约他的比想找他约拍的还多。"汪月伸出手指比了个数字,"他在我工作室干了这么久,别说谈恋爱,我就没见过他对谁热情过。"

"我就是那个例外，我追小男生可拿手了，他成年没？"

"废话，都大学毕业了，好像再过半个月二十四岁。"

"行，你看着，姐妹半个月拿下他……"

汪月双手抱臂，看着喻繁站在吧台前等柠檬水的背影，不由得想起自己和他第一次见面的时候，喻繁也是这么站着。只是那会儿，他面前是派出所的接警台。

拍完已是日落时分。夕阳半浸在海里，将这座小城市染红一片。

回到工作室，女人凑到电脑前去看原片。她记得发小的话，看片子的时候跟喻繁拉开了一点距离。

汪月没骗他，这小弟弟虽然年轻，但技术是真的好，对光感的把握和构图都很有自己的想法，照片里的自己连头发丝儿都仿佛在发光。

她深吸一口气，立刻抽出烟盒，给对方递了支烟："弟弟，来一根。"

汪月从他们身边经过，说："他戒了。这福气让我来享。"

"小弟弟，你不是本地人吧？我怎么听着口音不像。"

鼠标难以察觉地顿了一下，对方终于淡淡地回了她一句："南城的。"

"怪不得，南城的人就是要白一点哈。那小弟弟，我晚上请你吃顿饭？我的意思是请你和汪月一块儿，然后……这片子你到时帮我修好看点呗。"

"不用。"喻繁说，"挑几张喜欢的。"

挑完片子又过了两小时，跟对方约好交片时间后，喻繁随意背起挎包，拒绝了汪月的晚餐邀约，转身离开工作室。

汪月的工作室开在一条还算热闹的小街上，冷月高悬，美食小吃的香味飘满整条街。宁城是座小城市，没有南城那些高楼大厦，每条街道都像他以前住的老小区。

喻繁出门右转，没入了熙熙攘攘的人群里。

这座小城市对一些事物的接受度并不很大，喻繁那头茂密的中长发再加上他的脸，每次走在街上都会被行注目礼。

他习以为常地在路人的视线中随便买了份烧腊饭，再进超市买了两杯牛奶，最后拐进某个 loft（跃层）小区。

喻繁小时候虽然没在宁城生活过，但他爷爷是这里人，经常和他说起宁城的人文风情，这里勉强算他半个老家。所以在当初决定离开时，他首先就想到了这里。

他刚回来时住了两年爷爷留在这里的瓦屋，直到把那三万块还完，才辗转找到了这套loft。房主汪月认识，租金给了他折扣，他便一直住到现在。

二十多平方米的loft对一个一米八的男生来说有点挤，不过因为是复式，勉强够用。喻繁开锁进屋，按亮灯，里面冷调简洁的布置瞬间清晰起来，一眼望去都是白灰黑。

他把吃的放桌上，打开电脑直接修片。

喻繁最近想换一台相机，在攒钱，这段时间接的活也就多起来，连续几晚都加班修片到半夜。等他修完今天的目标数时，那份烧腊饭都已经凉透了。

他随意扒了两口饭，为了应付自己的胃病又灌了杯牛奶，拿起衣服进了浴室冲澡，出来时手机里多了几条消息。

汪月姐：繁宝，明儿有空不？

喻繁：有事直说，别这样叫我。

汪月姐：啧。那还能找你什么事，明天想再找你加趟班。

汪月姐：我明天还有一个网上认识的小姐妹要来宁城，我们就商量着一块儿去海边烧烤聚餐。她和我发小一样，都是网红嘛，她们要在微博营业什么的，我寻思着让你来帮忙拍拍照。当然，姐肯定给你结钱，你就当是在外面接私活。

汪月刚做了指甲，翘着手指费力打字：你这段时间不也一直在加班嘛，这半个月都没休过，你要累的话就算——

喻繁：钱不用。时间、地点？

约好时间，喻繁从挎包里翻出在工作室洗出来的照片上了楼。

他在床对面的墙上安了一块黑色毛毡板，上面用大头针挂了几根绳，绳上夹满了照片，基本都是他这几年来随手拍的风景照，这会儿已经快要满了。

喻繁随手把今天刚拍的落日夹上去，然后擦着头发沉默巡视，打算拿下几张。目光扫到某处，他擦头发的动作突然顿住。

这面墙只有两张照片里有人物。

一张是六个人的背影，他们在游乐园金色暖光衬托下潇洒自在，仿佛无忧无虑。

另一张脸人物都算不上，只是一道很近、模糊不清的白色身影，背景里的游乐园夜市也虚影一片，明显是不小心按下快门拍下来的。

这张照片连脸都看不见，喻繁却瞬间在脑海里把画面轮廓补齐。

明明已经是六年前的照片了。

喻繁垂眼望着那道白色，直到眼睛都睁得酸了，才终于又有动作。

他抬手，食指在这张照片上很轻地刮了一下，然后动动手指，把旁边两张街景照拆了。

翌日，喻繁按照约定时间到了海滩时，汪月和她的发小已经把烧烤架子摆上了。

他顺手帮她们把食材搬下来，然后挑了个日光照不到的角度，低头确认相机参数。

没过多久，身后忽然闹哄起来，应该是汪月另一个小姐妹到了。

果然，下一刻他就听见汪月的声音："宝贝儿！我以为你还要一会儿呢。"

"哪能啊，都迟到一会儿了。我没想到你们这里连机场都堵车，急死我了。"来人道，"说的那个特帅的摄影师在哪儿呢？"

喻繁倏地抬头，眼皮猛地一抽，被那声音震在原地，条件反射地抬腿想走。

"那儿呢。"汪月在身后叫了一声："喻繁……欸？喻繁，你去哪儿——"

身边的人爆出一声尖叫。

汪月吓一跳，转头道："你干什……"

话没说完，身边的小姐妹已经火箭似的冲了出去，她身上那件清纯温柔小碎花裙在风中乱飞，裙摆晃得像随时能给谁一大嘴巴子。

喻繁从恍然中回神，想躲开已经来不及。对方冲过来就钩住他的脖子用力往下压,力道像是要恨不得用手肘把他掐死。

"喻繁! ! !"章娴静在他耳边尖叫,"你怎么不再死远点! ! !"

二十八

一顿海滩烧烤四个人,分成了两边坐。

汪月和她发小两人认真地吃着,偶尔转头好奇地看一眼另一边。

"你就是个不讲义气的王八蛋!"

"嗯。"

"你这个没心没肺的烂人!"

"嗯。"喻繁捏起一张纸巾递给她,"擦擦。"

章娴静明明是在生气,但她说着说着就莫名其妙想流眼泪,她一把接过纸巾,小心地擦了擦眼:"你知不知道你走的那段时间,我们每回经过垃圾场,王潞安和左宽就非要进去看一眼,我每次出来身上都是臭的!"

"……"

说完他们沉默了一下,两人对视了几秒,在心里一致同意王潞安和左宽脑子有问题的事实。

章娴静骂了一阵,缓过来了。他们以前谈到喻繁都蛮感慨,大家起初的说法是这么久不见,就算某天碰面也肯定生疏,不熟了;后来时间长了,就基本默认不会再相见了。

她也这么觉得,没想到在看到喻繁的第一眼,高中那两年的记忆猛地攻击她的大脑,她想也没想就冲了过去。

她变了,喻繁看起来其实也变了。但很神奇,几年之后,她觉得他们还是好友。

"他们还说要是见到你,揍你一顿就走,一句话都不跟你说。"

"他们打得过再说吧。"喻繁后靠在椅背上懒洋洋地说。

章娴静想笑又想哭:"所以你高三和大学都在宁城读的?汪姐怎么说你今年刚毕业?"

"中间停了一年才读的高三。"

"你当年……"

"家里的事。"喻繁轻描淡写道。

"那你退学就退学,删我们好友干吗?群也退了,怎么,退学就不想和我们来往了?"

喻繁忽然又想起搬家前夕,几个男的上门问喻凯明,说好今天还钱,为什么迟迟没到账?收拾行李是不是想跑路?

他才知道喻凯明还借了几千块的贷,滚成了两万。喻凯明还不上,他们就翻喻凯明手机,给手机里所有能找到的联系人全打了电话,完了没一个朋友愿意借喻凯明钱还债,又转身想抢他的手机。

他当时把人赶走,把联系人一个个删了,连微信都注销了。

他垂眼沉默了一会儿,只能说:"不是故意的。"

敏锐感觉到他不太想继续这个话题,章娴静顿了顿,小声说了句"算了"。

喻繁:"他们这几年怎么样?你呢?"这句话从见面就想问。

"挺好。"章娴静说,"想不到吧,我也混了个二本,不过最后没找到专业对口的工作,没办法,太漂亮了,发几个视频就红了,干脆当网红去了。王潞安毕业就进了他爸公司,小老板一个。左宽在做汽车维修,待的修车厂还行。婷宝现在可牛了,大律师,才毕业就进了大律所。陈景深……"

冷不防听见这个名字,喻繁心口一抽,下意识停了呼吸。

章娴静说顺嘴了,一时间不知道该停还是该继续。

直到对面的人轻飘飘地开口:"他怎么?"

章娴静这才继续说:"其实具体的我也不太清楚,他本来就不怎么爱在群里说话嘛,转了班后就更不说了,我好几年没跟他聊天了……后来我们都是听吴偲说的。他保送了江城大学,好像是计算机系?吴偲说那是最难进的专业,里面全是牛人,再然后……不知道了。"

喻繁没什么表情地看着某处,认真地一字一句地听,然后在她话音落下的那一刻很冷淡自然地接一句:"哦,不错。"

"你们后来没联系了?"

喻繁咬着牙又松开,反复几次后,他说:"没。"

罢了。章娴静拿出手机,边敲边问:"不过我刚看到真的吓了一跳,你头发怎么留这么长?也太帅了。"

"懒得剪。"喻繁垂眼看着她飞在屏幕上的手指,"你干吗?"

"把找到你的事告诉——"

话没说完,手里一空,章娴静的手机被抽走了。

"干吗?"章娴静愣愣道,"不能说啊?你要和他们绝交?"

"不是,"喻繁动作比脑子快,他扫了一眼章娴静刚打出来的"老娘抓到喻繁了"这行字,道,"过段时间吧,最近忙,没空跟他们聊。"

"……"

章娴静:"抱歉,我忍不住,除非你把我人绑起来,不然就是你把我手机扔了,砸坏,我都要跑去网吧登上我五年没用的QQ,给我那四百二十九位QQ好友宣布这个消息。"

喻繁抬头看她,那双冷漠的眼睛蠢蠢欲动。

章娴静:"……现在国家扫黑除恶挺厉害的,你知道吧?"

喻繁看了一眼群里的人数,除了他一个没少。他把对话框里的字删掉:"算了,随你,但别在群里说。"

章娴静反应过来了:"也别和陈景深说,是吧?知道了,理解,毕竟闹掰了嘛。"

"……"

"聊得怎么样啦?"另一边,什么也没听清的汪月没忍住走过来,"给你们烤好的肉都凉了。"

"聊完了。"喻繁把手机还回去,拉起椅子起身,"你们吃,我修片。"

三个女生聚会,其中两个还是需要发图营业的网红,这顿海滩烧烤几乎都在拍照。下午喻繁扛着一箱食材下车,傍晚又扛着一箱食材回去,重量似乎没减多少。

章娴静喝了点酒,扯着喻繁的衣领重新加上了微信。

最后汪月负责把所有人送回家。她们之间的话题喻繁不太插得上,他干脆偏头看窗外忽闪而过的路灯,直到车上的话题一点点扯到他身上。

从汪月发小的一句"他上学时是什么样"开始，章娴静一句句答——

"他上高中的时候，从来不正眼看人，跩得要死……天天跟人不对付，每周一都能看到他在主席台上念检讨。

"老师怎么不管？管啊，当然管，管不了，他死猪不怕开水烫。

"当时我们隔壁的三个学校，都没人敢惹他……"

"可我怎么记得他复读的时候成绩还行，后来不也考上大学了？"汪月忍不住也开口。

"哦，因为高二的时候有个很厉害的学霸……"感觉到身边人杀人的视线，章娴静慢吞吞地闭上了嘴。

回到家时，喻繁已经精疲力竭。

他开锁进屋，把门关上，接下来就没了动作。

他在漆黑的玄关处站定，出神地盯着某处。

他已经很久很久没听到陈景深的名字了。

刚离开南城时，他其实每天都在听他的名字。喻凯明每次喝酒回来，嘴里会嚷嚷着"我要回去找陈景深他妈""陈景深电话多少""你是不是傻"。

然后两人吵了一架，喻凯明安分一段时间后，又嚷着要回南城，反复了几个月才终于清净。

喻繁在黑暗里站了半小时，才终于按开房间的灯，捂着胃部上楼。

章娴静这人一向诚实，她说忍不住就是忍不住。当晚，喻繁就收到了一条好友请求。

王潞安申请加你为微信好友，附加消息：无。

他当时正胃痛，也懒得去计较这个"无"字里包含着多大的怨念，闭着眼就通过了。

章娴静似乎只给王潞安说了他的事，之后再没收到其他好友请求，王潞安自从加上他之后也没跟他说过话。

喻繁本身就很少主动跟人聊天，不然也不至于到宁城六年了，也就只有汪月和房东跟他联系最勤，其余的都是客户。

更何况这么久没见，他一下也不知道该说什么。

所以加了好友一星期后,他和王潞安的对话框还保持在那句"我通过了你的朋友验证请求,现在我们可以开始聊天了"。

直到这天,喻繁熬了个大夜把手头的工作处理完,睡醒时手机里收到了三十多条语音消息。

条条一分钟。

他今天休假,躺在床上又眯了一会儿,才慢吞吞伸手指从第一条点开——

"喻繁你他……"切掉,下一条。

"老子倒了霉认识你……"下一条。

"我跟狗做朋友都比跟你……"下一条。

…………

大约在二十五条后,王潞安的激情辱骂终于停止,喻繁才眨眨眼,开始一字不漏地听。

"你过得怎么样啊?我听说你在宁城,怎么跑这么远啊。

"你有良心吗?当年一声不吭就走了,现在加回好友还不跟我认错,有你这么当兄弟的吗?

"我这几年一直找你,还百度你消息,什么也查不到,我还以为你死了,我都打算再过两年找不到你,就给你立个坟,也算是兄弟为你尽的最后一份力。"

喻繁盯着天花板,边听边在心里回应。

我过得就那样。

我没良心。

正常,有段时间我也以为自己死了。

全部听完,喻繁拿起手机按下语音键:"你爸答应给你的豪车,买了没?"

那头安静了一会儿。

"买了,我考了一本,他能不给我买?我都开着车去给左宽那家修理厂捧了好几次场……"王潞安语带哽咽,说到最后又忍不住骂人,"想死你了。"

两人没打电话,只是一直发语音。实在太久没说过话了,语音能给对方留一点思考说什么的时间,挺好。

喻繁不喜欢闲下来,他起床泡了杯咖啡,边有一搭没一搭地跟王潞安聊,边跟他下一个客户确定拍摄事项。

他下个客户是来宁城办婚礼的,说是好友们难得聚齐,想趁婚礼前一天穿着礼服,跟伴郎伴娘们拍一组特别热闹的婚纱照。

拍婚纱照需要摄影师有一定的沟通能力,喻繁以前就没接过,更别说这次还有伴郎伴娘,他想也没想就推了。

只是没过几天,对方又联系上来,价格翻了两倍。

喻繁跟对方谈妥风格,约好时间,然后点开王潞安一分钟前发来的语音:"我为了让你知道你的错误,在朋友圈分享了七次《最佳损友》,连学霸都给我点赞了,你就是屁都不放!"

喻繁对着这条语音发呆。

王潞安的一声"学霸",突然好像把他拽回高中教室,他抓着头发解题,而旁边的人垂眼握笔,伸过手来,在他草稿纸上简单随便地留下计算过程。

偶尔他看着看着理顺了,就会抓住对方的手腕,不让他再往下写。

喻繁举着手机按下语音键:"陈景深——"

上滑取消。

"他……"

上滑取消。

"你们毕业后……"

上滑取消。

喻繁纠结得有点烦躁,甚至莫名地想抽自己一耳光。他用力抓了一把头发,消失了两年的焦虑去而复返,最后不小心发了一条空白语音过去。

喻繁刚要撤回,门铃突然响了。

从快递员手里接来一个巴掌大小的包裹,喻繁皱了皱眉,确定自己这几天没买什么东西,又翻转着包裹去看寄件人——"章娴静"。

"……"

喻繁拿起小刀拆开包裹，里面露出了字条和黑色小盒子。

别人都是先看字条再看盒子，喻繁偏不。他单手推开盒，看到一个皱巴巴的透明封口袋。

里面装着一颗白色纽扣。

喻繁动作顿住，一眼认出这是校服纽扣。很多学校的校服纽扣都做得很像，但他就是觉得这颗眼熟。

  高三毕业的时候，陈景深放在你抽屉里的东西。我寻思放那里迟早要被收走，就拿回来了，反正是你的纽扣，要留要扔你自己决定吧。

喻繁拆包裹的时候随意粗鲁，现在手悬在半空，连碰一下那东西都犹豫。

他站立在那儿，垂眼跟那颗纽扣对视，脑子里不自觉去想那件他碰过很多次的校服，想象陈景深把纽扣放进去时的模样。

直到手机"嗡"地又响起。

"怎么又不回消息？忙呢？"王潞安说。

手指终于落下去，隔着薄薄的塑料袋很小心地跟那颗纽扣贴了一下。

"陈景深现在怎么样？"喻繁听见自己对着手机问。

"你们还联系吗？"

"……他过得好吗？"

宁城终于赶在十一月的尾巴降了温。临海城市，天气一凉就刮妖风下雨，汪月到工作室时今早刚夹的头发已经被吹乱。

汪月勉强把自己的刘海从后面拯救回来，看了眼已经坐在工作室里修片的人，怔怔道："你今天就穿这个来的？"

十几摄氏度的天气，喻繁穿着一件单薄的黑色长 T 恤，盯着电脑应了一句："嗯。"

这城市降温得不讲道理，一到晚上温度打对折，他出了公寓才发觉，又懒得再回去拿。

"但你今天不是出外景拍婚纱照吗？"汪月说，"现在客人还没来呢，赶紧回去拿件外套。"

"不用，反正他们上午先拍棚里的，看了天气预报，中午就升温了。"

"……"

"趁着年轻使劲儿造吧，等你老了别后悔。"汪月发现喻繁脖子上多了一根挺细的银链子，随口说了一句，"把链子吊坠拉出来，放里面不好看。"

"别管年轻人。"喻繁说。

"……"

约的客人准时到场，之前商定的是六人一起拍，三女三男，这会儿只来了五个。

"还有一个伴郎在路上，麻烦再等等啊，从外地赶来的，说马上到了。"新郎说。

喻繁点点头，不怎么在意。

礼服和妆造都是对方自己负责，新娘带来了好几套礼服，件件看着都价值不菲。她和几个小姐妹在一旁化妆，整间工作室里都是她们的欢声笑语。

"别丧着脸啦，"新娘搂住她身边一位小姐妹，"明天的捧花我扔给你，让你马上就遇见你的真命天子！"

"哎，算了吧，被渣过一次之后，我现在看谁都像渣男。"

"怎么回事，多大年纪就断情绝爱的。要不我让我老公给你介绍几个？"

"别，IT男哪有帅哥啊？全是格子衫、'地中海'……"伴娘说着忽觉失言，立刻补充，"当然你老公除外！"

"你这是职业歧视啊。"新郎立刻道，"等着，马上你就能见到一个特帅的IT男。"

"真的假的？"

"真的，以前我们系的大神，跟我们一个宿舍。他那都不叫系草了，起码也得是个校草级别。"新郎碰了碰自己另一个兄弟，"人还特牛，当年我俩每次要考什么试,都要往他桌上放点吃的喝的,俗称拜大神。"

那个伴娘惊叹:"……连你俩都要拜他,那他得有多厉害……现在也跟你们一样在大厂工作?还是出国深造了?"

"哪能啊。他没毕业就被各路大厂抢了,那真叫一个头破血流……最后人家哪家也没选,去了南城一家新互联网公司,技术入股,这才过了一年多,发展得跟骑了火箭似的。"

喻繁检查完设备,在旁边默不作声地回王潞安消息。

剩下那人迟迟没来,新娘商量着先拍几张女方单独的,拍完过了半小时,依旧没见人影。

新郎打电话回来,道:"我问了,还得一会儿,要不先给我俩拍一张吧,他太帅,不带他玩。"

伴郎立刻笑呵呵地说:"没问题!我来衬托你!"

喻繁半跪在地,镜头朝上,找好角度刚要按下快门,工作室的门忽然被推开。汪月挂上去的风铃脆弱地晃了两下。

新郎抬头看了一眼,笑道:"来了!"

"抱歉,下雨堵车。"

低沉冷淡的声音像万斤重锤,狠狠砸在喻繁脑袋上。

"没事儿。"新郎朝喻繁看了一眼,说:"稍等啊兄弟,他换件衣服,马上。"

喻繁张嘴想回应一声,没发出声音。

他保持着原来的动作,只是脑袋低了一点,头发加上相机,几乎挡了他整张脸。

喻繁像被打了一拳,脑子一片空白,呼吸缓一阵急一阵。他僵跪在那儿好久,想起来却又没力气,腿好像都不是自己的,迟钝得新郎叫了他两声,他才举着相机重新抬头。

他紧紧盯着取景器里新出现的男人,握着相机的手指头发白。

那副熟悉的眉眼冷淡地看过来,在取景器中与他对视。

喻繁努力了好几次都按不下快门,明明浑身都凉得没知觉,他眼前的画面却在晃。

别抖了。

别抖了……

二十九

刚离开的那几个月,喻繁每天都在看回南城的车票。二百一十七块钱,他就又能见陈景深一面。

甚至有一次,他已经买了车票,收拾好了行李。他告诉自己,就在后门栏杆看一眼,看完马上就回来,可他刚到车站就接到医院电话,讨债的找到了他们现在的住址,喻凯明已经被打进医院。

护士还没说几句话,电话就被要债的抢了过去,那边的人嚷道:"你爸说你朋友很有钱!哪儿呢!父债子偿,赶紧找你朋友借钱还债!!"

挂了电话,喻繁在站台上待了很久,他看着高铁来,又看着它走,站到有工作人员来问他是不是出了什么事。

他摇摇头,把那张车票扔进垃圾桶,捡起地上的包转身出了站。

喻凯明自己欠的债他不可能还,自那之后,喻繁每天都在和要债的周旋,没再想过回去。

只是偶尔午夜梦回,他还是会打开软件看一眼车票,会想南城和宁城之间只隔了二百一十七块钱,他和陈景深会不会在某个角落不小心撞见。

有次他看见一张很像陈景深的侧脸,匆匆一瞥,他追了半条街,追上才发现正脸简直天差地别。

他当时站在人海里,后知后觉已经过了六年,陈景深已经不穿高中校服,五官也早就不知被时间磨成什么模样了。

直到此刻见到了,他才发现其实没有怎么变。

总显得不太高兴的单眼皮,挺拔的鼻梁,清晰紧绷的下颌线,每处线条都跟他记忆里的一样。只是多年过去,男人的肩背已经更加宽阔沉稳,挺括的灰色西装加重了他身上那股与生俱来的疏冷感,取景器里的目光干净利落,不近人情。

新郎说的话不无道理,陈景深入了镜,就算只是站在角落,一样像是照片主角。

新郎等了一会儿，姿势都要僵了，刚想开口询问，眼前一闪，摄影师终于按下快门。

喻繁以前没接过这类型的活儿，所以大多姿势和动作都是汪月在一旁教，完了她就会问喻繁："有什么意见没有？"

镜头后的人几乎每次都有意见，只是声音似乎比以往都要低得多："新郎头抬高点。肩挺直。表情放松。"

直到某个姿势，喻繁蹲在地上，盯着取景器安静了很久。

在汪月忍不住又要催的前一刻，他喉结滚了滚，说："左边的……"

陈景深看着镜头，在等他下文。

"身子往右边偏一点。"

陈景深动了动。

"过了，回来点。再回来点，手臂……"

"你干吗呢，繁宝。"汪月纳闷道，"这得说到什么时候？直接上手调啊。"

"……"

喻繁又在那儿蹲了几秒，才跟牵线木偶似的起身过去。他相机单手举在脸前，走到陈景深身边，手指僵硬地摁在他肩上，调了一下角度。

"深哥，你是不是头一回拍这种照片？"新郎看他任人摆布，忍不住笑着开口，"辛苦了。"

"还好。"陈景深扫了一眼身边低着的脑袋，问："手臂怎么摆？"

"……"

喻繁拎着他的衣袖往旁边挪了挪，语速很快地扔下一句"就这样别动"，立刻转身回到了原来的位置。

再抬眼去看取景器，陈景深一如既往的面瘫脸。他刚刚挡得很严实，陈景深应该没看清他的脸。

喻繁松了一口气，却又忍不住想，陈景深如果发现了会是什么反应？

你会说什么？会因为自己当年的不告而别而生气吗？还是会当作只是遇到老同学，尴尬地寒暄几句，在这次工作结束后体面道别。

这些乱七八糟的念头一直持续到上半场拍摄结束。

新郎站在他身边看照片,边看边夸,喻繁心不在焉地往后翻着照片,前面忽然传来一阵铃声。

喻繁下意识跟着其他人一起抬头,对上陈景深视线后心头猛地一颤,他被这一眼钉在原地,手臂笨拙迟钝地往上举——

但陈景深目光只是从他脸上掠过。他抬了下手机,对新郎道:"接个电话。"

说完,陈景深转身向阳台走去,留下一个干脆利落的背影。

这个对视太匆忙,喻繁还没来得及用相机挡住脸。他把相机双手举在胸前,姿势狼狈。

想了这么多,唯独没想过时间过了六年,头发遮了半边脸,陈景深有可能认不出他。

之前的遮遮掩掩像个笑话,喻繁脑子空空,低头继续麻木地划拉相机里的照片。

阳台门刚关上,那位说不信IT男里有帅哥的伴娘已经冲了过来:"你有长得这么帅的朋友居然不早点告诉我!快,把他微信推给我!"

"人就在这儿,你怎么不直接问他要?"新郎道。

"他看起来好像有点不爱理人,我不太敢搭话。"

"那你放心,不是看起来,他就是不爱理人。我俩跟他同寝室四年,第三年才跟他熟起来的。"新郎掏出手机,刚要打开微信,忽然想起什么道,"不对,你加他微信干吗?"

"你说呢?我跟他结拜当兄弟?"伴娘道,"当然是想发展一下!"

"那不行那不行。"新郎放下手机。

新娘往他肩膀上来了一下:"你什么意思?不是说好要介绍给我姐妹?"

"不是不是,我之前只是反驳她那句IT男没帅哥,没说要把陈景深介绍给她啊。"新郎忙说,"人家没那个心思。"

伴娘商量道:"这样吧,你把他联系方式给我,我试探着问问,如果他有女朋友就算了,没有我就立刻出击。"

"不行不行。"新郎摇头。

"……"

不知熬了多久,阳台门被推开,陈景深说:"久等,处理一点事。"

"没事。"新郎说,"那我们继续?"

喻繁提起相机,头也不抬地说:"好。"

天气预报不太准确,拍完棚里的景,外面气温依旧维持在十五六摄氏度。不过好在雨停了,外景不至于被耽搁。

来了宁城,外景自然又是海滩。新郎在这儿临时租了一辆六座商务车,还雇了一个司机,他们几人坐进去正好,只是没法捎上摄影师。

"没事,我们有车子的,景我也踩好了,一会儿你们车子跟在我们后面就行。"汪月从楼上下来,手里拎着反光板笑道。

她最近闲着没事,成天在干助理的活打发时间。

"行,那我们上车等你们?"新郎问。

"没问题。"

工作室的门被拉开,方便穿着礼服的一行人出去,冷风毫无阻挡地往里灌。

喻繁低头收拾要带出去的东西,他把胃药塞进包里,听见汪月在化妆间门口喊了一声:"繁宝。"

汪月手里举着两件新的男士外套,是她之前买来送男友的,结果还没送出去那狗男人就出了轨。她问:"一会儿你穿出去工作。喜欢哪件?"

"不用。"喻繁说。

汪月"啧"了一声:"你这小男生怎么这么不听话,快,挑一件。"

"不要。"

喻繁低头看包,在确定自己有没有漏带什么,肩膀忽然被人碰了一下。他以为又是汪月,皱眉抬起头,对上陈景深视线时整张脸都僵住。

厚重的黑色外套被递过来,喻繁毫无知觉地双手抱住,回神时对方已经走出工作室,顺手把门给关上了。

汪月把这一幕尽收眼底。

只见喻繁木头似的在那儿戳了很久,终于有了动作。

他沉默地展开外套,往自己身上套,宽大的外套把他身子全拢进里面，使他看起来没那么单薄了。

去海滩的路上，汪月每次停车都要瞥一眼副驾驶座位上的人。

"你们认识？"到了第三个红绿灯，她终于忍不住问。

"嗯。"旁边人哑声应道。

"朋友？"

"高中同学。"

汪月这才想起来，这次的客户跟喻繁、章娴静一样，也是南城人。

"那之前怎么没见你们打招呼？"她纳闷道。

喻繁自上车后就一直转头对着窗外。他嘴巴埋进外套里，闭眼闻着那股熟悉冷冽的薄荷香，感觉着胃里一阵阵抽搐性疼痛。

他沉默了好久，久到汪月都觉得他不想回答或睡着了。

"我以为他没认出我。"喻繁说。

三十

另一辆商务车，坐在中排独座的人同样盯着窗外沉默。

陈景深第一次来这座城市，它很小，很安静，像他去过不知多少遍的那条老街。

目光掠过每条路、每间店，他都会默默地把脑子里的人填进去，会想这六年间那个人有没有经过这里，发生过什么事，遇到过什么人。

那个人住得习惯吗？日子过得开心吗？

阴雨天，车子被一个悠长的红绿灯截下。陈景深盯着一个报刊亭看久了，好像在窗里又看到那个半跪在地上举着相机的背影。

瘦了，过了六年，比高中时还瘦，脸都瘦成了尖脸。依旧总是挂着一副又冷又凶的表情，跟客人说话也没见有多礼貌，话比以前更少，头发留得很长。

车子重新启动，陈景深蜷了下手指，把视线转回车里。

后面在热热闹闹聊天。

"我刚才看了一下原片，这个摄影师拍得真不错，不枉我排了这么

162

久的队。我本来还想约他明天去婚礼现场跟拍,但他说他不接这类活儿,唉。"

"我推荐的能有错吗?这家店挺红的,你一说要来宁城办婚礼我马上就想到这家店了。"伴娘道,"摄影师也很帅气,是吧?"

新娘立刻赞同地点头:"可惜有女朋友了。"

"什么?你怎么连这都知道?"跟陈景深一块儿坐在中间的新郎皱着眉回头问。

"他们网店下面的评价呀,我之前把店铺分享在群里,你没点开看?都说他和店长是一对。"

新郎又靠回椅背,长长地"哦"了一声,退出了女人的群聊。

他整理了一下衣襟,转头看向身边的人:"深哥,最近公司不忙吗?"

"还好。"陈景深说。

新郎点点头,心想真是神人。他有个朋友跟陈景深在一家公司,上周他们见面时,他朋友的黑眼圈吓人得能被直接扛去动物园,那真是用血汗赚钱,对方还连连感慨每次和陈景深出门吃饭,别人都以为他是陈景深的叔伯。

陈景深两腿随意叉开坐着,新郎瞅了一眼,觉得挺帅,有样学样地叉了个同角度。

"还好你来了,不然年底我都找不着人。"新郎问,"不过你后来怎么又有空了?"

他之前邀请过陈景深一回,对方拒绝了,谁想几天后,陈景深忽然给他打电话,接下了伴郎的活儿。

"手头的项目差不多了,之前积累的假连着年假一块儿休了。"陈景深轻描淡写地答道。

"……"

新郎目瞪口呆,过了好久才道:"也、也不用这么多天,我,我这婚礼就办一天……"

"知道。"陈景深说,"正好来这边办事。"

"这样……"新郎松一口气。

车里很快又开始聊明天婚礼的事,陈景深心不在焉地听着,拿起手机随便滑了几下,又翻到了他前段时间看到的朋友圈。

那是王潞安发的:啊啊啊,年底怎么这么忙!好想去宁城!

章娴静:这段时间多吃点肉,万一去那边挨了骂也没事。

左宽:你再忍忍,我还有半个月放假。

一根弦绷紧时,再细微的动作都能拨出声响。

陈景深以前也不是一个敏感的人,但他看到这条仿佛在打哑谜的朋友圈时,直觉或许和喻繁有关。

他打开王潞安的对话框犹豫了很久,突然想起好友前几日发起的婚礼邀请,好像就在宁城,便打开好友拉他进去的讨论组看了一眼,正好看见新娘分享的摄影工作室,还有一句"摄影师好帅,长发,脸上还有两颗痣"。

陈景深点进去,在带图的评价里看到他找了六年的人。

雨虽然停了,宁城天空却依旧乌云密布,看起来随时就要轰轰烈烈下第二场。

所以大家到了目的地,火急火燎地就开始拍摄。外景局限性没那么大了,拍起来速度比棚里快,没多久就拍完了合照,只剩下最后新郎新娘单独的照片。

陈景深坐在遮阳伞下等,汪月给他递了瓶矿泉水。

他放下手机接过,说了声"谢谢"。

"不客气。"汪月随意扫了一眼他的手机,然后一愣,"你也看过这烂片?"

"什么?"

"《夏日、圆月和你》,那部二〇一七年模仿热门电影名蹭热度的超级烂片,你的手机壁纸不是里面的场景吗?"汪月笑道,"喻繁的手机壁纸跟你的一样,我身边就你俩上了那烂片的当。"

陈景深握着手里的水瓶,喉结滚了好几遍,最后只有一句含糊的"嗯"。

照片赶在下雨的前一刻拍完,大家齐刷刷抱着东西往停车区跑。

喻繁撑着伞把汪月送上驾驶座,雨在伞面上砸出声响,他打开副驾驶车门的时候没忍住扭头往后车看了一眼,那个穿灰色西装的人已经一脚踩上了车。

"干吗呢?雨都进我宝贝车里了!"汪月喊他。

喻繁回神,飞速地收伞上车。

到了工作室,喻繁用纸擦干净黑色外套沾上的水珠,坐到办公位上开始修今天的图。他修了几下就要偏偏脑袋,往门口看一眼。

等了很久没看见人,汪月从他身边经过,他装作不经意地问了一句:"他们呢?"

"吃饭去了。"汪月随口答道。

喻繁点点头,继续埋头修图。

过了一个小时,汪月准备下班,看到喻繁还在楼下坐着。

"你怎么还不回去?"她诧异道。

喻繁揉揉脖颈:"等他们回来看图。"

"他们不回来了啊。下雨天的,人家明天还结婚,怎么可能特地再跑回来一趟看图?直接发邮件或者微信给客户就行了。"

喻繁一个动作保持了很久,呆滞重复:"不回来了?"

"新娘说她婚礼结束会过来拿照片。"

"……"

喻繁在梦里演练过很多次和陈景深重逢时要说的台词,冷淡的、抱歉的、热烈的、悲伤的,没想到真正遇上了,他们却一句话都没说。

他过了好久才哑声开口:"那衣服……"

"哦,我都忘了。你们不是同学嘛,商量一下还回去不就行了。"

"我……没他微信。"

汪月给对方打了个电话,然后折返:"问了,说是过几天新娘拿照片时顺便取。你就放店里吧。"

"……我带回去。"喻繁说,"雨打湿了,洗一下再拿回来。"

汪月点点头:"也行。"

暴雨过去,此时宁城妖风四起,阴雨绵绵。

雨点小,平时这种天气喻繁都懒得撑伞,今天却特地找工作室借了一把，单手拢着衣服闷头往公寓走。

直到深夜，喻繁才想起自己今晚缺了一顿。

他囫囵吃了几块饼干，又吃了点胃药，脱了衣服进浴室洗澡。

宁城湿冷，冬天不长，可一旦降温那就是冻到人骨头里去。喻繁套了件T恤出来觉得不妙，打开衣柜在外套里挑挑拣拣，最后默默转头，瞥了眼刚被他挂起来的黑色外套。

……反正也是明天才拿去干洗店。

外套被海风吹了大半天，上面的薄荷味道已经很淡了。喻繁屈腿坐在沙发上，把鼻子闷在衣服里修今天的图。

把其他人的图都修完，他的鼠标挪到陈景深脸上，停了好久都没动。

早知道今天说一句话了。

说什么都行，例如好久不见，又如过得怎么样……

想一句胃就抗议地抽一下，喻繁躺在沙发上想了一会儿，胃疼得麻木，他索性坐起来把屏幕里陈景深的脸拉成圆形，又调回去，反反复复，最后揉了一把脸，把电脑盖上，随手抓了个枕头放到颈后，蜷缩着身子侧向沙发闭了眼。

喻繁不记得自己是什么时候睡着的，被敲门声吵醒时他脑子混沌一片。

他盯着沙发背垫看了一会儿，抬了抬脑袋想起来，才发现有点使不上力。

一米八的男人在窄小沙发上窝一晚上确实有点过分，他闭眼缓了缓，撑着手站起来，腿和手臂麻了一片。

眼皮和脑袋都重得厉害，还有点晕。喻繁往自己头上敲了几下，开门时顺手薅了一把自己睡飞了的头发，烦躁地问："谁……"

看清门外的人，他立刻僵住，陷在头发里的手也没再动。

"我来拿衣服。"陈景深说。

婚礼在中午就结束了，他换了件深蓝色卫衣和黑色运动裤，干净清爽得似乎又从成年人的模式抽离出来，还是以前那个冷淡矜贵的年级第一。

喻繁抓着门把手怔了很久，才重新绷起眼皮回应一句："哦。"

"等着，我去拿……"喻繁说到这里又猛地停住。

陈景深低头扫了眼他身上的衣服，喻繁也跟着低头看了一眼，目光在陈景深来找的那件黑色外套上停了很久。

"……"

好丢人。好想死。他为什么要穿着陈景深的外套睡觉？？

喻繁头皮发麻了很久，从牙缝里挤出一句："我没别的外套，都洗了。"

他说着就想把外套脱下来，在这个过程中手臂碰到门，门往陈景深那边晃了一下，眼见就要合上。

喻繁下意识想去抓门把，门把却被一只大手拦下了。

"那你先穿着。"陈景深垂眼看他，低声道，"好久不见了，不请我进去坐坐？"

喻繁手还抓在外套上，因为手脚发麻和胃疼，反应有些迟钝。他顿了一下，下意识回忆起自己家里的情况，昨晚没吃饭，所以屋里没什么味道，垃圾昨天出门前也丢了……

陈景深安静地等了很长一段时间，他下颌线绷紧了一瞬，又松开，最后道："算了。"

说完他转身离开。刚走了一步，后面的衣服被人用力扯住。

喻繁太急，几乎抓了一手的布料，陈景深身后的卫衣被扯了好长一段。

见他回头，喻繁另一只手把门推开，木着脸硬邦邦道："进来。"

三十一

陈景深进屋就看见一张灰色沙发，上面乱成一团，腰枕、毯子、电脑堆在一起，沙发上还有个凹印，应该是不久前有人窝在这里。

面前一个圆形的玻璃小茶几，洗出来的照片、手机、耳机、杯子、药盒乱七八糟摆了一堆。

平时其实是没这么乱的，只是喻繁昨晚头昏脑涨，东西都随手放。

喻繁把腰枕和毯子挪开，将桌上的东西囫囵扫进旁边的白色小篮子里，头也不抬地闷声说："你坐，我去洗把脸。"

"嗯。"

浴室里传来模糊的洗漱声。陈景深坐在沙发上,有一瞬间像回到南城那个小房间:也是这样的声音,风扇"吱呀"地转,他坐在椅子上等喻繁,书桌上摊着两人份的卷子。

陈景深手掌按在沙发上,这儿之前被毯子掩着,还有点喻繁留下来的体温。陈景深很沉地吐出一口气,紧绷了好久的神经终于弛缓下来,敞着腿靠到沙发上,毫无顾忌地环视起这个房子。

很小的复式公寓,一眼就能看个七七八八,每样家具都是冷色调,但生活气息很重,窗边挂了几件深色T恤和长裤,能看出是一个人住。

他朝二楼瞥了一眼,由于角度问题,只能看见白墙、书桌和某块黑色板子的边缘。

陈景深收起视线,前倾身子,伸手钩了一下被放在茶几下层的小篮子,在里面挑挑拣拣出几盒药,翻过来看。

浴室里,喻繁木着脑袋刷牙洗脸,满脑子都是陈景深怎么会来,陈景深就在外面,等会儿要和陈景深说什么。

他随手扯下毛巾往脸上揉,有点用力,完了他抓了下头发,把睡歪的衣领扯回来。

出去时,陈景深正低头按手机,沙发前面的空间太小,他两条腿艰难屈着,看起来有些憋屈。

喻繁照着工作室里养成的习惯去倒水,才想起他在这儿住了几年,家里没进过其他人。于是他找出买了很久都没有拆开的杯子,倒了水再放茶几上,然后发现另一件更尴尬的事。

他没地方可待。茶几往前走一步就是楼梯,没有小凳子,沙发也只有一个,此刻被腰枕、毯子和陈景深占了大半。

喻繁站在那儿,像高中时被庄访琴罚站。正犹豫要不要上楼拿椅子,陈景深抬眼看他,然后拎起腰枕放到自己身后,又往旁边挪了挪,沙发上空出一块。

喻繁手指蜷了一下,然后绕过去坐下来。

这样并肩坐着仿佛是上辈子的事情了。

喻繁手指交错地扣在一起，眼睛随便盯着某处，看起来像在发呆，其实用余光一直往旁边瞧。

陈景深把衣袖往上撸了点，六年过去，男人手臂线条已经变得更流畅有力，手背青筋微凸，正随意地滑着手机屏幕。

喻繁出神地看了一会儿，那根纤长的手指往上按了一下锁屏的键，屏幕"咔"的一声灭了。

"当初直接来的宁城？"陈景深很淡地开了口。

"嗯。"喻繁立刻挪开眼睛。

"一直住在这儿？"

"没，前些年住别的地方。"

陈景深沉默了几秒："过得好吗？"

这段时间喻繁好像一直在听这句话，章娴静、王潞安和左宽都这么问过他。他都只是嘴巴一张一合，轻描淡写一句"挺好"。

明明是一样的话，从陈景深嘴里问出来怎么却不同？

窗帘没拉，窗外阴沉，细雨像是下在他胸腔里，喻繁抠了一下手指说："还行。"

完了他顿了一下，又问："你呢？"

"不好。"陈景深说。

喻繁抠手指的动作停住："为什么？不是考上了江城大学，工作也不错？"

"你怎么知道？"

"……王潞安说的。"喻繁瞎扯。

"忙。"陈景深垂着眉眼说，"上学时竞争大，工作事情多。"

再忙不也有休息日？

这句话到嘴边又被咽回去，喻繁想起别人说的……他绷起眼皮，觉得家里的空气比刚才泼在脸上的凉水都冷："哦。"

电脑忽然"嘀嘀嘀"响了几声，喻繁才记起自己昨晚睡前只把电脑盖上了，没关。

陈景深从沙发角落把电脑拎起来递给他，喻繁琢磨着这个消息频率应该是工作上的事,接过放腿上就掀开了盖子。

屏幕里是被单独放大的陈景深的脸,其中一边脸颊被拖圆得都要飞出屏幕。

喻繁快速关掉了修图软件。

"其实不修我的脸也行。"陈景深说。

"……不修太丑。"喻繁很硬地解释道。

消息是汪月发来的,连着好几条,还有一条是早上的消息,他睡着没看见。

汪月姐:繁宝,你那个高中同学来找外套了,我说你今天休假,让他上门找你拿哈。

汪月姐发来一个文件夹:这套图客户有点意见,让你把腿再拉瘦,人拉高,还有脚指头的弧度也要修圆润点。这图今天就要,你赶紧修了发我。

汪月姐:人呢?醒了吗?

喻繁:醒了,知道了。

汪月姐:好,修好了发我。

汪月姐:对了,还有昨天拍的那套婚纱照,客户那边添钱加急了,说是回老家还要办一场,想把这套图也放进婚礼视频里,你最近不是缺钱嘛,我帮你答应了。这个也尽快,新娘说过两天来店里拿照片。

汪月姐:我跟你未来姐夫吃饭呢,不然我顺手就帮你修了。那辛苦你加班,下周一请你喝奶茶。

喻繁回了一句"不用",接收文件时顿了一下。

"你忙,不用管我。"身边人懒声说。

于是喻繁点开文件,摸出数位板低头忙碌地修起来。虽然客户的意见只是人物问题,但图重新回到手里,喻繁忍不住又微调了一下光影细节,才开始去修曲线,每修好一处就放大、缩小好几遍去确认。

把这份文件重新传给汪月后,喻繁瞥了一眼旁边的人,确定陈景深在看手机后,他飞快打开昨天那张照片,把陈景深的脸颊从天上拉回来。

"做这行几年了?"陈景深问。

"谁记得。"喻繁含糊道,"算上兼职,四年吧。"

陈景深目光落在他屏幕上:"看不出来。"

喻繁本想着这套图也就剩最后两张,干脆一起修了完事。但没多久他就后悔了。

"怎么不修我?"刚要切到下一张,陈景深问。

"你不是说不用修?"

"你不是说我丑?"

喻繁握笔的手紧了一点,深吸一口气去修左边角落的人。

陈景深偏着头,冷淡地开始指点:"修矮点吧,比新郎高太多不合适。

"给我修出点笑容?

"头发好像有点飘。

"我的鞋……"

喻繁忍无可忍,扭头就扯陈景深的衣领:"陈景深,你屁事怎么——"

目光对上,两人突然都沉默。

陈景深垂眸看他,眼睛黑沉幽深,没有话里的挑剔,像把无言又锋利的钩子。

身边冷色调的家具仿佛都消失,他们又回到南城七中,他也是这么爱把人的衣领抓过来,拎到自己面前说话。

这是重逢后,陈景深第一次认真看他。

除了瘦了点,喻繁其实没怎么变,只是熬夜修图修出了淡淡的黑眼圈,嘴唇干得有点发白。

视线被什么东西晃了一下,陈景深垂眼,视线往下落去。

喻繁回神,条件反射地跟着他往下看。看到自己洗漱时怕弄脏而敞开的外套前襟,还有不知什么时候跑出T恤圆领外的,用细银绳吊起来的白色纽扣。

喻繁神经一跳,恨不得把这颗纽扣扯下来扔出窗外。

他立刻松开陈景深的衣服,慌乱到用两只手去把它塞回去。在外面待的时间长了,纽扣贴到皮肤上时还凉凉地冰了他一下。

喻繁低着脑袋,但他知道陈景深还在看他。

"砰砰"两声,平时一年半载都发不出动静的门,响了今日第二回。

"我去。"沙发一轻,陈景深起身道。

喻繁生无可恋地保持了这个动作一会儿,僵硬地把身子转回电脑前,直到听见门外的人说"您的外卖"才找回灵魂。

他扭头道:"我没点外卖。"

门被关上,陈景深拎着袋子回来,说:"我点的。"

"婚礼太忙,没吃什么。"陈景深从桌上拿起剪刀把外卖袋剪开,又转身去门边简陋的小厨房洗一次性碗筷,丝毫没有第一次进这屋子的做派。

最大一碗被放到喻繁面前,陈景深说:"你的,吃了再修。"

那是冒着热气的小米粥和肉包。

喻繁本来没觉得多饿,闻到味道就受不了了。他犹豫了下,还是把电脑挪开,含糊说了句"哦"。

热粥入腹,胃一下舒坦很多。

"什么时候开始的?"陈景深问。

喻繁正边喝粥边低头看自己衣领,闻言一愣:"什么?"

"胃病。"

刚来宁城的时候他几乎天天吐,那时候就落下了病根,后面也没怎么注意,等有天疼得直不起身了才知道问题有多严重。

"熬夜工作就这样了。"喻繁说。

陈景深点头,没再往下问,转而道:"大学在宁城大学读的?"

喻繁"嗯"了一声。

陈景深偏眼看他:"多少分上的?"

"踩尾巴。"

陈景深又问:"选的什么专业?"

喻繁蹙起眉,咀嚼的动作慢了点儿:"经济管理。"

"英语四六级过了吗?"

"……过了四级。"

"绩点多少?"

172

喻繁放下勺子，冷冷地转头问："陈景深，你查户口？"

"没，"陈景深说，"我想多知道一点。"

喻繁把勺子狠狠戳进粥里，囫囵吃了一口，含糊地应："三点二。"

都是陈景深在问，喻繁觉得有点吃亏，他脑子里转了很多个问题，但其实最想问的还是那一个。

他心不在焉地喝完粥，盯着空荡荡的碗底看了一会儿，终于要忍不住，喉咙滚了一下，低声开口："我听说你——"

桌上的手机铃声打断他的话，喻繁声音被截住，循声看去，看到了自己的手机壁纸——枝丫繁茂的绿荫大道。

他烦躁地皱了下眉，心想谁周末还给他打电话，刚想挂掉，手在半空忽然僵住。

上方的来电显示，备注是"妈"。

他又没妈。

喻繁迟钝地反应了一会儿，直到陈景深擦了擦手，按了挂断键。

窄小的客厅倏地又陷入死寂。喻繁手指搭在电脑键盘上，像是被这个电话又泼了一杯咖啡，整个人都沉闷下来。

一瞬间，喻繁终于意识到，横在他和陈景深之间的并不是新认识的哪个人。

陈景深问："听说什么？"

喻繁张了张嘴，刚要说，电话又响了。

"没什么。"喻繁收起目光，若无其事地说，"接电话，很吵。"

陈景深沉默几秒，还是拿起手机接了。他就坐在喻繁身边没走，喻繁不想听都不行。

可能是季莲漪声音太小，也可能是陈景深手机太好，明明坐这么近，他还是听不到电话那头的声音，只能听见陈景深低声沉沉地回答：

"我没在公司。"

"……"

"也不在家。"

"……"

"我说了，在我们达成共识之前不会回去……外婆。"电话那头好像换了人，陈景深声调落下来，好像有些无奈。

这次陈景深安静得格外久，久到喻繁都怀疑那边挂了，才听到他说："知道了，我回去一趟。晚上到。"

挂了电话，陈景深转头想说什么，喻繁已经把电脑从身上挪开了："我送你出去。"

陈景深想了一下，说："好。"

喻繁安了发条似的起身，把人带到门口，刚拧着门把手开门，听见陈景深说："外面下雨，别送了。"

喻繁"嗯"了一声，低头看了眼自己身上，又猛地伸手去抓陈景深的衣服："等等！外套。"

"不是没衣服？穿着。"陈景深说，"给你了。"

喻繁本来想说谁稀罕你外套，张口却听见自己"哦"了一声，然后看着陈景深转身朝电梯走去。喻繁习惯性地关门，最后却留着一条缝，他握着门把手呆立，明明一个人在这屋子住了好几年，陈景深只在这儿待了多久？人刚走，他就觉得身后的小房子空荡荡的，有点冷。

而且……

如果陈景深没有第二个要在宁城办婚礼的朋友，那今天是不是他们的最后一次见面？

喻繁后知后觉，他和陈景深好像从来都没有好好告过别。六年前是没法说，刚才为什么没开口？哪怕说一句"再见"？

电梯到达，"叮"的一声，直戳喻繁神经。

他猛地回神，手上用力刚要拉开门出去，门板就先被人从外面一按，陈景深去而复返，推门而入。喻繁还愣着，陈景深已经反手把门扣上了。

喻繁："干什……"

"能有一个道别吗？"陈景深冷淡平静地问。

喻繁怔在原地，被"道别"两个字刺激得心脏直疼。他又想起上一次他看着陈景深走，手心攥紧一声没吭，"陈景深"三个字在他嘴边横冲直撞，咬破了嘴唇才叫出口。

过道很窄，两人往那儿一站就满了。喻繁抬眼看着陈景深，脑子一团糨糊。

"等我回来。"陈景深走之前说。

喻繁把厕所窗边的仙人掌挪到鞋柜上，心里盘算着陈景深下次再敢来，他要怎么做。

三十二

喻繁一个人住了六年，可以说过得清心寡欲。他在沙发上静坐着，起身后往鞋柜上又多放了个小盆栽，转身上楼补觉。

阴雨天的周末最适合睡觉。喻繁在低温和雨声里昏昏沉沉地睡了几个小时，梦见高中教室，梦见阴森可怖的实验楼……

在黑夜中醒来，喻繁平躺在床，手机振了一声才有动静。拿起一看，是王潞安发的照片，内容是他的晚饭。

喻繁拖动手指，回了句"没事干就去种地"，刚要放下手机，发现有一条新的好友申请。

s：我是陈景深。

喻繁神经一跳。

陈景深的头像一如既往，还是那只杜宾犬。以至于他一瞬间又有点恍惚，顺手点进朋友圈看了一眼，什么也没看到，只有一个熟悉的绿荫背景墙。

手机在手里"嗡"地振了一下，喻繁很快又清醒。陈景深什么意思？找死？还敢来加好友？

喻繁直接点拒绝，然后扔了手机下楼洗澡。

结果上来的时候又是一条好友申请：我是陈景深。

喻繁动作一顿，突然觉得这套路有点熟悉。

后知后觉想起陈景深以前也是这么用好友申请轰炸他的，喻繁脸色一冷，连拒绝都不点了，就让这申请晾在那儿，低下脑袋继续擦头发。

周一上班,汪月拿着原片和修完之后的列在一块对比,疑惑地问:"你这高中同学怎么感觉被你修矮了?"

喻繁:"本来就矮。"

"不能吧,我那天看他怎么也有一米八五呀。还有这脸,怎么还变胖了,连鞋子好像都短了?"

那全都是按照陈景深自己的要求修的。喻繁懒得解释,面无表情地说:"他上镜丑。"

"s是谁?"最后,午饭时间,汪月又问。

这次喻繁终于有了反应,他被饭呛了一口,低头猛地咳嗽起来。

汪月赶紧给他递了一瓶水,喻繁接了没喝,咳红了耳朵问:"你怎么知道他?"

汪月跟喻繁认识这么久,还是第一次见他有这么大的反应。她怔怔道:"我今天下楼拿了三趟东西,三趟都看见你在看这个人的好友申请,不通过也不拒绝的。"

喻繁握着筷子顿住,说是"朋友",一直没通过验证有点怪,"仇人"也不至于……

最后喻繁低头扒一口饭,含糊地扔了一句:"没谁。"

今天陈景深那对新婚朋友来店里拿照片,女方看了照片很满意,男方更满意,见陈景深在照片里居然比自己矮,离开之前,男方给喻繁递了包喜糖:"这两天辛苦加班了,兄弟。"

"不用。"喻繁犹豫了下,问,"能帮个别的忙吗?"

没想到对方顺杆而上,男人笑容敛了下:"你说。"

"这个,"喻繁把身边的袋子递给他,"方便的话,能帮我还给陈景深吗?"

男人一愣,陈景深会给陌生人借衣服??他上大学的时候还觉得陈景深有点洁癖,连晾衣服的时候都离他们衣服老远。

但低头一看,居然还真是陈景深那天穿来的外套:"你们认识啊?"

"高中同学。"

男人意外地挑了下眉,有些疑惑,又说不上来:"这样……我是想帮你，但不太方便，我明天要去我老婆老家再办一场婚礼，还不回南城。要不你寄给他？"

喻繁举着袋子的手顿了下，说："好。你知道他地址吗？那天太急，没来得及加上联系方式。"

给了地址，那对新婚夫妇就拿着相片走了。

喻繁坐电脑前，右手修图，左手拿着那张写着陈景深地址的字条，一会儿被攥成团，一会儿又展开。

喻繁点开王潞安的头像，想问他陈景深在高三过得怎么样，跟谁走得近？每次字敲出来又删掉。

汪月下楼的时候，就看到喻繁手肘撑在桌上，有一搭没一搭地薅自己头发。

"干吗呢？晚上八点了还坐着。"汪月说，"收拾东西走了。"

喻繁说："照片没修完。"

"明天修，你跟我一块儿去吃饭，然后我们去酒吧。"汪月拿出包里的香水喷在手腕，"我约了姐妹，你再去帮我们坐坐镇。"

这事喻繁不是第一次干。几年前汪月和朋友在酒吧门口遇到过麻烦，当时她有点醉，打错电话打到了喻繁那儿，喻繁听见动静拎着根钢棍就来了，把那几个猥琐男吓得屁滚尿流。

从那之后，汪月去没有男性朋友的酒局都爱叫上喻繁，一是镇场，二是看包。

喻繁虽然满脸不情愿，但一般都会去，每次都面无表情地抱胸坐卡座上，谁想搭讪都会被他瞪回去，像坐了个阎王，效果拉满。

今天的喻繁却不一样。

汪月第一次从舞池下来的时候，居然看到喻繁在喝酒，她看着喻繁往嘴里灌酒的架势，道："繁宝，不是姐不让你喝，我就怕你醉了没人能扛你回去。"

喻繁说："放心，醉不了。"

她第二次回来，喻繁刚把一个男人喝吐。

第三次，喻繁抬手，又叫了一打酒，然后冷淡地对她说这打他付钱。

最后汪月还是不让他喝了，虽然喻繁看起来酒量确实很好，但他胃有问题，她怕出事。

凌晨一点，一伙人离开酒吧。喻繁看着汪月她们一个个坐上车，随手记了车牌号，然后才打车回去。

宁城最近受台风影响，雨一直在密密疏疏地下，风也大。司机尽职尽责地把人送到了公寓门口。

喻繁付钱下车，按电梯上楼，然后靠在电梯壁上缓了一下。他太久没喝这么多，虽然没到醉的程度，但他脑袋不可避免有点晕。

"叮"的一声，电梯门晃晃悠悠滑开，喻繁抬起头，看见昏暗窄小的走廊里站了个人。

那人就在他家门口，没拿手机，只是背靠着墙壁站着，声控灯没亮，走廊被斜风细雨打得一地潮湿，黑暗整片地笼住他，根本看不清五官。但喻繁一眨眼，那张轮廓就在他脑子里自动补齐了。

你什么破毛病。

喻繁吞咽了一下，满口酒味，涩涩的。

他走过去滑开密码锁的界面，声控灯随之亮起，照亮陈景深被打湿一片的灰色卫衣。

等了很久终于等到人，陈景深看着他开门，闻着他身上的酒精和香水味，垂在身侧的手动了动，偏头问："喝酒了？"

喻繁没应，开门进屋。陈景深刚站直身，"啪"的一声，门被人用力关上了。

陈景深盯着紧闭的门看了一会儿，沉默地靠回墙上，拍了一下身上的水珠，抬头看天继续等。

手机铃声响起，陈景深看了一眼，接起来。

老人家在那头絮絮叨叨说了很多："你妈的性格你也不是不知道，你有什么话过段时间再……"

"没别的。"陈景深说，"我暂时不想回去，外婆。"

老人家心力交瘁，挂了电话。陈景深将手机扔兜里继续等。

雨大了，斜进来的雨滴越来越密。每户经过的住户都忍不住看他一

178

眼,还有问他要不要伞的,陈景深摇头拒绝。

大约半小时后,耳边"咔嗒"一声,身旁的门开了。

里面的人开了门就往里走,陈景深转身进屋,一条浴巾迎面扔过来。

陈景深抬手接住,喻繁刚洗完澡,边擦头发边坐到沙发上玩手机,冷冷丢出一句:"擦完滚回去。"

喻繁打算睡了,屋里只有浴室灯和手机灯光。

陈景深反手把门反锁,将浴巾盖在头上随便擦了擦,走过去跟他商量:"能不能待久一点?没地方去。"

"宁城酒店都倒闭了?"

"没订到酒店。"陈景深说。

"那你来干什么?"

"找你。"

喻繁停在手机屏幕上百无聊赖的手指突然停了下来,扔下手机起来,满面戾气地抓住陈景深的衣领:"陈景深,你玩我?"

"那你呢。"陈景深忽然开口。

喻繁一顿:"什么?"

"当初为什么走?"

陈景深一句话把他锤在原地。喻繁手指僵硬,听着陈景深哑声缓缓问:"为什么一句也没说,为什么连好友也要删,为什么一次也没回去过?"

假装太平的墙皮脱落,露出斑驳腐朽的过往。

喻繁哑然许久,才找回声音:"没为什么。"

算了。他慢吞吞地把人松开,躲开眼转身:"浴巾擦完扔沙发,出去的时候关……"

"真的过得好吗?"陈景深问。

"……"

"那为什么身边一个人都没有,为什么瘦了,为什么家里这么多药?"

"……"

"这儿的人说话口音挺重的,我去的很多店铺都说方言,来的时候能听懂吗?"

喻繁咬着牙，不带语气地说："不关你事。"

陈景深的发梢还是湿的，不知过了多久，他忽然低声开口："我有一个很好的朋友。"

喻繁心脏猛抽了一下，都感觉不到疼了。

"他很可爱，很努力，很乖。我们约好上一个城市的大学。然后他自己走了。"

喻繁紧咬的牙突然松开，他转过头，茫然怔忪地看着陈景深。

"他不辞而别，远走高飞。"陈景深说，"……走了六年。

"他走之前我们见了一面，他什么也没说，我不明白什么意思。"

喻繁眼眶烧红一片。他张了一下嘴巴，却一个音都没发出来，只能感觉着陈景深的声音像在门外时混进了雨。

"现在我问你。"陈景深说，"喻繁，你是要和我分别吗？"

三十三

喻繁一动不动，把陈景深刚才每句话一个字一个字拆开，在脑子里反复咀嚼、理解。他有点恍惚，又喘不上气，呼吸的起伏都轻了很多。

陈景深说的事，桩桩件件都是他做的……

喻繁茫然呆滞地睁大眼，那点都要溢出来的酸劲刚倏地退却，"分别"二字又刀似的往他身上扎。

这两个字但凡说得出口，喻繁当年都不会一句话没说就删了陈景深微信。那天他删谁都干脆利落，唯独对着陈景深的对话框发了很久的呆。他看着陈景深的每一通语音电话打来又熄灭，看着陈景深发了好多条"在哪儿""喻繁"，拖了一天一夜，直到高铁到站，他拎着行李下车，才驱动手指去按下那个删除键。

六年前说不出口的字眼，现在依旧堵在喉咙里。

而且……

喻繁低低叫了一声"陈景深"，迷茫又不解："……你怎么知道我没回去过？"

陈景深沉默。

这从何说起?

说他高三每周都要去那栋老房子四五次,在外面做题刷卷子,被保安驱赶才走?

说他毕业后给那栋老房子的上下左右户人家都留了联系方式,让他们在看到邻居回来的时候给他打电话?

还是说他这几年,把之前他给喻繁列出的每一所学校都逛了个遍,他对喻繁最喜欢的那所学校比对自己上的江城大学还熟,然后又去了周边最近的几个城市、乡镇,满头扎进海里捞了很久,连针的影子都没碰见过。

做的时候没知觉,讲出来又似乎太沉重了。漆黑的房子安静了许久,久到喻繁没耐心,要张口催他说话的时候,陈景深才终于开口。

"因为我在找你。"陈景深说,"在等你,可是连一点你的消息都没有。"

喻繁没力气再攥住什么了,他松开手垂在一边,在黑暗里叫了一声:"陈景深。"

"嗯。"

"你是傻子吗?"喻繁声音有点抖。

"就当我是吧。"陈景深不知道问了第几遍,"过得好吗?"

喻繁被酒精和汹涌的情绪包围,哑声说:"不好。"

"要分别吗?"

喻繁痛苦地闭眼:"……不想。"

一切尘埃落定。陈景深嗓音平静,眼眶发酸,很淡地"嗯"了一声,说:"那我就等到了。"

"喝了酒,胃难不难受?"陈景深问他。

喻繁摇头,然后说:"陈景深,你站门外多久了。"

"没多久。三四个小时。"陈景深说完,窗外应景地响起一阵狂风骤雨。

喻繁无言一会儿,皱眉:"你来了不会告诉我?"

"你没通过我微信。"

"……那你不会打电话？"喻繁手握成拳。

灯亮了，喻繁眼睛被光亮刺了一下，干涩地闭了闭眼，彻底清醒，后知后觉地觉得丢人。

以前就算了，二十多岁的人了，怎么还哭成这样……

我再也不喝酒了。

感觉到自己眼睛的红肿，喻繁低头望地，开了空调，绕开陈景深走到衣柜翻翻找找，挑出他特意买宽了当睡衣用的T恤，头也不回地往后扔："看合不合身，毛巾、牙刷都在浴室柜子里。"

"嗯。"身后的人问，"有冰箱吗？"

喻繁面对衣柜，手往后指了指："那里。"

陈景深不知道在干什么，后面各种声音响了一阵，喻繁僵硬地站了半天，刚没耐心，浴室门终于"咔嗒"一声关上。

喻繁松了一口气，刚回头，浴室门"刺啦"又被打开，他神经一跳，立刻又面向衣柜。

"热水是哪一边？"陈景深问。

"左边。"

"脏衣服扔哪儿？"

"洗衣机，在外面。"

"有拖鞋吗？"

"没有，光着脚洗。"

"我……"

"陈景深，你怎么这么麻烦？"喻繁咬牙道。

浴室门关上，喻繁去沙发上拿手机，刚才在他手下振了无数次，全都是汪月她们跟他报备到家的消息。

喻繁随便回了一句，然后趁自己脑子还没被酒精的后劲搅晕，上楼把黑色毛毡板上某张照片拿下来，随手藏进了柜子里。

陈景深洗澡出来时屋里一片安静。

他悄声上楼，走到最后一级台阶时下意识弯了一下腰背，然后又慢慢直起来。二楼的层高很低，他能感觉到自己头发都要蹭到墙顶了。

二楼空间更小，比一楼的生活气息要重。桌上有两台显示器，一大一小，电源键还亮着，能看出主人长期不关，旁边有一盏黑色台灯。单反和镜头被好好地放在玻璃柜里，再旁边是一块简单的黑色毛毡板，上面挂了很多照片。

床占了这层的大半空间，看起来有两米，深蓝色床单里滚着个人，背对着他睡在右侧，给他留了一半的位置。

感觉到身边的床很深地陷进去，喻繁滑手机的动作一顿，继续往下滑页面。

"喻繁。"身后人叫他。

"说。"

没了声音，只是头发被人碰了两下。

"手不想要了可以继续。"喻繁放下手机忍无可忍地回头，"陈景深，你烦不……"

"闭眼睛。"

喻繁下意识做了，声音和动作突然停止。

冰毛巾贴在他眼皮上，凉得他手指一蜷。

"敷一会儿，不然明天肿了。"陈景深说。

"……哦。"

喻繁第一次干这种事，没了视觉，他不自觉地平躺着，两手交握放在肚子上，看起来非常安详。

陈景深打量了他这姿势一会儿，将手按在毛巾上，没忍住偏了下脸。

"陈景深？"喻繁敏感皱眉道，"你笑什么？"

"没。"

"没有个屁。"喻繁推他手腕，"你手松开……"

喻繁那句"你天亮就给我滚出去"在嘴边兜兜转转，一直说不出来，旁边的人忽然又说："这房子我看着挺眼熟的。"

喻繁疑惑："哪里眼熟？"

"你觉不觉得，"陈景深平静陈述，"跟我以前的房间有点……"

"陈景深，你再废话一句。"喻繁声音比台风天还冷，"天亮就给我滚出去。"

翌日，汪月发觉自己工作室里那个小男生更不对劲了。

头发比平时乱，眼睛也有点微肿。

最关键的是，她中途下楼，正好听见他在打电话——

"我在上班，你不要给我发消息……忘了，我现在通过，你烦死了，陈景深。

"充电器？我床头没有吗？"

喻繁抓了一下头发，后仰在椅子上想了想："你看看电脑柜有没有，或者镜柜。"

电话那头传来陈景深下床走动的声音，喻繁趁这会儿空当闭眼短暂地眯了一下。

柜子被拉开的声音响起，挑动了喻繁某根神经。他猛地睁开眼："等等——第一个电脑柜你别动！！"

电话那头安静了一会儿。

陈景深盯着昨晚被随便塞进柜子里的某张照片，捏起来看："已经动了。"

"嘟——"

喻繁挂了电话。

午饭时间，那副黑色口罩终于被摘下来。汪月终于忍不住问："繁宝，你没事吧？"

喻繁心如死灰地说："没事。"

桌上的手机振了一下，喻繁拿起来看。

s申请加你为好友，附加消息：充电器找到了。

名字还是那个名字，头像却变成了一张在游乐园里的白色虚影。

那是他藏了多年的陈景深的照片。

汪月刚想说你脸色不好多吃一点，抬头却看到喻繁举着手机，"啪"的一下拧断了他手里的一次性筷子。

★第五章★

陈景深，喜欢山还是喜欢海

三十四

陈景深很少见地赖了床。这一年公司在起步阶段,他睁眼就要忙,连周末都在敲代码开会,每天睡眠时间总是那么几个小时,绷了一年都没觉得累,这会儿却格外疲懒,直到手机"嗡嗡"振起他才睁眼。

看到来电显示,他接起放耳边,继续闭眼往旁边的枕头靠:"说。"

"天哪……"电话那头是他们公司的技术总监罗理阳,也是他的师哥,比他早毕业几年。两人虽然认识时间不长,但因为欣赏彼此能力,又在一个部门,关系很熟。

听见陈景深这懒洋洋的声音,他拿起手机确定了一下时间:"兄弟,下午一点了,你还在睡觉??"

陈景深眼也没抬,淡声提醒:"我休假。"

"哎呀,你在哪儿呢?"

"朋友家。"

"哦,电脑应该在你手边……哪儿??"

"在朋友家。"平时在会议上连别人听不懂的代码逻辑都不想再说一遍的人,今天挺有耐心地重复。

"……"

罗理阳瞠目结舌:"你还有朋友啊??"

"不然?"

罗理阳回神:"算了,先说正事。电脑应该在你手边吧?程序卡 bug 了,组里人试了几遍都不行,你赶紧来弄一弄。"

"没在。"

"……"

罗理阳心态崩了:"你一个程序员出门不带电脑?你这跟上战场不带枪有什么区别?"

"我朋友家不是战场。"陈景深说。

"……你人在哪儿?电脑又在哪儿?我给你送去,我去找你。"

"我在宁城。"陈景深说,"电脑在酒店。"

罗理阳更困惑了:"你既然能住朋友家,干吗还要在酒店开房间??"

一言难尽。陈景深没多说:"我打电话让酒店送过来。挂了。"

喻繁吃完午饭才通过了某个好友申请,没过几小时又想把人删掉。

陈景深:我都忘了有这张照片。

陈景深:起床了。

陈景深:你给我订的外卖?

陈景深:几点下班?

喻繁每条都看,每条都不回,还恼羞成怒地把最前面一条消息删了。

台风天不拍外景,今天工作都在棚内,拍完其中一组,喻繁等模特换衣服的时候,又收到一条新消息,是一个哭泣的表情包。

喻繁跷着二郎腿坐在椅子上,不耐烦地按语音键:"陈景深,有事就说,再烦人我删了。"

那边很快也回一条,嗓音带着刚醒的低沉,语气冷淡,跟哭泣表情包一点不符:"书桌能用吗?"

喻繁:"上面长刺了?"

"没,我怕又有什么不能动的东西。"

"……"

把人拉黑,世界顿时清静下来。

喻繁专心工作,拍完照片已经将近下午四点半。

汪月背着包下楼,往喻繁电脑旁放了两罐蜂蜜:"我从朋友那儿拿的,纯天然的,带回去泡着喝,养养你的胃。行了,下班吧。"

喻繁这几年被汪月强行塞东西惯了,已经不反抗了。他说了句"谢谢",然后说:"现在才下午四点半。"

"提前回去吧，没做完就带回去做，家里不是有人在等你？"

喻繁手一顿，抬头怔怔地看她："你怎么知道。"

"我又不傻，看一天手机了，还什么床头柜的充电线……"

"……"

喻繁刚张了张嘴，汪月就比了个"嘘"，一脸心知肚明："行了，不必多说，都写你脸上了。"

"我脸上？"喻繁皱眉道。

"对啊，你没发现吗，今天的你和平时完全不一样。一直看消息，表情比平时凶好多。"汪月说，"对客户的话也变多了点。"

"……"

喻繁冷漠道："我没有。"

"行啦，我们什么关系。"

喻繁："……"

汪月拍拍他的肩："早该这样了嘛，你看你前几年过的，除了我也没个朋友，多孤独啊……啧，你新姐夫电话来了，我得走了，你赶紧收拾东西回去陪人家吧，记得关店门。"

汪月走后，喻繁又在电脑前坐了一会儿，才低头收东西走人。

台风天，街上行人行色匆匆，喻繁举伞走在人群中，像被按下慢动作按钮。

他脑子里还飘着汪月刚才的话。

汪月说他孤独，他自己其实没什么感觉。刚来这里的时候忙着赚钱、读书，他累得喘不过气，觉得不跟人说话也行。久而久之他就懒得社交了，觉得游离在人群之外也没有坏处。

可现在想想，在章娴静朝他冲过来的时候，王潞安、左宽加他微信的时候，陈景深出现在取景器里的时候，他确实感受到了这几年都没有的、饱满的、复杂的情绪。

这就像被埋在土里很久很久，突然被人挖出来，得以大口大口地呼吸空气。

他去了常去的烧腊店，老板扫他一眼，习以为常地朝厨房喊："一份烧腊——"

"……等等。"喻繁举着伞,面无表情地往摆出来展示的菜品上指,"这个、这个和这个,各要一份。打两碗饭。"

老板打包饭菜的时间,喻繁盯着某只被挂起来的鲜红热辣的鸭子,懊恼地闭眼叹了口气,呼出的白雾消散在飘摇的风雨里。

昨天喝了酒,本来就上头,他的话没过脑子就往外吐……

清醒过后才想起来,哪里有这么简单,他和陈景深之间横着一条深不见底的鸿沟,喻凯明那笔账就算他努力填上了,还是会留下一道很深的印子。

陈景深知道这件事吗?

想都不用想,知道了怎么还会找他。他不怕再被敲诈一次?

雨势渐大,砸在伞上轰隆作响,伞下人的表情跟天气一模一样,在看到小区门口撑伞蹲着抽烟的两个男人时,喻繁脸色几乎结霜。

见到他,为首那个五大三粗的男人先站了起来,脖间皱起的皮肤展开,露出大片文身。

"下班?"对方看了一眼他手里的包装袋,咬着烟笑着问了一句。

喻繁一动不动地看着他,没说话。

跟在男人旁边那个瘦子立刻跟着起身,满面凶狠:"喂,跟你说话——"

"哎,"男人回头瞥他一眼,示意他闭嘴,然后又要笑不笑地看向喻繁,"你说我这都来几回了,上面也催得紧,你要不意思意思帮你爸还点……"

"他快出来了。"喻繁说,"你到时候去门口守着收吧。"

"啧,难啊,他不是得了什么癌……你应该也接到电话通知了吧?出来估计就剩半条命,而且他惹的人这么多,估计我还没找到他呢,他人就先没了。"

喻繁:"那你们就去他坟前讨。"

"……"

喻繁说完转身便走,那新来的瘦子当即忍不住伸手去拽他,喻繁回头时神色比来讨债的还狠厉,伞刚扬起就要往下砸。

"嘶,别,"男人立刻把自己手下人的手扯开,"算了算了,你走吧。"

喻繁死死地盯了那个瘦子一会儿，又把目光转向旁边那位。

"这段时间不准再来这里。"

瘦子目送着他转身走进小区，高瘦的背影像雨幕中一条冰冷、锋利的竖线。

瘦子好久后才回神，愣愣道："老大，什么情况，他一个欠债的怎么看起来比我们讨债的还狠……"

"来之前都跟你说了，就当出来散步的，"男人笑了，对方以前怎么跟他们硬碰硬的他都懒得提，"欠我们钱那人，他爹，他亲手送进去的。你觉得他可能替那人还钱吗？"

瘦子傻眼："亲爹啊？不至于吧。"

"怎么不至于，他跟他爹吵架可吓人了，我第一次见到他的时候都怕出事，最后我给他们打的急救电话。"说到这儿，男人至今都觉得离谱，他摇头笑笑，拍了一下小弟的脑袋，"别看了，走了。"

喻繁一手拎伞，一手拎餐盒，在电梯里站了几分钟。

直到通信灯亮起，保安在电梯对讲机里询问他需不需要帮助时，喻繁才伸手按下按钮。

喝了酒，又见到想了很久的人，他好像有点飘飘然了。

喻繁在自家门口站立，迎着冷风，打算思考一下，可没过几秒，"咔嗒"一声，面前的门开了。

喻繁倏地抬头，看着站在玄关、穿着外套拎着伞的人，有些愣怔："陈景深，你干吗？"

陈景深目光在他湿了的肩上扫了一圈，说："想去接你。"

"……"

"是什么？"陈景深垂眼看他手里的东西。

"晚饭。"喻繁说，"随便买的，路边小摊，爱吃不……"

一片阴影覆下来，陈景深说："爱吃。"

陈景深想把他手里的东西接过来，才发现对方手握成拳，塑料袋被攥到可怜地缩在一团。

"陈景深。"喻繁很淡地叫了他一声，"我有话跟你说。"

陈景深沉默地看了他一会儿，然后说："嗯，吃了饭再说。"

好像想到什么，陈景深又说："说之前，先把我从微信黑名单里放出来。"

"……"

三十五

喻繁站在家门口，在陈景深的注视下把人从黑名单拖出来，陈景深才让开身拉他进门。

他换鞋的时候才觉得不对，这不是他家吗？陈景深一副主人做派什么意思？

"陈景深。"喻繁板着脸抬头，看到面前地板多出来的东西时又顿住。

"嗯？"陈景深从他手里拎过吃的。

"……那是什么？"看了半晌，喻繁问。

陈景深顺着他的视线看去，陈述："行李箱，我的。刚让人寄来。"

"用你说？我看不出来？"喻繁说，"……你把行李搬我家来干什么？"

"你这儿适合我的衣服可能不多。"陈景深说。

"谁让你比以前……"喻繁声音截止，"陈景深，别扯远了，我准你在我这里住了？"

陈景深安静几秒，垂眼很轻地叹了口气。他偏身倚在墙上，另一边空着的手往前，钩了一下喻繁的衣服，明明没什么表情，看起来却有点可怜，低声商量："那我能不能住？"

喻繁默不作声了一会儿，才装出一脸不耐烦地撒开手，从挎包里拿出一个塑料袋扔地上，是他在烧腊店隔壁的超市买的。

"是什么？"陈景深问。

"拖鞋。你脚上那双不小？"喻繁绕开他进屋，留下一句很闷的命令，"衣服挂衣柜左边。"

吃完饭，喻繁心烦意乱地打腹稿，一个字还没往外蹦，电脑清脆地响了两声，客户的消息来了。

陈景深敞开行李箱收拾，喻繁盘腿坐在沙发上用手提电脑跟客户沟通，等待对方回复的时间里，他用余光时不时地朝电脑后面瞥。

行李箱是黑色的，很小，里面没几件衣服。

他能看出陈景深原本也没打算住多久。

也好，方便，等他把事情说清楚，陈景深把这几件东西塞回去就又能走了。

正看着，收拾的人忽然停了动作，两手敞在膝盖上微微抬眼问他："不喜欢这行李箱？"

"没有。"喻繁立刻收起视线。

"你看它的眼神很凶。"陈景深挑眉道。

"恨屋及乌。"

喻繁叫他："陈景深。"

"嗯。"

"我……"

"咚咚！"两声敲门声打断喻繁的话，两人同时朝门看去。

喻繁神经一跳，手不自觉握紧。

刚才那两个人追上来了？

"你好——"又是清脆的"咚咚"两声，外面的人扯着嗓子喊，"您的超市购。"

喻繁："……"

他后靠在沙发上，看着陈景深神态自然地接过外卖道谢，然后拎着一大袋子进屋，打开他的冰箱往里面装东西。

"陈景深，你买什么了？"喻繁抱着电脑问。

"一些吃的。面条、菜、鸡蛋、饼干。"陈景深说，"你冰箱什么也没有，平时胃疼就灌牛奶？"

"之前有，前几天吃完了。"末了喻繁又冷冷道，"陈景深，你管得真多。"

喻繁看着陈景深的背影，心不在焉地想，超市购的小票要留着，万一陈景深明天就要走，那这些东西他得付钱。

喻繁家的冰箱放在楼梯台阶下,有点矮,陈景深塞东西的时候来了个电话,他半弯腰,肩膀夹着手机,T恤贴在他平直宽阔的后背上,看上去已经没高中时候那么单薄。

他和别人说话的语气一贯地冷淡:"没看到消息。"

"和朋友吃饭。"

"我在休假。"

电话那边不知道说了什么,陈景深把最后一包小馄饨塞进冰箱:"知道了,我看看。"

"电脑放楼上了,我上去看眼他们做的东西。"陈景深回头,看到喻繁键盘上敲字的手握成拳头,目光呆愣地看他,停下问,"怎么了?"

喻繁电脑上某个按键一直被他按着,在对话框里拉出好长一串字母。

半晌,喻繁才撇开眼躲开他的眼神,低头把乱打的东西都删掉,含糊僵硬地说:"没。"

浴室里水声哗哗地响。喻繁站在水里,眯眼盯着墙壁瓷砖出神。热水从发顶涓涓往下滑,然后被他半垂的睫毛拦住,给他的眼睛撑起一把小伞。

他回来的时候想了一路,觉得昨晚是喝了酒太冲动,但现在冷静下来,头顶上浇着水,清醒得不能再清醒,他的念头却依旧和昨天一样。

坦白后陈景深会不会生气,会不会后悔中间找他的这六年,会不会……

睫毛抵挡不住,热水一点点渗进眼睛里,干涩发酸得厉害。喻繁伸手粗鲁地揉了把脸,力气大得眼皮、鼻尖都痛。

从浴室出来,喻繁往头上随便盖了条毛巾上楼。

陈景深坐在他电脑桌旁那张半空着的灰色书桌上工作。以前上课时陈景深总是板直端正,可能这几年学习、工作太忙,他现在敲代码时随意舒展着腿,后靠椅背,肩背微弓,细长灵活的手指在键盘上飞舞。整间屋子都是低沉清脆的敲击声。

这是喻繁第一次看到陈景深工作时候的样子,浑身带着一股陌生的颓废和散漫,眉宇间的从容随意却还是以前的陈景深。

陈景深双手敲代码,旁边还放着正在免提通话的手机,喻繁没忍住,扫了眼,隐隐约约看到"罗理阳"三个字。

对方一直絮絮叨叨个不停,先是说了几句喻繁听不明白的工作内容,然后就是长辈语重心长的唠叨:"行,我跑了一遍没问题了。哎,我刚看的新闻,宁城那边这几天不是台风天吗?风还挺大的,这天气你都能赶上唯一一架能飞的飞机过去啦?"

喻繁心头猛跳了一下,在原地顿了几秒,然后闷头装作什么也没听到,只是经过。

陈景深没抬头,把电脑上的程序关掉,扣上电脑:"没事挂了。"

罗理阳"哦"了一声:"行,那你趁假期好好休息吧,前阵子咱们赶的那项目,熬夜都把我熬伤了,今天照镜子把我吓一跳,唉。等我把报告做完也跟你一样休假去,那我挂——"

陈景深按下了挂断键,小房子终于安静下来。

屋子太小,喻繁很多东西都喜欢挂墙上,照片、耳机、挎包……陈景深从墙上拎起吹风机,喻繁伸手挡了他一下,皱眉:"我自己来。"

"留了六年?"陈景深问。

喻繁闷声应道:"可能吗?一年剪一次。"

陈景深"嗯"了一声:"为什么留长?"

喻繁后背抵在墙壁:"……我乐意。"

等头发吹干,陈景深把吹风机随手挂回去。

"陈景深,我有话跟你说,可能你听了之后……"喻繁顿了下,抿唇全盘交代,"我爸敲诈过你家八十多万。"

这话一出,窄小的屋子登时安静下来。

陈景深只是看他,没有说话。

喻繁咬了下牙,下颌僵硬地绷紧:"但是那八十万第二天我就打回去了,剩下三万连本带利也都还了,你可以问你家里人。"

对方依旧没回应。

喻繁硬着头皮,毫无起伏地继续念自己打好的草稿,像高中时念检讨那样:"当时应该把你家里人吓得不轻。我的问题,那时我不知道……不然不会变成那样的场面。陈景深,我家里情况比你见到的要烂很多,可能你这辈子都遇不到比我还麻烦的人。我以前对未来没有计划和概念,最后没什么好下场,但现在……"

现在什么?

陈景深手垂在身侧,目光淡然。

"但现在,"喻繁沙哑道,"我情况……没以前那么糟了。"

陈景深一怔。

"我现在这份工作还行,一个月一万多,这几年没攒钱,都捐了,但能自给自足。"

喻繁说话时几乎没什么停顿:"喻凯明在牢里,再过几个月出来。他身体不行了,出来应该也只能躺医院。

"虽然他的债主还是偶尔会找我,但我能应付,他们也没那么不好说话。

"总之,不会再影响到你和你家,我现在都能处理了。"

窗外暴雨如注,雨滴劈头盖脸地砸在窗户上,窗户没关紧,留着一条窗缝,风小声地往里灌,是这个屋子里仅剩的声响。

喻繁仿佛在暴雨里煎熬,情绪从紧张到失落,再到最后的平静。

"自己在租房,把钱都捐了?"陈景深眼睛里有细微的闪烁。

"因为没什么花销,也没打算买房……"

"那人是怎么进去的?"

喻繁有点蒙,问什么答什么:"我蹲了他很久,然后举报他偷窃、赌博、私开赌场,林林总总加在一起,判了五年多。"

陈景深:"那些讨债的现在还在找你?"

"嗯,不过就是走个过场,已经没敢怎么样了。"

陈景深嗓音罕见地放软:"我妈找你的时候……你有没有受委屈?"

喻繁微愣,终于反应过来,陈景深恐怕什么都知道。

那他刚才都在干什么?

不过说都说了,羞耻感在刚才就已经一点点耗尽了。喻繁心脏仿佛重新落回去,绷了很久的肩背终于得以放松,只有心跳还是跟刚才一样快。

"没。我人高马大，能受什么委屈。"

"……"

三十六

台风正面来袭，在宁城肆意转了一晚上，像是生怕打工人得到额外假期，凌晨五点就卷着铺盖去霍霍别的地方了，太阳升起的时候连一丝雨滴都没有，整座城市陷入朦胧的雾里。这场绵长烦人的台风终于过去。

于是"望月工作室"早九点准时开了门。

汪月九点半才打着哈欠进工作室，她跟员工们道了声"早"，刚要上楼，脚步忽然顿住。

她转头确认，惊讶地问喻繁工位旁边的摄影助理："喻繁还没来？"

"没呢。"前几天请了假，今天重新来上班的小助理也瞪着眼睛，"姐，喻繁老师这是不是第一次迟到。"

汪月回忆了一下，还真是，喻繁在她这儿工作这么久了，从来没迟到过，只有胃不舒服请假过一两回。

"可能有事儿。"汪月说，"一会儿他来了让他正常打卡，今天心情好，不扣他全勤。"

小助理笑道："好嘞姐。姐，你今天身上怎么裹这么厚？"

宁城还在挣扎入冬，气温一直维持在十五六摄氏度。这个气温其实对宁城来说算是低的，但……

汪月今天戴了帽子，穿着羊绒大衣，脖子上还围了一圈厚厚的围巾，脸上戴着口罩，这阵势夸张到恐怕放到北方都不会觉得冷。

汪月："唉，没办法，你们的新姐夫太黏人。我妈这几天又来我家跟我住，刚还把她送去和她的老姐妹们聚会，在长辈面前，我还是得挡——"

话没说完，"哐啷"一声，店门又被推开，风铃晃了几晃。

两人循声望去，都没了动静。

喻繁戴着帽子,穿着黑色大衣,灰色围巾遮到他下巴,戴个黑口罩,进来时全身上下就露了双眼睛。这跟台阶上的汪月异曲同工。

他无视愣怔的两人,掏口袋打卡,"嘀"的一声,机械女声无情通知:"你迟到了!"

喻繁回到工位上放好东西,把围巾、口罩都摘下,终于能喘口气。刚打开修图软件,他才发现汪月还站在楼梯上看他。

"怎么了?"他问。

"下周六不是你生日?十二月二日,姐给你放假。"

"不用。"喻繁立刻回道。

"这样。那我们老规矩,那天姐请客,带你们去吃一家特棒的私房菜。"

喻繁:"不用……"

"就这样说定了,大家那天都空着肚子哈。"汪月说完,朝大家挥了挥手,"上班!"

"……"

喻繁心疼全勤奖到中午,直到汪月表示这次不扣他全勤,他的眉头才慢吞吞地松了一点点。

但脸色也没变得多好。尤其下午,越到下班时间,表情就越臭。

"喻老师,你今天怎么啦?心情不好?"拍完今天的最后一组照片,小助理在收拾布景的时候忍不住问。

喻繁不知第几遍打开手机,冷淡地说:"没。"

马上下午五点,八个小时,陈景深没给他发一条消息。

喻繁甚至怀疑自己是不是半夜梦游,把人拉黑了,还去后台确认过两次。

陈景深这一天都在干什么?又不用上班,也没别的事……

喻繁忍不住点开陈景深的对话框,发了句:陈景深,你在干吗?

消息刚过去,"嗡"的一声,手机轻振了一下,却是其他人的消息。

王潞安:喻繁!我刚刷到了学霸的朋友圈!

喻繁:"……"

王潞安:我看定位,他现在居然也在宁城!

197

喻繁一愣，立刻点开朋友圈——然后被陈景深刷了屏。

陈景深在这几个小时里发了八条有着"宁城"定位的朋友圈，都是照片，没有额外的文字。

喻繁看着那些小图，坐在工位上愣怔了很久，才一张一张点进去。

第一张拍的是他住的公寓小区里种的一棵榕树。

第二张是公寓对面的小型幼儿园。

第三张是他昨天刚去过的烧腊店，老板正把烤鸭往架子上挂。

第四张是来来往往的行人与车辆，马路对面有一家超市和一家很小的诊所。

…………

每一处地方都很破旧，喻繁都很熟。

手机又振一声，喻繁过了很久才从这些照片里抽身，返回去看。

陈景深可能以为他刷到朋友圈了，便简单解释：随便逛逛。

宁城是座旅游城市，别人来这儿都是看山看海看日落。

陈景深以他那个破小区为中心，去看了他这几年来最常走过的街道、最常光顾的店铺、最常经过的马路。

喻繁忘了回复，坐在那儿怔然了很久，直到汪月按时按点下楼，催他们下班。

汪月此刻脱了外套和围巾，打扮得精致美丽，连耳环都闪着光。

"姐，你这裙子太好看了吧！"小助理说。

"我也觉得，某宝一百七十九块钱包邮，看不出来吧？你看看这面料……"

汪月凑到她工位前，两个女人立刻开始分享近日好物。

"你是要和新姐夫去约会？"小助理"嘿嘿"笑着问。

"对，这不等他来接呢。"汪月害羞一笑，身后传来开门的风铃声。

这个时间基本不会有客户了。汪月心头雀跃，开心地回头："来了——"

看到门口出挑高瘦的男人，汪月微微一愣，话在嘴边转了个弯："……你好。"

陈景深点头："你好。"

汪月记性很好，加上这个人帅，她几乎立刻认出来："哦，你是上次……您是来？"

陈景深淡淡道："接人。"

汪月和小助理："啊？"

喻繁飞快低头收拾东西，把围巾重新箍紧，说："那我下班了。"

"行……"汪月愣愣点头，感慨道，"你们老同学的关系真好，我和我高中同学早就不怎么联系了。"

三十七

回家路上，陈景深几次转头想说什么，又偏头忍回去。

现在是下班时间，街道拥挤，周围每个路人都行色匆匆，喻繁恶狠狠地说："陈景深，差不多得了。"

"我怎么了。"陈景深说。

喻繁翻了个白眼，头也不回地要进隔壁的烧腊店。没走两步他就被人拉了回来。

"不吃这个了。"陈景深说，"今天换口味。"

喻繁在心里已经开始骂陈景深，嘴上却静静地问："换什么？"

喻繁不怎么用家里的厨房，平时最多就煮个面条或者馄饨，出走六年，归来仍是高中时的手艺。

今天终于正式开火，热香四溢。

"陈景深，你还会做饭？"喻繁倚在墙上，愣怔地问。

喻繁家里的厨房很简陋，开放式，就在玄关旁，浴室对面。租房的时候房东还送了条围裙，喻繁一直没用，刚被他系到了陈景深身上。

蓝色，还带着品牌logo，土土的，配上陈景深的面瘫脸有点儿好笑："租房后学过，只会几道简单的。"

喻繁怔怔看他："公司离……你家很远吗？"

"还好。"陈景深答得很含糊，"去沙发等。"

…………

饭后，陈景深在沙发低头玩手机。喻繁晾了衣服坐过去："陈景深，你今天到处瞎逛什么?"

"看你这几年住的地方。"

喻繁舔舔唇,表情难得软和,扭头:"你……"用余光瞄到陈景深手机里的画面,喻繁声音又生生顿住。

陈景深等了一会儿没等到下文:"嗯?"

"你在干什么?"

"破你纪录。"陈景深操控着屏幕里的贪吃蛇。

"……"

你一直想加我微信就为了这是吧。

喻繁在看到陈景深朋友圈的时候就有个想法,陈景深第一次来这个城市嘛,怎么也要去漂亮的地方走走。喻繁这几年已经把宁城的景点逛遍了,知道什么地方值得去,陈景深后天就回去,那他干脆明天请假,带陈景深去走一走。

喻繁:"陈景深,喜欢山还是喜欢海?"

喻繁跟他商量:"明天我们——"

震天的手机铃声打断他的话。陈景深瞥了眼来电显示,眉头微皱,看起来不是很想接。

喻繁伸手拿过电话帮他按了接通,陈景深干脆按下免提,后靠进沙发:"干什么?"

"你那儿离机场多远?我给你订机票。"罗理阳在那头焦急道,"服务器出问题了,你赶紧先回来一趟。"

陈景深抬起眼皮,眼底瞬间清明。身边的沙发一轻,喻繁已经起身走到飘窗角落,把他刚提过来的那个黑色行李箱又推了出来。

"专挑我休假的时候出问题?"

"年底不都这样嘛。我都跟你说啦!让你把这阵忙完了再休假,连着年假能休好多天,谁让你这么着急。"罗理阳翻着订票软件,"你朋友家到机场多远?我看看给你订几点的票。"

"半小时。"喻繁说。

"哦哦……嗯?"听见陌生的声音,罗理阳顿了一下。

陈景深:"挂了,订好票发消息。"

陈景深来时行李箱还有几件衣服,回去里面只剩电脑和充电器了。

陈景深关上行李箱,一抬头对上喻繁疑惑的视线。

"你衣服还没收。"

"以后再说。"

"很占位置。"喻繁面无表情地说。

陈景深"嗯"了一声:"那你忍忍。"

喻繁还有照片今晚要修出来,没法送人去机场。他把行李箱拎到玄关,倚墙抱臂,垂眼看陈景深穿鞋。

"你刚才要和我说什么?"陈景深问,"接电话前。"

再说吧。

喻繁踢了踢脚边的塑料袋,说:"帮我把垃圾提下去。"

陈景深一手推行李箱,一手提垃圾袋走了。

喻繁从小就习惯一个人待着。他一个人在宁城住了几年,以前在南城也跟独居差不多,独自摸爬滚打混到大,从来没觉得有什么。

但陈景深回南城的第一天,他下午买饭的时候买了两份,最后他自己差点吃撑肚子。

喻繁想起昨晚和陈景深视频的时候,他穿了件灰色针织衫,南城比这边冷,陈景深嫌暖气闷开了窗,凌晨一点还在公司敲代码。

中途有人进他办公室跟他谈工作,听声音是那天电话里的人,格子衫,微胖,头发中间空了一块,眼镜看起来很厚重。

陈景深把手机立在桌上跟他聊,对方自然也就看到他了。对方笑呵呵地对喻繁说:"你好。"

喻繁当时很僵硬,木着声回应:"你好叔叔。"

"……"

对方直到走都没再和喻繁互动过。待办公室门关上,陈景深终于没忍住,手背挡着嘴巴,肩膀抖不停。

"陈景深,觉得我隔着屏幕够不着你?"喻繁莫名其妙。

"你知道他多大吗?"陈景深问。

喻繁:"多大?"

陈景深:"比我大三岁,二十七。"

喻繁:"……"

喻繁尴尬地揉了揉脸,问道:"陈景深,你说你二十七岁会不会跟他一样秃了?"

然后陈景深就笑不出来了。

当然,视频里的人头发乌黑茂密,看起来近几十年都没这个风险。

而且……

陈景深工作时与平时其实有些差距。他高瘦的身子窝在椅子里,敲代码时表情总是风轻云淡,又随意张扬,偶尔累了会转眼过来看一眼视频……

棚里,喻繁刚拍完一组照片,在一旁抱臂围观的汪月感慨地说:"明天就是你生日了,你那些朋友呢。"

喻繁:"我不过生日。"

"那不行,你从来我这儿工作起,就得每年都过。"汪月说,"既然你那天没约,那我今晚就去预订那家私房菜。你们想吃什么?"

其他围观群众立刻热心响应。

知道反对没用,喻繁没再说什么。他把刚拍的照片一一浏览完,才转头看向一直偷偷盯着他的女生:"你看什么?"

小助理吓一跳,立刻抱紧手里的道具花:"没有!"

过了一会儿,小助理还是没忍住:"我就是比较好奇……喻繁老师,你为什么从来不去找你的朋友呢?"

喻繁和汪月都愣了一下。

"我没有……"良久,喻繁硬邦邦道。

汪月也回过神来,皱起脸说:"嘶……对呀,我哪个节假日都没亏待过你吧,每个假都按时放的,你怎么从来没去看过你朋友?再说了,你不也是南城人吗?"

"……"

直至下班回家,喻繁都还有些出神。

他为什么没回过南城?

以前是不敢回。他怕把麻烦带回去,怕看到以前的人就不想走。

但一直想着太痛苦了,那段时间他就用兼职和课业淹没自己,忙到喘不上气、沾床就睡,忙到没空去想。久而久之,这事就被他刻意地遗忘了,封到禁区,仿佛没人提,他就一辈子都忘了这座城市。

时至今日,是不是可以回去看一眼,再顺便去找一趟陈景深?

喻繁躺在沙发上发了一会儿呆,不知过了多久,他抬手拍了一下自己的脑门。

算了。

喻繁起身,刚要拆开面前的烧腊饭盒,微信振响,陈景深发了消息过来——

陈景深:纪录我破了,你玩了六年怎么才这点分。

晚饭时间,汪月正和新男友约会,忽然接到员工电话,劈头就是一句:

"我想请五天假。"

语气挺跩,不过对方确实很少请假,这几年的年假都不知道攒了多少。汪月问:"哪几天?"

"明天开始。"那头传来拉开行李箱拉链的声音,"这几天的客人我已经协商好了,两位,都改了时间。"

"那你明天生日不过啦?!"汪月愣了一下,随即反应过来,"你去找朋友?"

"不是。"

"那是去干吗?"

喻繁把衣服扔行李箱里,没说什么。

喻繁买了当晚十二点的机票,躺在沙发上玩《贪吃蛇》耗时间。平时修图传照片,一眨眼就是凌晨两点,现在玩几把游戏出来,才过去半个小时。

贪吃蛇又碰壁。喻繁烦躁地把手机扔一边,躺沙发上用手臂遮住眼,一点点听自己的心跳。

心脏跳得有点快。

他真的已经很久很久没回南城了,而且说来丢人,这次是他人生中……第一次坐飞机。

稀里糊涂地想了半天,喻繁拿起手机再看,晚上九点了。

他松了一口气,打开软件刚准备打辆去机场的车,"嗡"的一声,屏幕顶上跳出一条消息,订票软件的消息——

出于天气原因飞机延误,起飞时间延迟到了凌晨三点。

喻繁:"……"

喻繁靠着碾压陈景深的信念,在《贪吃蛇》里又鏖战三小时。中途他还给陈景深发了条消息,问对方今天加班到几点。

直到半夜十二点整,汪月、章娴静等人的生日祝福消息扑面而来,瞬间占满他的微信。陈景深依旧没回复,应该是还在忙。

喻繁起身穿外套,把行李箱提到玄关,约车司机的电话正好打进来。

他抓着行李箱,手机夹在肩上,开门道:"等等,我马上——"

看到门外刚准备抬手敲门的身影,喻繁声音倏地止住。

"好嘞好嘞。"寂静的长廊里,漏音的手机声格外明显,司机在那头说,"那我在楼下等您?"

电话没挂,也没有回应,司机说完犹豫了一下,又"您好"了一声。

喻繁在原地蒙了很久,才回神:"别等了。抱歉,我取消订单。"

挂断电话,喻繁重新抬头去看眼前的人。

陈景深单肩背包,手上提了一份蛋糕,肩背绷得平直,看上去风尘仆仆。他脸上没什么表情,可能是站在昏暗处,没表情时莫名显得沉闷阴郁。

陈景深看了眼面前穿着完整的人,又垂眸看向他手里的行李箱。

某一刻,他觉得喻繁手里抓着的似乎不是行李箱拉杆,而是他某根敏感薄弱的神经,稍有不慎就会绷断。

过了好久,他才拉扯着自己开口。飞机上睡着了,他嗓音有些哑:"你要去哪儿?"

面前的人似乎怔了一下,然后攥着拉杆的手骤然松开,回答:"南城。"

"见谁?"陈景深问。

204

"你。"

"……"

宁城这场狂风骤雨的台风虽然已经过去，但这个小区楼下那些被风刮倒、横了一地的不锈钢告示牌，以及垃圾桶里被风折断的伞，仍然让人心有余悸。

陈景深很重地舒出一口气，肩膀下沉，仿佛他凌晨这场飞行在此刻才终于平稳落地。

"不用去了，我自己来了。"陈景深说，"生日快乐，喻繁。"

陈景深进屋后先洗了个澡。为了这天赶来宁城，他这两天都在公司忙，怕身上有味道。

喻繁躺在沙发上，给刚才给他发祝福的人群发了一条"谢谢"。

王潞安：生日礼物马上到了，等着吧。

王潞安：对了！你生日怎么过啊？出门玩儿吗？

喻繁：不出。

王潞安：那就行。

喻繁："……"

王潞安：……我的意思是，你那儿最近不是刮风下雨吗？别乱跑，静姐说你现在瘦得像个仔鸡，要注意点儿，别被台风吹走了。

喻繁对着自己的拳头拍了一张照片，想发过去恐吓王潞安。拍完自己看了一眼，一点气势都没有。

浴室门打开，陈景深穿了一件白色T恤出来。

喻繁瞥见他，忽然有了灵感："陈景深，手递来。"

陈景深擦头发的动作顿了一下，摊开手伸给他，喻繁说："握拳。"

把陈景深的拳头照发过去，王潞安那头"对方正在输入"了半天，最后只剩一句：我的天。

喻繁扔下手机，打量了下自己手臂，觉得增肥这事要更早提上日程。

身边沙发下陷，陈景深带着一身清爽的沐浴露味坐下。喻繁扭头想问什么，看清陈景深神情后又把话忍了回去。

陈景深把头发擦得差不多了，伸手去拆蛋糕包装。蛋糕款式很简单，巴掌大，网上评价味道不错，上面围了一圈鲜红粉嫩的小草莓。

喻繁之前给他送来的那块小蛋糕，过了这么久他还记得长啥样。

"你怎么知道我生日？"腿被旁边人用膝盖戳了戳。

"以前就知道，帮访琴整理过资料。"陈景深说。

"那你来之前怎么不跟我说。"

"不知道赶不赶得上。"

机票是起飞前一个多小时临时买的，陈景深从公司出来，连行李都没再收拾就去了机场，然后去把提前订好要送来的蛋糕领了，路上拿起手机几次，想想还是没跟他说。

说白了他是想给个惊喜。

陈景深在袋子里翻了一下，发现少了东西。他问："有打火机吗？"

喻繁："我要是说有，你是不是又要检查我抽没抽烟？"

陈景深："不会，你家里没烟灰缸。"

"……"

喻繁起身去翻打火机，他搬来之后没抽过烟，找得有些久。回来时陈景深后靠进沙发，半垂着眼皮，与记忆里某些时刻一样冷淡低沉。

陈景深其实不太会掩藏情绪。

或者说，可能他本来就是一个缺乏情绪的人。他不论做什么事、说什么话，几乎都是用同一张脸、同一个神情，所以周围人很难分辨他此刻到底是个什么状态。

喻繁却觉得很明显。陈景深这人，开心、生气、难过……他总是能莫名其妙地立即感应到。

见喻繁回来，陈景深抬起眼皮，起身打算接过打火机。

喻繁却没看他，把东西随便扔到了玻璃茶几上。

"试了一下，坏的。用不了。"喻繁说。

陈景深"嗯"了一声："我去楼下买。"

"算了，别点了，幼不幼稚。"喻繁懒洋洋地说，"就这样直接吃。"

陈景深没打算这么敷衍地过。正想去摸手机，脸颊微凉，一股甜味扑面而来。

喻繁在蛋糕上挖了一手奶油，粗鲁又冷漠地往陈景深的脸上抹，陈景深下半张脸瞬间被奶油粘满，配上他那张面瘫脸，有点莫名的滑稽。

喻繁冷漠地垂眼看他："陈景深，你今晚的表情，和我们第一次见面的时候一样臭。看起来很欠揍。"

喻繁说完顿了顿，又纠正了一下："在奶茶店门口的那一次。"

"我在想，你当初走的时候，是不是也是刚才的样子。"陈景深说。

"不是。"半晌，喻繁没什么情绪地闷声开口，"那时候有人上门找喻凯明讨债，走得很急，也没行李箱，拖着麻袋走的。"

"嗯。"陈景深在脑子里想象了一下那个画面。

"其实那天在奶茶店，不是第一次。"陈景深突然没头没脑地说了一句。

"什么？"喻繁愣了一下，然后反应过来，"哦，我知道——"

"你划伤自己。不是第一次。"

"……"

喻繁有些蒙。他抬起脑袋，难得呆怔地看着陈景深："……什么意思？"

"你伤到自己手臂，我看到了。"陈景深说。

喻繁张了张口，什么也没说出来。他是想否认的，但陈景深这么一挑起，一些记忆横插进来，好像真的有这么一回事，但就那么一次，在学校厕所。当时他刚跟外校的人起了冲突，一不小心划伤自己，事后觉得没意思，然后就把这件事忘了个干净。

可有人看见，而且一直记得。

"我那时觉得，"陈景深说，"不能再那样下去。"

所以他写下信，字句斟酌，修修改改，交出去，笨拙强行地挤进喻繁的生活。

喻繁鼻间酸楚，表情却绷得又凶又冷漠。他睥睨下来，问："陈景深，你可怜我啊。"

"没。"陈景深说。

所以刚才看到你提着行李箱出来，就像突然被扯回那扇熟悉的木门外，窒息和压抑密密麻麻笼罩过来，汹涌得快喘不上气。

"喻繁。"陈景深嗓音低哑,"别再走了。"

喻繁眼眶烧红,低下头来。

陈景深:"我要你回答。"

什么东西砸下来,温温热热地滴在他手腕上。喻繁赤红着眼睛"嗯"了一声。

宁城的雨到凌晨四点才一点点停歇。

清晨,喻繁在敲门声里醒来。

就在喻繁以为是自己的错觉时,又是一阵强有力的敲门声。

陈景深正坐在床头敲代码,键盘声清脆好听,莫名有些催眠。喻繁艰难地抬起眼皮,复杂的界面立刻看得他头昏眼花:"滚去开门。"

陈景深"嗯"了一声,转身去楼下。

门刚开了一条缝,就听见"砰"的一声巨响!

小礼花在空中炸开!无数彩带亮片纷纷扬扬飘落下来,晃得陈景深眯了眯眼,然后听到了一道熟悉的声音——

"surprise!"王潞安嗓门响彻整层楼,他满脸喜气,大手一扬,铿锵地指挥身边的人,"来!一、二、三,走!"

门外,左宽、章娴静、王潞安异口同声、热情洋溢地唱:"祝你生日快乐!祝你生日快乐!祝你生日快乐!祝你生日快乐!!"

三十八

楼上传来"嘭"的一声,脆弱的楼板像砸落了什么重物。门外三人下意识随着这声动静抬头去看,发觉什么都看不见后又望向门里的人。

准确来说,是望向门里的那条胳膊。里面的人并没把门完全敞开,露了一点门缝,从他们的角度看,只能看见一条自然垂下的手臂。

左宽盯着对方胳膊流畅分明又恰到正好的线条,喃喃道:"喻繁,这么多年没见,你变壮了……"

"你看!我说了吧,他真长胖了,那拳头照就是昨天发我的!"王潞安激动道。

章娴静震惊:"但我上次见他,他真的很瘦,腿看着都快赶上我的了……宁城的健身教练这么牛吗?"

他们动静太大,隔壁住户开门不爽地探出脑袋来,看看他们,又看看地上的彩带亮片。

左宽对上对方的眼神,不爽地皱眉:"你看几……"

邻居往外站了站,露出他的花臂。

"用几把扫把我们就能把这地打扫干净!"王潞安迅速地抓住左宽,"抱歉啊大哥,我们兄弟今天生日,打扰了打扰了,这个我们一会儿肯定会收拾的!……走走走,进去说。"

王潞安说完伸手去推门,一用力,没推动。

他愣了下:"干吗呢喻繁,赶紧让我们进——"

"等一下。"门内的人偏了偏脑袋,露出半边脸。

这张脸冲击太大,门外三人同时睁大眼,尤其是章娴静,表情又惊又呆又震撼。

左宽瞠目结舌,脱口而出:"喻繁,你现在怎么长得跟学霸这么像了?!"

章娴静:"……"

陈景深瞥他一眼,没回答,嗓音冷淡沙哑:"吃早餐了吗?"

王潞安:"飞机上……吃了……"

"楼下有家茶楼,再去吃一顿,"里面的人说,"我请客。"

话音落下,"啪"的一声,门又关上了。

"……"

三人齐齐面对着门,走廊陷入一阵古怪的沉默,风一吹,彩带亮片"呼啦啦"地飞起来。

左宽:"王潞安,你是不是记错地址了?"

王潞安:"没啊。再说了,就算我真记错地址,那我也不知道学霸的地址啊!"

"有道理。那学霸怎么在喻繁家里?难道也是来给他过生日的?这么早……"左宽认真推理。

陈景深关了门，进屋仰头，问刚才发出剧烈动静的人："刚才怎么了？"

喻繁下楼把窗户全打开，冷声说："陈景深，你最好是能忍住，你敢笑出来，我对你不客气。"

陈景深按捺着"嗯"了一声。

喻繁冷话都懒得放了，他拎着垃圾袋往玄关走。

开门的一刹那，外面一股推力迎面而来，他毫无防备地往后退了两步，外面三个人以迅雷不及掩耳之势冲进来，关门，反锁，一气呵成！

"好险，那花臂大哥脾气怎么这么差啊！不就是几片彩带亮片飘他家门口了嘛，至于骂人吗？"王潞安心有余悸地拍拍胸脯。

"还不是你们非要弄什么礼炮，幼不幼稚啊。"章娴静无语道。

左宽："谁刚才一直拦着我的？看他不爽好久了！你让他去问问以前在七中，谁敢用那种眼神看老子，早把他揍得屁滚尿流了！是吧喻繁？"

喻繁："……不是让你们去楼下茶楼吃早餐？"

"吃不下了啊，干脆就在外面等你了。"左宽骂骂咧咧完，转头去看自己多年未见的兄弟，手里居然拎着两个小小的垃圾袋，"怎么，你这么早就要出门捡垃圾？"

喻繁："……"

喻繁家里的沙发，三个人坐下去正好。

王潞安和左宽刚无视喻繁的拒绝，强行抱了喻繁几轮，手上的礼物送出去，又是一阵盘问。

王潞安变胖了点，还穿了西装，是从公司赶来的；左宽倒是瘦了，留了一点胡子，比以前帅了不少。他们把"这几年怎么样""过得好吗"又问了一遍。

喻繁皱眉："好。微信里不都问过了？烦不烦。"

"过得好怎么还瘦成猴了？"王潞安说，"不对，你给我发的照片不挺壮的……那是学霸的手吧？你这也发'照骗'？"

喻繁："没差别。下次你再见到我，我的手也就长那样了。"

左宽:"吹牛你第一。"

喻繁:"不服气你来啊。"

至此,那点几年未见的生疏终于消失,几人恢复到当初插科打诨的状态。

只有章娴静闭嘴不说话。

两个大直男乐呵呵地跟喻繁聊天,话题从工作到大学生活再到回忆往昔。

终于,王潞安瞥到角落的行李箱,问道:"不过学霸怎么在你家里?你之前不还问我他过得怎么样?我还以为你们没联系了。"

"你记错了,我没问。"喻繁说,"他来这里出差,遇上台风,我收留他。"

王潞安和左宽同时"哦"了一声。

左宽目光乱扫:"不过你这几年也瘦太多了吧,你看你这胳膊、腿、脖子……"

章娴静转头看了一眼:"你这窗户也开太大了,不冷吗?"

十四摄氏度的天只穿了一件T恤的喻繁抱臂说:"不冷。"

喻繁第N次看向垃圾袋,王潞安随着看了一眼,顺口问:"你刚才是要去扔垃圾?两个袋子里才装了那么一点垃圾就扔?"

"订了外卖,外卖员说找不到地方,下去接他,"喻繁说,"……就顺便扔了。"

"哦!"王潞安一拍脑袋,把身边的纸袋拿出来,"他找到了!刚给你送来,我们顺便帮你拿了。订的啥啊?"

喻繁说:"早餐。"

"早餐?"王潞安嘀咕,"买了什么早餐,用这么小的袋子,还这么轻……帮你开了啊,赶紧吃点。"

喻繁打了个哈欠,懒洋洋地"嗯"了一声,浴室门忽然打开,陈景深的嗓音非常罕见地有点慌:"等等,别开!"

几人扭头看他,都愣了一下。

"咚咚!"

门被敲响，外卖员嘹亮的嗓门划破房里死一般的冷寂。

"你好，你的外卖！抱歉找不到地址，来晚了！"

三十九

左宽率先开口："原来你早餐在后面呢，送错了吧。哈哈！"

王潞安："对啊。哈哈！我看看订单啊——游麟小区402，陈先生，备注，送到发消息，不要敲门，有人在睡觉……"

"肯定是隔壁那个男的写错门牌号了！"左宽一拍大腿，"喻繁又不姓陈！"

王潞安："就是——"

"对不起啊陈先生！快超时了我有点着急，忘了您备注让我别敲门！实在对不起！"另一头，送早餐的外卖小哥对着门缝点头哈腰。

"没事。"陈景深说，"两个都是我点的。"

他们来这一趟当然不只是过个生日就走，宁城嘛，著名旅游城市，那不得去四处转转，看看风景。

所以王潞安来之前特地向朋友借了辆车，对方已经让人把车送到了小区楼下，并把钥匙交到了他手中。

但王潞安来得匆忙，没带驾照，左宽开车不规范，分一点点被扣完了，章娴静更是压根就没学。

最后开车重任交到陈景深身上。

来了宁城，自然是喻繁带着玩。上了车，陈景深系上安全带，问身边的人："去哪儿？"

对方面部肌肉连一点细微的变化都没有。他只是拿出手机连接车载蓝牙，没多久后导航甜美声音传出来："准备出发，全程十六公里，大约需要四十分钟。"

陈景深点的那份粥说是早餐，其实送达时间已经是下午两点，再加上在屋子里耽误了些时间和车程，他们到达目的地的时候已经接近下午四点。

喻繁带他们去了宁城最著名的海滩,也是他最常出的外景。

现在的落日是海滩风景最美的时候,车子驶过一片连亘群山后视野豁然开朗,一片粉蓝绚丽的天闯入眼帘,与天衔接的海面像被铺了一层晶莹剔透的碎钻。

这比陈景深上次来时那阴雨连绵的天气要美得多。

后排的人终于被扯去注意力。尤其是左宽,活了二十多年第一次看见海,一双眼睛倏地亮了,车子刚停稳就立刻下车去拍照。

海滩就在石阶下面,左宽激动地往下探头:"王潞安,这海水好清,不喝点可惜了,我们去游泳吧!下面有泳裤卖!"

王潞安想也不想:"不不不,我养了几个月的肚子不能拿出来见人,你自己喝去吧。"

"我请你游,我送你一件泳裤!明天就回去了,再不游没机会了!"

"别,我机会还多着呢,再说谁缺你一条泳裤……哎,你别拽我!"

两人拉拉扯扯往台阶下走,章娴静懒得理他们,她不明白这些男的都二十多岁的人了,怎么比高中时候还幼稚。

她拿出手机拍了几张天空,然后挑最好看的一张图发给微信里某个好友,发出去后她才发现,自己昨天发的一句"左宽留了胡子居然变帅了",对方直到现在都没回。

哼,什么嘛。

章娴静不满地扯了一下嘴角,刚要很有骨气地撤回,"嗡"的一声。

柯婷:好看。

章娴静:昨天干吗不回我!大律师了不起吗?

章娴静:下去拍更好看,你等着。

王潞安最后还是被拖下水,海水冰凉又刺激,他冷不防还让左宽拍了几下肚皮,现在两个人光着膀子在海里厮杀乱斗,战况激烈。

章娴静脚踝浸在海水里,举着手机左拍拍右拍拍,中途还嫌弃地让他俩滚出她的镜头外。

陈景深坐在喻繁椅子边缘,嘴唇动了动。

喻繁:"闭嘴。"

喻繁刚想把他踹开,手机"嗡"地响起来。

"您好,利海快递!您的保价包裹已经送到我们宁城利海快递站了,请问您现在在家吗?方便我们现在把东西送过去吗?"

"保价包裹?"喻繁皱眉,"我的?"

"是的,保价费二百五十元的物品,需要您本人开箱检查后签收。"

"寄错了,我没买什么保价……"

"我买的。"陈景深说,"生日礼物。"

喻繁一顿,跟快递员商量了一个送达时间后挂断,问:"是什么?"

"镜头。"

喻繁帮汪月寄过贵重物品,知道保价的规矩,二百五十元保价费就是……

喻繁猛地坐起来想起身。

陈景深:"干吗?"

"取快递。"

"不急,回去顺路取。"

喻繁急得:"陈景深,你懂镜头吗?花这么多钱去买,你是不是被人骗了?"

"没。我托那个新娘问过汪月,她说是你最近很喜欢的一款。"

"……"

"喻繁。"他说,"想不想回南城看看?"

★第六章★

他们跑向自由，跑向光

四十

其实不出意外的话,喻繁此刻应该都在南城了。

现在改成和一帮故人一起回去,不知怎的,有种说不上来的不同。

王潞安原本打算比其他两人晚几天回,听说喻繁也要跟着走后,他想也没想就改签了。

王潞安在讨论组里叽叽喳喳个不停,喻繁一句没回,把早就收拾好了的行李箱又打开翻了一遍。

然后他想了想,趁陈景深没注意,把这几天他都没戴、怕又被发现的纽扣往脖子上一挂,藏进衣领里,才终于肯安稳地躺回沙发上回讨论组消息。

"机票我这儿订?"窝在沙发里敲代码的人不露痕迹地朝他这边靠了靠。

喻繁:"不用。昨天那班航班延迟到早上,取消了,平台给我返了几张赔偿优惠券。"

"没退票?"

喻繁抬起眼皮,没搭理他。

周一清早,五人踏上了回南城的路程。

第一次坐飞机,喻繁全程都非常淡定。

他们几人特意选了相连的位置。喻繁位置靠窗,上机后一直面无表情地面向窗外。

陈景深看了眼他的后脑勺,不知第几次抛出话头:"晕吗?"

"不晕。"喻繁举着单反相机,拍下窗外交叠相融的棉花糖白云,"很忙,别吵我,陈景深。"

陈景深:"好。"

两座城市其实隔得不算远,坐飞机只需要一个小时,没多久,云层里就隐约浮现城市轮廓。

喻繁收起单反相机,垂眼看那些楼房从蚂蚁变成小盒子,心跳渐渐变快。

六年了。

他生在南城,长在南城,平时偶尔做梦都会梦到这座城市的人和物,现在真正回到这里,不由得有些近乡情怯。

飞机颠簸一阵后平稳停住。喻繁盯着接机大楼高挂的"南城欢迎你"标语发呆,直到手指被人碰了碰才回神。

"下机了。"陈景深说。

王潞安和陈景深的车都停在机场停车楼。今天周一,大家各自都要赶回去上班,刚出机场就开始约下次见面。

喻繁没仔细听他们说什么,低头发短信给汪月报平安,这是对方在他请假的时候就千叮咛万嘱咐的事。

脖子一重,王潞安冲上来钩住他,跟着家里人出去谈生意惯了,王潞安想也没想就问:"喻繁,你之前住的那个房子还在没?有地方住吗?用不用我给你安排个酒店?"

喻繁顿了一下,头也没抬地含糊道:"还在。不用,我有地方住。"

王潞安:"噢,你都这么多年没回来了,那房子还能住啊?那我送你回去?顺便让你看看兄弟苦学多年熬到手的豪车,嘿嘿。"

喻繁扭头,古怪地看了他一眼。

王潞安:"怎么了?"

"我不回去,我去陈景深家,"喻繁说,"参观。"

"王潞安,就你话多。"左宽拍他肩膀,"这么喜欢送人,送我和静姐啊。还豪车,人家学霸开的宾利你忘了?"

"没。"陈景深按了一下车钥匙,不远处的车随之亮了一下车灯。

王潞安看了眼:"奥迪 A6 吗?也不错哇。"

"公司送的，代步车。"陈景深说，"那我们走了。"

三人茫然地看着喻繁满脸拒绝地坐进陈景深的车，车门关上，车子一个转弯，只留下一个车屁股。

王潞安上了车，发动车子，忍不住问车里其他两个人："嘶……你们说喻繁是不是因为太瘦，人也变弱了？刚才居然就这么被学霸拖上车了。"

章娴静："不知道啊，要不你下次把脸伸他面前试试？"

"……"

一路上喻繁都歪头看着窗外，觉得每栋楼房看起来都陌生，好多段路他得看到标志性建筑才勉强认出是哪里。

直到经过南城七中附近，一切才终于真正熟悉起来。

"这家米线店这么难吃，怎么还没倒闭。"喻繁懒洋洋开口道。

"倒了。你走的第一年就倒了。"陈景深放慢了车速，"现在卖的是麻辣烫。"

"上网的地方没了？"经过最熟悉的路段，却没看见熟悉的店，喻繁眉毛皱起来。

"嗯，被一锅端了。"

喻繁手肘撑在窗沿，支着下巴"啧"了一声。然后他看到了南城七中的校门。

还是那扇破旧的大铁门，旁边是保安亭，上课时间没什么人，往铁门里面看去，是那栋墙体斑驳的高二教学楼。

喻繁沉浸在这匆匆一瞥里，很久都没回神。直到陈景深开口："学校没什么变化。"

喻繁抽出思绪，很闷地"嗯"了一声，过了一会儿又说："这群校领导真抠，那破铁门我一脚都能踹坏，还不舍得换。"

陈景深住的地方一看就是新小区。车子一路驶进地下停车场，周围的车位基本空着。

等电梯时，陈景深的手机响起来。

他接通："嗯。"

"你怎么还没到公司？今天下午三点开会你忘了？"罗理阳问。

"还没三点。"陈景深说，"把朋友安置好就来。"

"你朋友不是跟你一样是本地人吗？安置啥？"

"别管。"

"……"

罗理阳又催了两句，挂了电话。喻繁按下电梯的一楼按钮："你去公司吧，我自己上去。"

"我陪你。"

"陈景深，下午两点四十七了。"

"公司很近，跑过去五分钟。"

"……"

脑补了一下陈景深顶着张面瘫脸跑步上班的模样，电梯门在一楼缓缓开启，陈景深被赶了出去。

喻繁独自上楼，按陈景深给的密码开了门，随即一愣。

陈景深虽然事先跟他说过家里很空，但……

喻繁：陈景深，你家好像被入室洗劫了。我帮你报警？

喻繁站在客厅，发出这么一条消息，还随手录了一段视频。

这房子里除了最基础的家具什么都没有，甚至有些家具还装在纸箱里没开封，一眼过去空旷一片，没有任何生活气息。

陈景深：视频看了，好像没丢什么。

喻繁：昨天刚交的房？

陈景深：交一年了。不过我平时不住家里。

喻繁：那你住哪儿？

陈景深发了一张照片过来，看起来已经到公司了，图里是一张放在电脑桌旁的简易床。

喻繁：不住买什么房？

陈景深：今天开始住了。

喻繁盯着这行字看了一会儿，把手机扔到床上，低头收拾自己的行李。

他这次只来几天,没带多少东西,一切鼓捣完毕后,他把行李箱往角落一推,扭头出了门。

上了出租车,司机回头问:"去哪儿?"

"长阳街83号南明小区。"喻繁流畅地报出地址,完了自己愣了一下。

司机倒是没注意这么多,挡一挂就冲了出去。

喻繁保持着上车时的姿势,过了很久才慢慢地躺到椅垫上。

这次回来,喻繁是有事情要处理的。那套房子在南城放了六年,喻凯明在他面前跪破头他都没答应卖掉,毕竟当年他爷爷把房子转他名下时,防的就是这种情况。

他原本想租出去,但他担心那些讨债的找不到人,去找租户的麻烦,加上自己当时已经找到了汪月那边的兼职,不缺生活费,也就算了。

但一直闲置也不是办法,过了六年,那些讨债的也已经消停了,他打算找人收拾一下,找个靠谱的租户。在这之前,他得先回去确认一下房子的情况。

六年过去了,附近已经不知建起几栋高楼,唯独长阳街还是那条窄小的街道,两辆车迎面相遇依旧要堵半天。

车子在原地停了五分钟,喻繁扫码付了钱:"靠边停吧,我在这儿下。"

喻繁在缠绕着的电线下往街道里面走,一阵混着肉香的热腾白雾扑面而来,身边装满小笼包的蒸笼被打开了。

烧烤店这会儿还没开始营业,但卷帘门开着,老板娘跷着二郎腿坐在门口刷土味短视频,在他经过时觉得眼熟,眼神跟周围其他老街坊一样,不自觉地跟着他走了好长一段路。

理发店门外,几个把头发染得花花绿绿的精神小伙搬了张椅凳在打牌,其中一个用余光扫过去,当即一愣,张口"喂"了一声。

喻繁转头跟他们对上视线。

"哟!真是你啊!"那人笑了笑,脸上顿时出现好多道褶子,"不是要剃双龙戏珠吗你?把头发留这么长怎么剃啊?"

喻繁恍惚站在那儿,好似时光倒流,他刚放学回家。

回到小区,喻繁在老旧的木门前站了很久,然后戴上口罩,把钥匙插进去用力一转,"咔嗒"一声,终于打开。

一阵灰尘扑鼻而来,戴着口罩也难以幸免。他偏开头咳了好几声,用手臂捂着鼻子,进屋打开所有窗帘、窗户,这间屋子终于得以重见天日。

家具厚厚一层积灰,把他书桌上那些刀痕凹陷全遮挡住,墙体不知何时已经开始脱落,爷爷特地给他做的小阳台经过六年的风吹雨打,已经脏污泛黑一片,看不出原本的模样。

天气预报说今天有雪,一缕缕凉风穿过防盗网,密密地往这套荒废多年的老屋里灌。

喻繁立在阳台,回忆里的画面像电影般一帧一帧地浮现。直到邻居出来晾衣服,扭头看到隔壁忽然一动不动站了个人,吓得把晾衣杆摔在地上,他才恍然回神。

喻繁下载了一个家政软件,边研究怎么用边往外走,跟刚走上楼梯的女孩打了个照面。

女孩五官精致漂亮,穿着小学校服,绑了马尾辫,额前碎发乱成一团。看到喻繁,她先是愣了一下,下意识倒吸一口气——然后立刻抬手把自己嘴巴捂住!

两秒后,她扭头加快速度上楼。到了自家门口,女孩立刻拿出手机发消息,激动得连着打错了好几个字。

"干吗呢你。"漫不经心的声音在身后响起,吓得她差点把手机扔地上。

她把手机屏幕捂在胸前,转头看向那双熟悉清澈的眼睛:"哥、哥哥!"

"记得我?那你跑什么?"喻繁看了眼旁边关着的房门,"又没饭吃?"

女孩无语:"哥哥,我已经六年级了,早就会做饭了!"

喻繁"哦"了一声:"在给谁发消息。"

"没谁!"她应得飞快。

"201的帅气哥哥,"喻繁复述了一遍她给对方的备注,挑眉,"201住的不是我?"

"……"

"就,另一个帅气哥哥。"女孩瘪嘴,在喻繁的注视下乖乖把手机举起来,露出了陈景深的头像。

喻繁微怔:"你怎么有他微信?"

"我们整栋楼都有啊。"

"……"

喻繁很茫然:"什么意思?"

"你以前不是偷偷搬走了嘛。"女孩说,"这个哥哥就每天傍晚都在你家门口等你啊。"

喻繁眨了几下眼睛:"……每天?"

"也不是,但一周得有三四天在吧,就坐在台阶上,他还教我做过题呢。"

喻繁脑子"嗡嗡"响,觉得自己有些听不懂。

"一开始他总是敲你家门,"女孩压低声音,"……然后就被隔壁的阿姨举报啦,说很吓人,保安还上来赶过。"

"……"

"后来就不敲了,但还是会来,持续了快一年呢。"女孩说,"后来那个哥哥说要去上大学了,就敲了我家的门,给我们送了水果,让我们看到你回来告诉他。那天整栋楼都收到水果了。"

女孩说完等了很久,面前的人只是垂着眼睫,没有反应。她歪了一下脑袋:"哥哥?"

"他……"喻繁顿了顿,"你那时经常看见他吗?"

"对呀,我晚上去补课的时候都会碰上。"

"他那时好吗?"

喻繁问出口后觉得好笑,毕竟陈景深无论何时何地都是同一个表情,哪有人能看出他当时好不好——

"不好,很不好。"女孩犹豫了一下,才说。

"他经常偷偷哭哦,就站在你家门口。"

四十一

南城入冬入夏速度都快。十二月还没到中旬,陈景深起身去倒杯水的工夫,回来时窗户已经沾上毛毛细雪。

他拿起手机发消息:在干什么?

消息刚发出去,门被敲响,一个男生探进脑袋,看清办公室里的情况后愣愣地瞪着眼睛。

陈景深盯着屏幕等了几秒钟,没看到"正在输入"的提示,抬头对上他的视线:"怎么?"

他回神:"没!深哥,大家就是想问问您今晚吃什么,我们准备点外卖了。"

"不用。"

"啊?"

"我今晚不留公司。"陈景深说,"不用给我点。"

男生又反应了几秒,才"哦"了一声,轻声关上办公室的门。

"你这什么表情?"正在联系饭馆老板的员工问,"怎么说?深哥吃什么?"

"他不吃。"

"啊?"

"深哥居然说,他今晚不加班!"他震惊道,"而且我刚进去的时候看见深哥在玩手机摸鱼——这是我第一次看到深哥上班摸鱼!"

"……"

周围每个人都呆了一下,毕竟他们公司这个大佬入职以来没有多少工作日是不加班的,甚至经常直接睡在公司。虽然新公司要忙的事确实很多,但他们每人刚入职时还是忍不住要揣测一下老板是不是救过大佬的命。

不过他们很快就发现其实没别的,他们这个大佬就是爱敲代码写算法,对其他事或人都不关心。据说老板招他进公司的时候给的是技术总监的职位,最后被大佬婉拒,理由是懒得管人。

那人沉默了一下,良久后起身:"我再去确认一次……"

"哎!不用去了,有那时间多跟饭店老板聊会儿天,让他偷偷给你加个鸡腿。"从他身后经过的罗理阳拍了拍他的肩膀,"不出意外的话,这阵子你们都不用给他订饭了。"

"啊?为什么?"

"能为什么。"罗理阳笑了,"他朋友来了。行了,时间差不多了,除了值夜班的,今天都别在公司加班了,下雪呢,收拾东西回去吧。"

"肯定!深哥都不加班了,我们还有什么理由加班!拿回家干!"

陈景深不知道自己的一句话,让部门员工破天荒地集体准时下班。

时钟指向晚上六点,陈景深背起包走出办公室,他一开门,工位上其他人也倏地跟着站起来。

陈景深:"……"

肩膀被人搭了一下,罗理阳说:"走,为了庆祝你首次准时下班,大家也跟你一起准时下班。"

陈景深:"……"

喻繁双手抄兜站在办公楼大门旁,百无聊赖地第七次回头看大厅墙上的时钟,同时也第七次与一直在偷偷关注他的保安对上目光。

喻繁面不改色地吹出了一个很圆很漂亮的泡泡。

保安:"……"

泡泡漏风瘪下来,正好听见一声模糊的"叮",一楼的电梯门缓缓打开,露出里面满满当当一厢人。

他们身上的穿搭如此雷同——黑色冲锋衣,厚重的深色羊绒衫,里面内搭的各色格子衫衣领翻在外面,双肩包,牛仔裤,脸上还大多戴了眼镜。

就连里面唯一一个女生,也是一身简练的灰色。

一群人说说笑笑不知道在聊什么,场面和谐,只有陈景深在低头敲手机。他裹着一件黑色风衣站在人群中,高挑而引人注目。

罗理阳正发短信约相亲对象吃饭,手臂就被旁边人杵了杵:"开车来了吗？送我一程。"

罗理阳莫名其妙："步行十分钟的路……刚认识那会儿我客气客气，说要送你，你不都不肯吗？"

"送不送？"陈景深皱眉。

"送，哥给你送到家门口。"

身边其他人在叽叽喳喳。女生伸了个懒腰："唉，难得提前下班，我回家都不知道要干什么了。"

"我手上的活分你一点？"

"做梦吧你，自己的事情自己……门口那男的好帅。"

"得了吧，能有比我和大佬还帅的——嚯！长发帅哥！"

话刚说完，他们肩边像是掠过一阵风。

一伙人还没反应过来，大佬已经站在了门口那个帅哥的身边。

"手机怎么没开机？"陈景深问。

"没电了。"喻繁说话时呼出一口白雾。

"去哪儿了？"

"回以前房子看了看，"喻繁说完才想起什么，往后退了一步，"陈景深，我一身灰，你离我远点。"

本想问怎么没等我一起，又想到他离开这么久，可能更想独自回去转转。陈景深没多说什么，又问："怎么突然过来了？"

喻繁抿了一下嘴唇，面无表情地说："顺路……正好接你下班。"

"你好，"罗理阳朝喻繁伸手，"我们在视频里见过，记得吧？"

"记得。"喻繁生疏地伸手跟他握了握，"您看起来比视频里年轻。"

"真的吗？哈哈哈，我就说嘛，你那天说的真吓到我了。"

"嗯。"喻繁说，"一看就不超过二十七岁。"

"……"

陈景深一路上忍得很辛苦。

"有什么好笑的？？？"喻繁杵了他手臂一下。

"没。我只是想问，"陈景深偏开他的注意力，"你不是来接我下班的？"

"是啊。"喻繁问，"有问题？"

225

"没有。"

两人在风雪里前行，陈景深和他商量："但是下次接我的时候，能不能带把伞？"

"……"

陈景深这段时间不常在家，今天回得匆忙也来不及准备食材，两人在陈景深常去的饭馆里吃了晚饭。

出饭店时外面已经是雨夹雪，到家两人的衣服和头发基本全湿了。

"陈景深，以后别哭了，你这样很丑。"喻繁扔出一句命令。

陈景深微怔："以前不是让我哭一个给你看？"

以前？

喻繁想了一会儿才想起来，好像是说过："现在不想了。小时候已经看烦了。"

陈景深沉默地看他，片刻才问："……什么时候记起来的？"

"早记起来了，眼睛这么小。"喻繁伸手比画了一下。

外面雨雪还在下，他们家在高层，陈景深没拉窗帘，旁边便是一片白茫茫的世界。

"陈景深。"喻繁没什么情绪地问，"你是不是觉得自己过几年肯定会秃，所以要拉上一个垫背的？"

"没，说了我不会秃。"陈景深说。

"你怎么突然想当程序员？"

陈景深对这个问题有些意外，冷淡认真地回答："因为难。"

"越往深了学越难，节奏也很快，觉得自己每时每刻都在跟全世界比赛。"陈景深说，"所以敲代码很打发时间，不会分神，不用社交。"

奇怪的理由到了陈景深身上好像就不奇怪了。

"你家那只狗呢？"喻繁说到这儿顿了一下，"不对，陈景深，你六年级养的狗，给他取名叫繁繁？什么意思？？"

"……养在家，我这几年住的地方都不让养大型犬。"没想到陈年老账这时候翻，陈景深想了想，没想出办法，于是添油加醋地解释，"我不是胆小吗？你不在，我只能养它壮胆。"

"……我明天就买只王八,叫深深。"

"可以。"

"陈景深。"喻繁又叫。

"嗯。"

"我家门口蚊子很多。"

"……"

陈景深默了默,终于觉出喻繁今晚哪里不对。

"还行,没我家楼下的多。"他开玩笑地应了句。

喻繁却笑不出来,他问:"那保安还赶你了?他走关系进来干的,瘦得像猴,大腿没你手臂粗,你打不过他?"

"没打,他打工不容易。"陈景深说,"我也不占理。"

"……"

下午,喻繁倚在楼梯间站了很久,他看着那扇门,想着陈景深沉默敲门的模样,想着陈景深顶着头顶那个破声控灯看题,想着陈景深在灯灭下的那一刻,沉默迅速地低头抹眼睛。

他没法去想这样的陈景深。

"陈景深。"喻繁声音低低的,"你都去哪里找过我?"

"……"

陈景深在黑暗里沉默很久,才说:"之前给你列过的学校。"

"怎么样?"

陈景深:"一般。不去也行。"

"……还有呢?"

"汾河。"

那是南城周边喻繁从来没去过的地方。他难受地吞咽了一下,然后问:"还有呢?"

陈景深犹豫了下,又报了两个地名,最后实在不想说了,说:"没了。"

"怎么找的?"

"去这些地方的大学问了问。"

还问了每所高中、医院,大海捞针、盲目地地毯式找人。

喻繁没说话了，长这么大，他很少有过认真的"后悔"。小时候反抗喻凯明被揍，他不后悔；他妈走的时候他一声没吭，一个人留下，他不后悔；上学时逞强被人堵，他不后悔。但现在……

"陈景深。"喻繁良久闷闷地说了一句，"我买过回南城的车票。"

他后悔得心脏抽疼："但我最后没上车，我当时傻了……"

陈景深喉结滚了一下："别哭了。"

"没哭，水。"喻繁说。

"嗯。"

"陈景深。"

"嗯。"

"以后你如果也丢下我走了，我也找你。"喻繁立下誓言，"我会比你找我的时间还要长，找的范围还要广，我找你一辈子。"

"好。"

翌日，喻繁被昨晚的记忆攻击得遍体鳞伤，他正不知所措时，搁在桌上的手机忽然响了起来。

陌生号码，归属地南城。喻繁皱了下眉，没多少人有他的手机号码，有也不会直接打电话。

他犹豫了一会儿才接。

"你好，请问是喻凯明的家属吗？"对面是一道温柔的女声。

喻繁一动不动，没有说话。

在他回过神准备挂断时，对面又"喂"了一声，然后继续道："我们这里是南城第三医院，患者因为脑梗被临时送到我们医院，加上他肺癌晚期，虽然目前生命体征已经稳定下来，但情况还是不乐观。你是他儿子吧？尽快来医院一趟。"

喻凯明出来了？什么时候的事？

喻繁手指都挪到挂断键上了，闻言又提起来："他能活过上午吗？"

对面愣了几秒，才道："这不好说，不过病人现在还算稳定，如果没有突发情况的话……"

那就是可以。

"知道了。"喻繁说，"谢谢。"

挂了电话，陈景深说："什么时候去？我陪你。"

"不用。"

"那我偷偷去。"陈景深复述，"南城第三医院？"

"……"

"真不用。"喻繁皱眉，"陈景深，别这么婆婆妈妈。"

"不是这个问题。我怕我这次不去……"

等了几秒没动静，喻繁扭头："什么？"

陈景深："过几天就要进局里捞你。"

"……"

四十二

下午陈景深请了假，两人一起去了南城第三医院。

这家是南城最老旧的一家医院，技术落后，医疗设备陈旧，环境也不好。住在附近的人得了什么小病小痛会来这儿看看，大病基本会不远千里赶赴其他医院治疗。

到了护士告知的病房外，喻繁看到斑驳泛黄的医院墙壁，碰了碰身边人的手臂，指着病房外的长椅，家长似的："坐这儿等我。别乱跑。"

陈景深想了下，似乎不跟进去比较合适。他"嗯"了一声："有事叫我。"

"能有什么事。"

说是这么说，但当喻繁手握到门把手上时，他还是停顿了几秒才拉开门。

病房内，医生正好在查房。

"今天感觉怎么样……戴呼吸机是比较难受的，忍忍，克服一下。"看到病床上的人缓慢摇头，医生扭头低声问身后的人："几天了，家属还没联系上吗？"

护士说:"托公安部门帮忙,联系上了,联系了两个,都说这几天找时间过来……"

话音刚落,门"吱呀"一声打开,下一刻,原本在床上奄奄一息的人忽然嘶哑地发出了几道模糊、无法辨认的声音。

医生立刻明白,这是家属来了。

"是喻凯明家属吗?"护士忙问。

高瘦的男人冷冷淡淡地扫了床上的人一眼,像在看什么卑微的蝼蚁,然后转过头来:"是。"

护士看他的表情以为自己认错了,见他承认还愣了一下。她拿出本子确认:"是他的……儿子?"

"嗯。"

"……"

医生道:"我们出去,我给你说一下他的情况。"

"不用,您就在这儿说吧。"喻繁道。

医生顿了一下,又斟酌:"患者的情况现在比较复杂,还是……"

"他还能活多久?"喻繁问,"不超过一年吧?"

"……"

喻凯明睁大眼,朝喻繁含混地骂:"畜生,猪狗……不如……"

至此,医生终于明白这父子俩的关系。医生在这行干了多年,什么情况都见过,而且根据患者自述,这位患者在监狱里就知道自己得了癌症,因为在外面无人照顾,也没有收入,所以没有申请保外就医,一直拖到出狱。

所以在患者面前,也没什么好隐瞒的。

左右这间病房里没有别的患者,医生斟酌地回答:"也不是,如果好好调理的话,肯定能争取更多时间。现在我们是两个方案:一个是回家休养,好好调理,让病人保持好心情;另一个是留在医院接受治疗,不过治疗过程可能会难受些,效果也不一定会好。"

喻繁垂眼思考片刻,然后点头:"谢谢您,我跟他商量一下。"

"行。那有什么事再来办公室找我。"

病房只剩下两人。

喻繁打量四周，扯了把椅子过来，摆在喻凯明的床尾坐下，跷起二郎腿睥睨着病床上的人。

喻凯明服刑期间，喻繁一次都没去探望过。

六年过去了，喻凯明如今已经瘦成了皮包骨，颧骨高高耸起，满脸憔悴，只是那双眼睛里仍旧是幽深恨意。

喻繁忽然想起来，今早他接到民警电话，对方告知他喻凯明是想去买散装汽油，但又给不出相关证明，于是和老板吵起来，在争吵途中突发脑梗才被送进医院的。

喻繁已经懒得计较喻凯明拿汽油来干什么了，可能是想烧谁，也可能是想烧那间老房子……总之，现在人躺在这儿了，癌症晚期加上突发脑梗，喻凯明现在很难再自由活动。

"挑吧。"沉默地打量了一会儿，喻繁开口，"是想被我接回家，还是想在这儿吊几个月的命？"

喻凯明很明显地怔了一下，他戴着呼吸机，吐字非常艰难："你……带我，回家？"

"你辛辛苦苦养我这么多年，现在你半条腿都踩进土里了，我当然会管。"

喻凯明呆呆地看着他，惊诧、疑惑，然后他反应过来，可能是他现在的模样，激起了喻繁的同情心。也是，毕竟他们是父子，虽然关系一直不好，但血脉相连，到了最后时刻，喻繁不会不管他。

喻凯明心潮汹涌，眼看一瞬间眼泪就要冒出来——

"回了家，我肯定好好报答你。像你以前对我和我妈那样。"

他儿子坐在冬日暖光里，朝他冰凉凉一笑。

窗户留了一条缝隙，几缕寒风刮进来，冰凉彻骨。喻凯明眼皮瞬间耷拉下去，只剩眼眶里那点廉价眼泪。

恶人的儿子自然也是恶人。

"滚。"喻凯明想拿什么东西砸过去，把他砸得血流满面，最好躺到自己身边。可惜他此刻脑袋发昏，浑身发软，连骂人都没有威慑力。

"想留在医院？"喻繁问。

喻凯明闭了闭眼，不愿再说话，他能明显感觉到自己被气得心跳加快，呼吸都有些调节不过来。

"行，"喻繁起身，"放心，我一定准时给医院续费，续到你死那天。"

"……"

"不过你也抓紧时间，我现在没多少钱，万一哪天续不上医药费——"

"滚！我，让你……"

喻凯明忍无可忍地睁眼骂着，却发现喻繁已经把椅子放回原位，并走到了他身边。

喻繁弯着手指，碰了碰他身边的机器管子，撇头垂眼好奇地问："喻凯明，这东西，如果我晚上趁你睡着拔了会怎么样？"

喻凯明呼吸粗重："你，不敢，你杀人，那你就，得跟我一起……死。"

"我不敢？"喻繁像听到什么笑话，"喻凯明，你要觉得我不敢，六年前你尿什么裤子。"

"……"

喻凯明满脸惊恐，双目赤红地看他。

但喻繁只是笑。喻凯明在记忆里艰难地搜寻了一下，发现他这辈子见过的喻繁的笑，加起来似乎都没今天见到的多。

不，也许喻繁小时候很开心地笑过，那时候自己还在好好上班，没有赌博，没有酗酒，喻繁还不太会走路，经常歪歪扭扭地走到他怀里，露出刚长出来的两颗门牙，肥嘟嘟的小手搭在他手臂上……

明明他这几天连意识都是混沌的，却在此刻想起了二十多年前的某些画面。

喻凯明怔然地松开眉，表情一会儿凶恶，一会儿茫然。不知过了多久，他刚想说什么，就听到了他儿子这辈子对他说的最后一句话。

"好好活着吧，就在这张床上。活到你自己受不了死了。"

喻繁出来时松了口气，肩膀重重地塌下来。好似身上的重负终于彻底卸下，心脏、大脑、四肢全都充满力气。

可能这就是当浑蛋的快乐吧。

他转头，却发现长椅上像是在等家长的小朋友正心惊胆战地看着自己，而陈景深已经起身，转头朝外面走去。

喻繁刚要跟上去，用余光瞥到经过的护士，才想起来医药费还没交。他叫了声："陈景深？"

"我在外面等你。"陈景深头也没回，只冷淡留下一句。

喻繁莫名其妙地盯着他的背影，直到护士开口问他，他才转过头。

"医药费？"那个护士愣了一下，翻了翻手里的本子，"哦，44床的医药费已经有人交过了。"

"有人交了？"喻繁一怔，"谁？"

"这就不知道了，而且一次性交了三个月的费用。"

喻繁直到走出医院，都没想出来是谁帮喻凯明付的钱。癌症的医药费贵得离谱，喻凯明那群狐朋狗友不可能，慈善机构也不可能管他这种刚出狱的人，那些远亲更是巴不得离他远一点……

喻繁看着停在白茫雪景中等他的小奥迪，决定不想了。是谁关他什么事。

开门上车，喻繁系上安全带，瞥了陈景深一眼。

陈景深没看他，下巴微抬，默不作声就踩下油门开出去了。

喻繁后靠在椅背上，眼皮也随着旁边的人绷起来。

他以前觉得，陈景深平时做什么事、有什么情绪都是同一个表情，看不出他的喜怒哀乐。但此时此刻，随便拎个人放到陈景深面前，恐怕都能看出这人在摆臭脸。

但陈景深无缘无故摆什么臭脸？

喻繁盯着窗外的雪景思索片刻，没觉得自己今天做了什么过分的事。

算了。喻繁冷着脸想，爱摆摆吧，莫名其妙，爷不惯你。

几分钟后，喻繁抱臂扭过头来，面无表情地叫了声："陈景深。"

"嗯。"陈景深很淡地应了一声。

"你生什么气？"

"没有。"

"……"

车子在一个拥堵的路口停下。感觉到身边人凶巴巴又有点着急的眼神,陈景深将手懒懒地搭在挡杆上,偏过脸看他。

"我只是在想,你打算什么时候去?"

"去哪儿?"喻繁没明白。

"拔喻凯明的管子。"

"……"

喻繁后知后觉,刚才那医院的墙壁像一层破纸,他和喻凯明的话差不多都被坐在门外的人听见了。

喻繁立刻说:"没打算去拔,刚才吓他的。我疯了吗,要跟他一起死?"

"刚才吓他的。"陈景深重复一声,"那六年前呢?"

喻繁一时愣住,安静地看他。

"六年前你想过跟他一起死,是吗?"陈景深问。

直到红灯转绿他都没得到回答。陈景深转回脸,喉结滚了一下,忽然觉得车里有些难以呼吸,他手指轻叩按键,车窗微微打开一条缝,冷空气不断涌入。

气氛结冰似的压抑。陈景深手扶方向盘,感觉着一阵阵钝刀似的后怕。

下雪堵车,他们在车流里像乌龟似的挪,到了某个十字路口更是一动不动,连红灯的秒数都是平时的两倍。陈景深扫了眼导航,打算找一条不堵的路靠边停车待会儿,他现在可能不太适合开车。

"是想过。"喻繁说。

陈景深没什么表情地抿唇,握着方向盘的手泛白。

"但很快就没有了,我当时……想到你们了。"

后来也是。去了陌生的城市,被讨债,被课业折磨,一个人生活,起初也会觉得日子过得没意思,直到工作转正,这种念头才被逐渐忙碌起来的生活慢慢磨光。

说出来没几秒喻繁就难堪地闭了闭眼。

我疯了吗,说这种屁话?直接说我不想死不就完了……

前面的车终于开始挪动，喻繁说："反正你别想太多，我现在很正常。开你的车。"

四十三

兜兜转转又到了年底这个一年中最忙碌的节点。以往这时候喻繁每天不知要跑多少个景，今年这几天，他却成了最清闲的人。

他这趟特意带了相机，原想着陈景深上班的时候，他能在南城随便逛逛，拍点东西。谁知五天假期临近尾声，这相机他几乎没用过。

他这几天基本上都在陈景深公司楼下咖啡厅坐着。

正巧这几天汪月在群里哭号得厉害，到了年底，天气舒适的宁城就人满为患，客户量也飞快增长，她每天睡醒就是往群里发语音哭诉"赚钱怎么这么苦啊""这钱老娘不赚也罢"。喻繁闲着没事，干脆就在咖啡厅帮店里修图。

家里那些不知堆积了多久的箱子已经被拆开摆好，屋子看起来没那么空了。陈景深买了一台投影仪，他们晚上偶尔会一起看电影。

喻繁很喜欢看恐怖电影，而且看得非常认真，陈景深对这类型电影兴致不大，不过每次他都不会缺席。

周六晚上，喻繁双腿盘着，腰背绷直，躺在沙发里专心看电影。

陈景深突然说："喻繁，外面下雪了。"

"这几天不都在下？"

陈景深"嗯"了一声："你说会不会影响明天的航班。"

"……"

假期已经到了尾声，有客户预约了周日中午的拍摄，喻繁订了明天清早的飞机回宁城。

陈景深问："改到后天？"

"后天不下雪？"

"不知道，可能吧。"陈景深散漫地应了句。

"……"

喻繁坐直身子。

"陈景深，别矫情。"喻繁眼眸半垂，"我下次再来。"

陈景深很配合地说："嗯。"

陈景深自觉对喻繁还算了解。他平时看着凶，但其实心里很软，也好说话——

他起初是这么想的。

工作结束，陈景深拿起手机看了眼微信。他上午九点发的"早"、中午十二点发的"吃了没"和两小时前问的"今晚能视频吗"，到现在都没得到回复。

他每顿点给"望月工作室"的外卖倒是餐餐成功送达。

喻繁回去半个月了，这半个月来几乎都是这样，晚上视频的时候话也少了很多，他估计对方的修图软件已经把视频界面遮了个七七八八。

陈景深进电梯时遇到了同样下班的罗理阳，两人打了声招呼，罗理阳借着这个空当跟他八卦："你最近怎么不下楼吃饭了？"

"朋友回去了。"

罗理阳长长地"哦"了一声："哎，不说这个了，反正都没人陪，要不咱俩去吃饭？楼下新开了一家烤肉店，哥请客。"

"不了。"陈景深说，"今天有事。"

罗理阳一愣："什么事？你有其他约啦？"

陈景深走出电梯后招招手，把人扔在了身后。

今天是季莲漪四十九岁生日，清早他外婆就打了电话来，让他下班就回去。季莲漪本人虽然没表什么态，但下午的时候发了一条朋友圈，图上是她亲手做的、陈景深小时候最喜欢吃的蟹黄包和番茄牛腩。

陈景深看了眼副驾驶位上的花和礼盒，发动车子，刚开出两米，手机"叮"地响了一声。

喻繁：刚忙完。

摄影店年底也这么忙？

陈景深单手握着方向盘，按下语音："外卖到了，记得吃。晚上视频？"

一条一秒的消息回过来，陈景深按下来刚听了句"嗯"，画面蓦地一缩：对方撤回了一条消息。

下一瞬，又一条语音发过来，这条长多了。

"不视频了，晚上还有活。"隐约有重物落地的声音，喻繁语速匆忙地扔下一句，"不聊了陈景深，我很忙。"

"……"

今年生日，季莲漪没有请多少客人，但她娘家亲戚多，仍旧是一张大圆桌才坐得下所有人。

陈景深下班晚了点，进屋时其他人已经上桌了。这几年亲戚们把母子俩的关系变化都看在眼里，见到他都下意识收起了声音。

季莲漪今天穿了一件深绿及膝长裙，化了淡妆。她这两年恢复得很好，药已经完全停掉，之前暴瘦掉的十几斤也养了回来，乍一看，除了眼角隐约的皱纹，与从前相差无几。

圆桌上只有季莲漪旁边的座位空着。陈景深坐下，把礼物递过去："生日快乐，妈。"

等了两秒没人接，饭桌陷入尴尬，倒是陈景深习以为常。他刚准备起身把礼物放到身后，手上忽然一轻。

礼物和花被季莲漪接过去，她说："吃饭。"

母子俩表情都一如既往地冷淡，桌上其他人也就短暂地惊讶了一小会儿，便开始吃饭、聊家常。

聊某个适合冬天旅行的小岛，聊即将要到的新年。

聊季老夫人眼光独到，前两年买的某块地因开发计划而价格暴涨。季老夫人摆摆手，说跟眼光没关系，是她当初买来想给陈景深开的互联网公司，可惜她外孙想自己打拼，没要。

聊季莲漪的前夫生意失败，即将锒铛入狱，想托人找关系却四处无门。季莲漪虽然没说什么，但在这个话题里举了三次杯。

陈景深对这些向来不感兴趣，但第一个离场又不太合适。于是切完蛋糕，他独自去了阳台，打算等第一批客人离开再走。

陈景深拿出手机，打算玩会儿游戏，于是季莲漪推门出来时，看到的就是他儿子拿着手机在玩适合八岁以下孩子玩的《贪吃蛇》手游。

— 237

陈景深回头瞥见她，手指一滑，《贪吃蛇》的音效停止。阳台猛不丁陷入沉寂，只有偶尔几缕凉风从这对母子间飞速地流过，像是预见两人之间将燃未燃的火星子。

这几年陈景深回来得很少，其中十有八九都会和季莲漪起争执——或者说是季莲漪单方面地起争执与失控。

但她开始总是试图平和地交流，就如同现在这样。

季莲漪把陈景深搁在椅子上的外套递给他："穿好，外面冷。"

陈景深接过："谢谢。"

"工作忙吗？"

"还行。"

季莲漪点头。沉默了一阵，她又问："看你发的照片，前段时间去宁城了？"

"嗯。"

"听说那里水上项目很多，试过没？"

"没。"

"下次去了可以试试，你小时候不是喜欢潜水？"季莲漪拿出手机，很自然地说，"我有个合作伙伴的孩子，跟你同龄，说是很喜欢这类型的活动，以后如果想旅游了，你们可以搭个伙。"

手机"叮"了一声，一张微信名片推过来。陈景深盯着对方的头像看了几秒，然后把手机放回口袋里。

季莲漪柳眉轻皱，刚要说什么，陈景深先开了口："妈，我是去宁城找人的。"

季莲漪一愣。不知怎的，她心里已经隐隐有了预感，却还是忍不住问："……找谁？"

"喻繁。"

得到了意料之中的答案，季莲漪发现自己居然没有想象中那么激动。

可能因为陈景深这几年从来不避讳在她面前提起这个人。

不知第几次听到这个名字，季莲漪难免又想到那个男生的样子。茂密凌乱的头发，脸颊瘦削白皙，狭长冷漠的眼睛，俨然一个不学无术的校园混混。

当初,她以为把这个混混赶走了就是胜利,以为陈景深只是因为年少无知走错路,以为自己马上就能把这个错误轻易纠正回来。

但她忘了,陈景深是她的儿子。

他们有着相同的固执。

喻繁走后,他们大吵一架,她想过很多难堪的办法去"拯救"自己的儿子。

没多久,陈景深离家出走,至此没再用过家里一分钱。他一个人靠着奖学金和写代码赚的钱读完了学业,进入公司、踏入社会,这漫长的成长过程中,她这个母亲没有参与一丝一毫。

但陈景深又不是完全与她赌气,逢年过节、生日,或者是自己开口,他都会回家来。只是当她问起他最近的日子,他就会冷淡交代,去了汾河,去了景安……

然后就是争吵。

就这样折腾多年,季莲漪终于累了。可能是年纪大了,也可能是经历的失望太多,她已经能够接受某些人或事上的不完美。她妥协了。

可陈景深就像一块沉默的破石头。

不知道是不是因为喝了酒,季莲漪此刻罕见地平静。

…………

陈景深脑子里装了事情,回家路上车开得很慢。

他原本已经做好了争执的准备,这次刺激这么大,或许还要被扇一记耳光,像六年前那样。

但是没有。

在他把雷区全都踩炸之后,季莲漪没有爆发,甚至没有说话。她只是一言不发地站着,直到第一批客人说要离开,才终于转身回屋。

她说:"雪很大,开车回去小心点。"

回到小区停车场,陈景深在车里坐了一阵才下车上楼。

他看着电梯壁里的自己,觉得喻繁某些话说得很对,此刻他无比放松惬意,但从他的面部表情确实有些看不出来。

想都想到了，陈景深拿出手机，想问一下喻繁忙完了没有。

刚发过去，电梯门滑开，门外传来一道清脆的消息提示音。

陈景深这房子一梯一户，没电梯卡上不来。他家的电梯卡……

陈景深蓦然抬头。

听见动静，喻繁扭过头来，死气沉沉，拖长调子说了一句："surprise——"

然后他不满道："回来太晚了，陈景深。"

陈景深在电梯里站了一会儿，直到电梯门响起警报才出来。

"回了趟家。"开口发现嗓子有些哑，陈景深喉结滚了一下，才说，"来之前怎么不说。"

"说了还算惊喜？"

"为什么不进去？"

"进去还算惊喜？"

有理有据。

四十四

喻繁做出这个决定的契机其实很小。

只是因为回宁城的第一晚，他在睡了几年的那张大床上失眠到凌晨四点。

醒来时他茫然地在床上坐了十来分钟，打开手机，看了一眼自己这半个月满满当当的工作安排，然后搜去南城的机票及自己卡里的余额。

他告诉汪月这个决定时，汪月表示非常不解："怎么现在突然要走？"

喻繁那时一夜没睡好，头发乱得见不得人，反应也有些慢。

他迟钝地沉默了一会儿，才说："因为六年已经太久了。"

汪月惊讶归惊讶，倒也没有过多地去挽留他。

毕竟喻繁这两年拍出过很多出圈的片子，最火的那一组甚至把那个客户推上了某平台热搜。自那后，喻繁的单子越来越多，客户来自五湖四海，网红、明星全都有，换作别的摄影师，恐怕早就出去单干了，也就是喻繁，才愿意留在她店里，领那点破工资和小分红。

而且摄影师这一行没么讲究，去哪儿都能干，南城算是大城市，喻繁去了只会发展得更好。

一切谈妥，喻繁这半个月忙得脚不沾地，勤勤恳恳地把手里的单子全部拍完，又花了两天时间把房子整理好，清空，最后收拾成了三个大大的行李箱。

汪月开车把他送去了机场，过安检之前给他塞了个红包。

喻繁一开始没要，直到汪月看起来要把他裤腰拉开往里扔，才勉勉强强拿着了。

"干吗呀？这么熟了还跟我客气？这是姐姐给弟弟的，拿着。"汪月拍了拍他手臂，"有空就回来看我。"

"我会的。"喻繁说。

汪月冷不防有些哽咽。她想起了自己和喻繁的第一次见面，那时喻繁还是个小男生，浑身都是伤，一脸冷漠地向民警举报他亲爸，然后便蹲在派出所外面。

她当初也不知道哪儿来的勇气，居然上去问他愿不愿意当模特。

"我走了。"

汪月回神，点点头："去吧，安顿下来给我发条消息。"

"好。"喻繁顿了一下，又低声说了一句，"谢谢你，姐。"

进安检的时候，喻繁收到了汪月的语音，汪月在里面哭得好大声，咆哮着让他出来抱一下再走。

喻繁听完语音，朝登机口去的速度更快了。

这些事讲起来太烦琐，喻繁只拣了两句重要的话跟陈景深说。

喻繁想起什么，拿起相册翻开，猛地伸到陈景深脸前。

陈景深猝不及防与小时候哭成傻子的自己迎面撞上。

"陈景深，你自己看看像不像话，鼻涕都要流进嘴巴——"

话没说完，陈景深拿过相册反着压地上，旁边的手机响起来。

陈景深接电话的语气有点冷："干什么？"

"紧急检查！你怎么这么晚才接电话？"罗理阳在那边热热闹闹地问。

"……"

罗理阳:"我在外面喝酒呢,你那边结束没,要不要过来——"

陈景深话都没听完就挂了。

喻繁回南城后没急着开工。他趁陈景深年底忙成狗的时间,把南城一些出了名的取景点踩了一遍。

喻繁在圈子里已经小有名气,加上南城被誉为"网红之都",对摄影这方面的需求比宁城大,所以这期间有很多家南城摄影工作室找上门来,开出的薪资也非常可观。

但喻繁全拒绝了。当初会去"望月工作室"是缺钱,一直干到现在是汪月在他困难时拉了他一把,现在撇开这些原因,他打算自己单干,这样自由点,拿的钱也更多。

以前不在意钱,捐出去的比自己花的多。现在……总得攒点。

汪月知道后表示非常支持,还在网上用工作室的官方号给喻繁宣传了一波。

不到半天的时间,喻繁的私信就炸了。

于是这晚,陈景深靠在椅上敲代码时,发现旁边的人比他还认真。

陈景深停下工作,偏眼看去。喻繁手肘支着脑袋,坐得七扭八歪,没精打采地在纸上写写画画,写烦了还会烦躁地去薅自己头发,像高中做不出题时一样。

片刻恍惚后,陈景深往那边倾了倾身:"还没排好?"

喻繁最近正在排客人的档期,他一个个记在本子上,遇上时间冲突的还要去协调商量,连着折腾了快一周。

"快了。"喻繁声音懒懒的,"先排到明年四月。"

"招个助理吧。"

"过完年招,年底不好招人。"

陈景深"嗯"了一声,垂眼在他面前的本子上扫了眼:"……"

最后一个客户回复过来,说"OK"。喻繁松了一口气,拿起笔,正准备在本子上记下最后一个名字,一道短促突兀的笑声响起。

喻繁敏锐地扭过脑袋,从屈起的手臂中间看过去:"陈景深。"

"嗯。"

"你笑什么?"

陈景深看着他的本子问:"这些怎么不用电脑记?"

"用笔舒服。"喻繁皱起眉,"你想说什么?"

"没。"陈景深忍了忍,没忍住,"要不换成电脑吧。"

"……"

"不然以后新助理来了,看不懂你的字。"

"……"

"这么多年了,字怎么一点没——"

陈景深话没说完就被粗鲁地捂了嘴。

一通闹完,喻繁还是臭着脸去把东西记进了电脑。表格才做到一半,两人的手机同时"嘀嘀嘀"地响起来,某个他们都在的讨论组又开始折腾了。

喻繁觉得自己赶半个月的工都没跟客户沟通一周来得累,正好休息一会儿。他拿起手机往后一靠,懒洋洋地打开讨论组翻聊天记录——

章娴静:@所有人 元旦怎么过?

喻繁一愣,才发现今天已经是二十九号,马上就是新的一年。

王潞安:活着过。

王潞安:这两星期都要忙疯了,终于要放假了!这破家业谁爱继承谁继承吧,我不想干了。

左宽:我来继承吧,你改天把你爸带出来我认认。

王潞安:滚。

章娴静:怎么这么多废话呢你们?元旦出来玩。

年底太忙,那次一起回南城后大家就没再见面。

得知喻繁搬回南城后,他们还在群语音里庆祝了一会儿,说找机会出来吃饭,拖到现在才终于有了一个大家共同的假期。

接下来就是商量去哪儿。

左宽提出了篮球馆、游泳馆及室内赛车场,还说最近有场很刺激的赛车比赛;章娴静则建议去滑雪场、温泉池,以及当年他们一起去的游乐园,说那里开发了很多新项目。

双方都对对方提出的地方没兴趣，于是章娴静又把王潞安叫出来：@王潞安　干吗不说话呀你？想去哪儿玩？

　　王潞安：啊，我刚才跟客户打电话呢。

　　王潞安：我其实没啥想去的地方，这段时间太累了。真要说的话……

　　王潞安：我想吃七中的糖醋排骨了。

　　章娴静："……"

　　左宽：猪吧你？

　　左宽：……你这么一说，我也想吃食堂的绿豆冰沙了。

　　章娴静：这天气哪有绿豆冰沙？这会儿该在卖热奶茶了吧。

　　左宽：但元旦学校放假，食堂不开门啊。

　　王潞安：哈哈哈哈，你忘了吗？每年都有一群高三的倒霉蛋，元旦就放一天，二号他们就上学了，食堂肯定开！

　　…………

　　三人达成共识，开始在群里狂@那两个从头至尾没出来说话的人。

　　章娴静：一月二号下午有没有空？回七中！@喻繁　@陈景深

　　喻繁看着他们的聊天，忽然也短暂怀念了一下绿豆冰沙从喉咙滚过去时的冰凉滋味。

　　喻繁的工作在元旦之后才展开，他从手机里抬头，征询地看了一眼旁边的人。

　　"我二号放假。"陈景深说。

　　于是喻繁动动手指：我们可以。

　　章娴静：那就这么定了，二号见。

　　左宽：等等，学校有人在上课，那我们还能进去吗？

　　王潞安：废话，穿校服直接混进去！

　　左宽：那都多少年前的衣服了，傻子才一直留着！

　　一月二号这天下午，天公作美，正好停了雪。

　　今天只有高三学生还在上课，走进校门的学生零散稀疏、三三两两。

　　南城七中外面几棵覆满积雪、光秃秃的枝丫下，站了五个穿着校服的毕业生。

大家明明没约好,却默契地穿了全套。里面是一件蓝色校服 T 恤,再垫件毛衣,外面裹着冬季的绿色校服外套,然后是同款绿色校裤。

王潞安重复:"傻子才一直留着?"

"……我哪知道我妈帮我收着了。"左宽不自然地扯了扯衣服,说完用力拍了一下王潞安的肚子,"你看看你这!"

"滚,还不是喝酒喝出来的,这是我努力的勋章!"

"行了,别废话,一会儿上课了。赶紧进去。"章娴静嫌弃地推了推他俩。

喻繁双手揣兜,默不作声地跟在他们末尾,忍不住又看了旁边人一眼。

说实话,他今天已经不知道是第几次看陈景深了。

陈景深的校服依旧白净工整。他此刻没有工作时的那点散漫,肩背板正,神色冷淡,混在一群学生里,仿佛还是那个在成绩排名表最上面睥睨众生的超级学霸。

感觉到他的视线后,陈景深瞥他一眼,伸手——还没碰上就被喻繁一巴掌拍开了。

"陈景深,别动手动脚,这是学校。"喻繁说。

陈景深一顿,点头:"嗯。但你可以继续看我。"

"……"

他们站在学生中间,眼见就要进校门,旁边站岗的老保安突然把目光挪到了他们身上。

"啧,他怎么看过来了?该不会认出我们了吧?"左宽说。

"不知道,没事儿,我们挡挡喻繁的头发就行,问题不大,你表情自然点!"王潞安说,"这么多年了,他怎么可能还记得——"

"等等!"老保安皱着眉走到他们面前,上下打量了一眼这几个人,"你们是毕业生吧?"

众人:"……"

"……怎么可能呢!"王潞安说,"您看我们这青春洋溢的脸蛋,怎么会是毕业生!我们高三七班的!"

"扯淡!"老保安指着大门旁边的展示栏,又指了指陈景深,"这不是同一个人吗??"

大家随着他的话看去,展示栏上赫然写着一个标题:"历届优秀毕业生想对高三学子说的话"。

第一篇便是陈景深在高三时的动员大会上演讲的稿子,旁边还附了一张他演讲时的照片。

老保安:"陈景深!是吧!是你吧?"

陈景深:"不是。"

"哎,怎么不是?嘶——我想起来了,你是二〇一八届的学生!然后……"老保安视线往旁边挪动,定格在喻繁脸上,表情从怀疑到肯定,再到最后的防备,"哦哦哦,这两颗痣!!你是那个……天天跟人闹事那个!还有旁边这两个也是——你们来学校干什么?!赶紧走赶紧走!"

王潞安想挣扎一下:"不是——"

"不走我联系校领导了!"

"……"

五人边被教育边被驱赶出了校门。

他们并排站在冷风中,仰头看着头顶"南城七中"四个大字,久久才有人说话。

章娴静感慨:"所以说,上学的时候就得好好学习,别当什么校园混混。"

左宽:"谁知道这保安记性这么好!"

王潞安:"那现在怎么办?我的糖醋排骨就这么泡汤了?——喻繁,去哪儿啊?"

喻繁拉着陈景深,头也不回地说:"进学校。"

王潞安:"这不是进不去吗?"

"所以换个地方进。"

学校后门。

王潞安看着面前那堵熟悉的斑驳墙壁,眯起眼喃喃道:"这墙是不是翻修了啊?我怎么记得以前爬的时候没这么高。这谁翻得进——"

一阵凉风倏地从身边拂过,王潞安愣愣地扭头,只看到喻繁从墙上翻下去的干脆身影。

不过两秒,他兄弟已经站在墙对面。

喻繁穿着校服,头发稍乱。他站在冬日暖阳中,拍了拍沾上灰尘的手,从墙壁中间几处镂空设计里朝他们看过来,神色一如六年前那样散漫随意。

这副姿态,让另一头的人恍惚觉得,他们今天不是返校,而是不小心迟到,违规翻墙进学校的学生。

"没翻修,还是那样,赶紧过来。"喻繁目光转到某人身上,"陈景深,踩着右边那块石头翻,我在这边接着你。"

四十五

其他三人翻得都很轻松,只有王潞安在上面卡了一阵子。最后他说:"左宽,你给我叠几块砖头,我踩着它们下去吧。"

左宽:"你不觉得丢人?"

"无所谓,反正这儿又没其他人,不然我跳下去,你跟刚才喻繁接学霸那样接着……"

"扑哧!"王潞安话没说完,上方忽然传来一道很轻的笑。

五人一顿,都下意识抬头望。楼上的教室不知何时多出了几个脑袋,女生们扎着干净清爽的丸子头,穿着蓝色舞蹈服,看起来像是正在训练的舞蹈生,正笑盈盈地偷看他们。

身后响起"咚"的一声,喻繁回头看去,王潞安已经从墙顶跳下,并一脚踹翻左宽刚给他叠起来的两块石头。

"啧,不过如此。是我之前被风眯了眼,还以为多高呢。"王潞安拍拍手,又顺了下头发,"走吧,兄弟们。"

"……"

众人沉默地盯着他的背影看了几秒,左宽直接冲上去给了他一个锁喉:"你回去跟老子摆的石头道歉!"

下雪过后的南城七中银装素裹，两侧树枝被积雪压弯。路中央被扫出一条干净区域，方便学生上下学。

这会儿只有高三学生在上课，外面连上体育课的人都没有，空荡安静。

王潇安四处张望，看到一栋栋熟悉的建筑，忍不住感慨："都过去这么多年了，七中领导怎么还是这么抠，这不是什么都没变嘛！学校上次进新货不会就是我们高二那年的那批新空调吧？"

左宽："也不是，高三那年我们班主任拿来揍我的那个三角板也是新货。"

两个活宝在前面讲相声，嫌丢人，剩下三个落了一段跟在后面。他们身边偶尔经过一两个老师，都忍不住往他们这儿看。毕竟左宽挂着一脸胡子，章娴静脸上化了妆，喻繁头发还散在校服外套的衣领上，怎么看都不像在读学生。

还有个老师紧紧盯着陈景深，像是认出了这个几年前被保送江城大学的七中之光。

他们就在这些炽热的目光里顺利到了食堂。

食堂这会儿还没开始烧饭，他们在小卖部买了点小零食，然后人手一杯热奶茶从食堂出来。

王潇安不满地咽下珍珠："我们今天一定要待到糖醋排骨出锅！"

"你们这些德行……不被赶出去再说吧。"章娴静拨了拨头发，问，"接下来去哪儿？"

高三年级班主任办公室，目前只有两个没课的班主任在里面坐着。

庄访琴刚对班里某个学生进行了十分钟的批评教育，并叫他让家长明天来学校。把人赶出去后，她拿起茶杯轻抿一口，打算继续批改手头的卷子。

旁边的老师扭过头来，低着声说："庄老师，真是辛苦你了，这是你带过最难教的学生了吧，天天逃学。"

这位年轻班主任赶上了好时候，这年头的学生都不怎么逃学了，加上隔壁学校停办，七中这两年过得非常和谐。

庄访琴挑眉愣了一下,然后没忍住笑:"怎么可能?他这才哪儿到哪儿,逃学而已,比他麻烦十倍的我都遇见过。"

"啊?还有比他麻烦的学生?怎么个麻烦法?"

"跟老师顶嘴是家常便饭了,"庄访琴脑子里立刻浮现一个曾经的学生,她不自觉地微微抬头回想,"反正是问题多多。"

那个班主任惊讶道:"还有这样的学生……没被学校劝退吗?"

他自己退学了。

思及此,庄访琴把微抬的视线收回来,扭过头:"没,他后来好多了,他——"

庄访琴用余光瞥见什么,声音倏地顿住。几秒后,她目光往回转,看向了办公室门口。

门外,她刚说的那个刺头儿此刻就在那儿站着,后面还跟着好几个熟面孔。

王潞安抬起手,满面春风地朝她招了招手,用口型说:"访琴!出来玩呀!!"

左宽的班主任正在上课,他马不停蹄地往自己教室门口去了,只剩他们四个与访琴站在天桥走廊上。

庄访琴看着王潞安:"上学的时候没戴眼镜,工作之后反而戴上了?你现在干什么工作呢?"

"当老板呢。"王潞安手指往镜框里一杵,"访琴,这里是空的,我戴来装的,帅吧?"

"……"

庄访琴懒得理他,又看章娴静:"回学校化这么浓的妆干吗?不过比以前好看多了,高中那会儿嘴巴化得跟吃了人似的。不过你这儿怎么还胖了?"她指着自己的脸颊问。

章娴静:"打的针,老师,看起来是不是比现在你带的那些学生还嫩?"

"……"

最后,庄访琴视线停留在喻繁和陈景深身上。

带了这么多届学生,她自认自己的心早已像冬天的钢制讲台一样冷

249

了。但看到他俩穿着校服并肩站在一起，模样没什么变化，也没有缺胳膊少腿，居然还是会觉得感动和高兴。

她抬眼，伸手拍了拍陈景深的肩，满是感慨："很好，还是很优秀。可惜你一班的班主任今天请假没来，她前几天还在跟我念叨你呢，说你被评上江城大学优秀毕业生，还拿了算法大赛的奖项，她为你感到骄傲。当然，我也是。把你名字报出去，我都感觉自己面上有光。"

陈景深淡声道："我要感谢你们的栽培。"

"嗐，感谢她得了，我只带了你一个学期，就沾沾光。"

庄访琴慈眉善目地笑完，再转头，笑容一瞬间就没了。

"……把你的手给我从口袋里拿出来，站直，你这是学……年轻人该有的精神面貌吗？"她皱着眉，先拍了拍喻繁的手臂，再去拨了一下他的头发，"怎么把头发留得这么长？还瘦了这么多，不吃饭吗？对了，你搬家之后住哪儿呢？"

"去了宁城，最近刚回来。"喻繁把手抽出口袋，顿了一下，"你怎么知道我搬家了？"

"你突然退学，我当然得给你做一趟家访了！结果连个人影都没有。"

"……"

喻繁胸口没来由地闷了一下，本来想顶两句嘴，想想还是算了。

庄访琴又问他最后有没有继续读书，考了什么大学，现在在做什么，问完后放心了，没真去捡垃圾了就好。

"访琴，你怎么不多问问我啊。"王潞安靠在墙上说。

"等你下次来看我时，也跟他这样瘦成猴儿，我也这么问你。"庄访琴说。

喻繁皱眉，刚想问谁像猴了，下课铃"丁零零"响起，庄访琴立刻挥挥手赶人。

"行了，走吧你们，我下节有课。"庄访琴说，"你们别往人多的地方扎，被副校长看见了肯定赶你们，那你们就别吃糖醋排骨了。"

章娴静："副校长？副校长不是人挺好的吗？"

"哦，你们还不知道吧。"庄访琴挑眉，"之前那个副校长早调走了，胡主任调上去了。"

"胡主任?"王潞安纳闷,"胖虎啊?他都当上副校长了,还天天潜伏在教学楼里抓学生呢?"

庄访琴反手拍了他一下:"说什么呢!没礼貌!赶紧走,走走走!"

四人被赶到楼下,正好遇上左宽。

王潞安:"怎么样?"

"嘿,出来揍我了,让我别吓唬她现在带的学生,"左宽纳闷,"她怎么越来越凶了?是不是更年期啊?"

"应该不是。正常的老师应该都不想让别人知道你是她教出来的——左宽!你干什么!"

王潞安冷不防被左宽用雪砸了满身,他愣了一下,当即从地上兜起雪开始反击!

王潞安骂道:"找死吧你!你高中的时候打雪仗赢过我?"

左宽:"那还不是因为你有喻繁!"

"行啊,那今天喻繁让给你!"王潞安大手一挥,"学霸,咱俩组队!"

陈景深半垂着眼皮,刚想说不,脸颊冷不防迎来一团白雪。

喻繁拍拍手,冷酷地通知他:"你们输定了。"

陈景深跟他对视两秒,没什么起伏地说:"反弹。"

"……"

大战一触即发。章娴静站在旁边,恨不得把这几个幼稚鬼按到雪里:"王潞安,左宽,你们是傻子吗?那两人关系这么好,怎么可能帮着你们打雪仗,你俩还不如单挑……"

看到喻繁捏出来的脑袋大的雪球,章娴静嘴里的话一转:"——喻繁你悠着点,你这是谋财害命了!"

喻繁:"战场无朋友……"

话刚说完,两个小雪球扔到了他脸上,喻繁愣了一下:"陈景深,你偷袭?"

陈景深:"是先发制人。"

"……你完了。"

章娴静就这么站在雪地上,看着左宽和王潞安雪仗打着打着没了雪,两人双手扑腾地在互相伤害;看着陈景深用无数个小雪球砸在喻繁身上,喻繁又捧着他保龄球大的雪球追着陈景深满地跑……

章娴静忍不住拿出手机发消息:婷宝,这世界上的男人怎么都这么幼稚?我好烦,跟他们站在一块感觉好丢脸。

四人打了不知多久,最后全都筋疲力尽地躺在雪上。

喻繁喘了一会儿,说:"陈景深,你庆幸吧,上学时没跟我打过雪仗,我那时比现在还厉害。"

陈景深"嗯"了一声:"上学时,也没跟你在冬天一起玩过。"

休息完之后,离糖醋排骨出炉还剩大约半小时,他们商量了下,决定去实验楼逛逛。

到了才发现实验楼没了,被改成了教室,里面还有学生在上课。

他们无处可去,就暂时在实验楼旁的小道待着。

王潞安和左宽蹲靠在墙壁上,听着里面的讲课声,莫名有点犯困。

王潞安:"现在去哪儿啊?"

"不知道。"章娴静从兜里拿出刚买的几根棒棒糖,扔到他手上,"先拿这个凑合吧,传过去。"

陈景深正在回工作上的消息,手臂被人杵了杵,喻繁没什么语气地说:"糖。"

陈景深伸手去接,东西落在他手里时,触感却有两种。

他一顿,摊开来看,掌心躺着一根草莓棒棒糖,还有一颗干净的白纽扣。

他咬着糖棍儿,趿了吧唧地说:"还你一个。"

陈景深沉默许久,说:"嗯,我会好好挂脖子上的。"

喻繁"嘎嘣"把糖咬碎,不耐烦地说:"我说了,我……"

"——就是你们翻墙进来的对吧!!"

一声熟悉的震天吼,五人肩膀皆一晃,齐刷刷地转头看去。

还是那身劣质黑色西装,胡庞单手叉腰,肚子看起来比六年前要圆上一圈,皱起脸往他们这儿一指:"你们几班的!居然敢翻墙!还逃课！反了是吧！通！通！处！分！！"

动作比脑子反应快。五人互相看了一眼，站起身来拔腿就跑！

胡庞愣了一下，当即便追！边追边喊："等等！不准跑！跑了就是大过！大过！你们知不知道大过的性质！！

"真以为你们跑得掉吗？！被我抓到你们死定了！！

"那个学生是谁！不知道我们学校不允许学生留胡子吗！！还有旁边那个头发怎么这么长？！别跑，我看到你脸了——喻繁？？"

胡庞惊讶地瞪大眼，脚下生风，瞬间跑得更快了。

实验楼里正在上课的学生听见动静后，都忍不住探出脑袋去看，老师们制止不住，干脆也凑了过去。

他们看见平时稳重严厉的副校长，此刻跑得满脸肉都在抖，前面是五个跟他们穿着同样校服的学生——

胡庞气喘吁吁："喻繁！我说过！就算是十年后、二十年后，我老了，跑不动了，老年痴呆了，你在我跟前晃一下我还能一眼认出你！别跑了！我看到你了！"

"还有王潞安！章娴静！左宽和——"记忆一点点复苏，认出喻繁身边那挺拔的身影，胡庞纳罕，"……景深？？"

风从耳边刮过。王潞安喘着气不明白地问："不是！我们跑什么啊？胖虎还能处分我们不成？"

左宽："不知道啊！"

冬天的日光温暖地铺在他们脸上。

太阳遥不可及，少年一往无前。

四季轮转，岁月更迭，他们仍旧鲜活热烈。

他们跑向自由，跑向光。

番外

番外一
新年快乐

"我的糖醋排骨!"

七中附近某家KTV包厢,王潞安忍不住拿起麦克风咆哮:"老子糖醋排骨都还没吃到呢!"

章娴静正在点果盘,闻言往他小腿上来了一脚:"吓死我了,没事吧你,刚在餐厅不是给你点了一份吗?"

"能一样吗?!我要吃的是学校的味道!是食堂阿姨的味道!"

左宽:"怎么,食堂阿姨是你妈?"

王潞安:"你滚蛋。"

被胡庞赶出学校后,几人商量难得聚一次,不然一块吃顿饭,再找个地方娱乐娱乐。

喻繁和陈景深今晚反正都没什么事,便答应了。

喻繁这会儿正把脚搭桌上,坐姿不算雅观。不过到了这儿,大家都这么坐。

他盯着电视屏幕里的MV出神,脑子里还是南城七中、庄访琴和胡庞的模样。手臂被人杵了杵,陈景深递了杯东西过来。

喻繁漫不经心地接过喝了口,然后顿住:"陈景深,你在这里面给我递热水??"

"你昨晚刚胃疼。"陈景深说。

喻繁无言以对,他这段时间在陈景深的监视下都好好吃饭,胃病已经很少犯了,但偶尔还是会发作那么一小下,他明明忍得都挺好,但陈景深每次都能发现。

思绪被王潞安一句"左宽你凭什么删老子歌"给打断,喻繁猛地回神,差点给自己来一巴掌,他大庭广众在想什么东西……

256

"别唱了,玩会儿。学霸,还玩贴条儿吗?"左宽,"给你个报六年前血仇的机会。"

陈景深没张口,喻繁懒洋洋地伸出脑袋跟那头说:"不玩,你跟王潞安玩去。"

左宽:"我跟他两个人玩有什么意思?不是,你们啥也不玩,酒也不喝,那我们来这儿干吗,听章娴静唱歌?"

"别人想听我唱歌都得刷礼物,你别给脸不要脸!"章娴静说,"再说了,你不会叫几个喝酒的过来玩?"

"我是想啊,这不是……"左宽说完,看了眼沙发上的两个人。

"看我干吗?"喻繁抬眼,"我无所谓,你要叫就叫。"

"真的?"无聊大半会儿的王潞安一下活了,又看了眼陈景深。

"我也随便。"陈景深道。

这话一出,左宽和王潞安两人当即就开始打电话叫人。

他们和高中相熟的几个人其实一直都保持联系,偶尔也会约出来吃饭娱乐,只是最近年底了,大家都忙,算算也很长一段时间没见了。

第一个进来的是朱旭,他剪了干净的平头,笑起来比以前还要阳光。见到喻繁和陈景深,他笑容都没来得及退,张嘴就是一句:"我的天!"

第二个是吴偲。他风尘仆仆地推门而入:"哎呀真羡慕你们,我今天还在加班,刚从公司直接过来的,我老板真不是人……欸?学霸也来了——喻繁?"

然后是班长高石。他心大,坐下来聊了两句,一扭头和喻繁对上视线,高石手一抖,杯里的酒晃洒一半,又被王潞安念叨着"别逃酒"给他满上……

陆陆续续又来了几个熟脸,是以前经常一块儿逃课的那几个,看到他俩无一不是震惊。

…………

唯独一个反应平静的,是最后进来的女人。她穿了件灰色风衣,里面是件黑色高领针织衫,律师范儿十足,漂亮的眉眼里带点英气。

摘了眼镜后变化太大,直到她在章娴静身边坐下,喻繁才反应过来，她是章娴静那个平时说话都很小声的同桌——柯婷。

只过去半小时，原本冷冷清清的包厢就挤满了人，还有两个坐不下的站在桌旁弯着腰跟大家一起玩骰子，笑骂声不断。

背景里是章娴静拉着柯婷在唱《一个像夏天一个像秋天》，章娴静满含感情，声音很甜，倒是柯婷唱得很冷静，自始至终在一个调上。

喻繁看他们玩骰子，过了会儿就看不下去了。他扯了下朱旭的衣服："醉了吗你？这都继续往上喊？"

朱旭笑嘻嘻地说没事，仰头闷了一口酒。

左宽"嗤"了一声："别理他，这几天马上就是那日子了，他就是想喝酒。"

"什么日子？"喻繁问。

"他和他前任的恋爱纪念日——就高中他那个同桌，记得吗？"

"……"

王潞安也想起来了："怎么是前任？你们当初不是说好毕业就和好吗？"

"太远了，她出国了，说没安全感……哈哈。"朱旭苦笑一声。

"这有什么？天涯何处无芳草！哎，不是我说，兄弟，就你现在这身材，"左宽拍了拍他手臂的肌肉，"还怕找不到女朋友？！"

朱旭开玩笑道："找不到啊，一听我是健身教练，没人找我。"

包厢里气氛高涨，酒喝高了，大家嗓门也大起来，明明大家都是二十多岁的人了，这会儿却还像十七八岁一样幼稚张扬。

喻繁坐在人群中央，听他们对骂、抬杠，觉得吵死了，又有点说不出的亢奋。

到后面，几乎每个人都染了点醉意，其中醉得最厉害的是坐在喻繁另一边的章娴静。

她没喝醉的时候会咋咋呼呼地跟人拼酒，醉了之后反而柔软很多，说话都像撒娇。

"玩嘛，王潞安！再玩一局，我没醉呢，我怎么会醉呢，美女是不会醉酒的！"章娴静坐不稳，说完就要往喻繁那边倒去。喻繁刚准备接她,另一只手先把章娴静扯了回去。

章娴静靠在柯婷肩上,她闻到了柯婷身上的香水味,很淡,冷调的香。她半眯着眼睛闻了一会儿,然后听见柯婷说:"你醉了,别喝了。"

"我没醉噢,婷宝。"章娴静很喜欢这个味道,干脆伸手把人抱住了。

"……"

"但我有点晕,"章娴静抬手比了个手势,"一点点,一点点……你能陪我出去透透气吗?"

柯婷显然不是第一次遇到这样的情况了,她转头,正好跟看着她们的喻繁对上视线。

喻繁:"需要帮忙吗?"

"不用。"柯婷说,"让一下,谢谢。"

"怎么了?"感觉到身边人脑袋跟着出去的两人转过去,陈景深问。

"没。感觉章娴静的同桌性格变了点。"喻繁随口应了句,"我去厕所。"

从厕所出来,喻繁没急着回去。今晚微信里有几条好友验证没来得及看,他低头一个个通过,朝这家KTV专设的露天阳台走去。

谁知他刚走到门边,外面忽然开始下雪,刚被清理过的桌椅很快又覆上几片薄薄的白雪。

喻繁仰头看了两秒,扭头刚准备走——

"下雪了。"外面传来一道清冷淡定的声音,"回去吧。"

"再……等等,我头还是好晕嘛。我现在回去,王潞安他们肯定又要找我喝,我不喝又显得我怂,再站一会儿,就一会儿。"章娴静拖长着声音说。

喻繁蹙眉,走到门边,探出脑袋往旁边瞥去。

绵柔细雪里,章娴静整个人都挂在柯婷身上,看起来醉得不轻,脑袋歪倚着她的肩膀。柯婷背靠着墙,用身上的风衣拢着她。

雪花纷飞,喻繁收起目光,默不作声地在隔壁包厢的鬼哭狼嚎中掩上了阳台的门。

喻繁刚推开包厢门,就听见音响传来王潞安的一声吼叫:"来了!回来了!"

喻繁耳朵一震，皱眉抬头，只见已经喝红了脸的王潞安和左宽摩拳擦掌地朝他走来。

被拖走之前，喻繁看了一眼旁边的陈景深："……"

"我给你发消息让你晚点回，没看见？"陈景深问。

"没。"

陈景深很轻地挑了下眉，表示那没办法。

王潞安和左宽这会儿已经喝高了，对喻繁可以说是完全不惧怕，加上喻繁本身瘦，也没打算挣扎，他们就轻松把人拖到了电视前。

左宽一挥手，对坐在点歌台前的高石喊："起！"

高石："来嘞！"

喻繁还没反应过来这几个人要干什么，正在播放的歌就被切断，紧跟着，吉他声响起，一首新歌出现在屏幕——

《兄弟抱一下》。

"……"

喻繁扭头要走。

然后他被吴偲和高石一起拉回来。

王潞安抓起麦克风，回头一个"尔康手"，哀伤沉重地对他唱："兄弟你瘦了，看着疲惫了，一路风尘盖不住，岁月的脸颊……"

左宽从他身后冒出来，揽着他的肩，跟唱："兄弟你变了，变得沉默了，说吧，那些放在心里的话——"

喻繁挣扎得腿都蹬了起来，然后被四个人齐心协力按回去。

王潞安："兄弟我们的青春，就是长在那心底，经过风吹雨打才会开的花——"

"兄弟你说了，以后就不拼了，"左宽继续唱，"只想做爱情的傻瓜，只想安稳有个家——"

陈景深偏开了头，肩膀轻一下重一下地开始抖。

喻繁："……"

喻繁还没来得及看陈景深的表情，就被他们架起来，王潞安和左宽一人拉着他一条胳膊，架在自己肩膀上，喻繁被迫跟他们一起摇头晃脑——

"兄弟抱一下，说说你心里话！"

"说尽这些年你的委屈和沧桑变化——"

喻繁被他们晃得头疼，王潞安和左宽唱着唱着，唱出了哭腔，比刚才朱旭独唱的《失恋阵线联盟》还苦。

"兄弟抱一下，有泪你就流吧！"

"流尽这些年深埋的——辛酸和苦辣……"

喻繁一转头，看到王潞安和左宽脸上湿了一片，两人脸颊已经红得不像样，唱得脖间的血管都暴起。

喻繁的手上刚攥紧又松开，他被迫跟着他们摇头晃脑，眼眶烧红，他盯着面前的歌词，声音淹没在他们的歌声里："傻子……"

"兄弟抱一下，为岁月的牵挂！"

"为那心中曾翻滚的汹涌的浪花，为哥们并肩走过的青春的年华——"

"让深埋的话抚慰那久违的泪花……"

一场 KTV 结束，喻繁和陈景深被拉进了原先那个讨论组。大家酒醒后，那个讨论组陷入了很长时间的沉默，都被那晚的自己给土得没法见人。

讨论组再亮起消息已是半月后的某个下午。

王潞安：再过一礼拜就过年了，提前跟大家说声过年好啊，哈哈。

吴偲：这是什么群？我退了。

章娴静发来一个视频——兄弟抱一下KTV录制版。

左宽："……"

左宽：你那时候不是不在包厢吗？谁录的视频，还敢传播出去！出来受死！！

朱旭：怪我怪我，那晚没控制好情绪一直拉你们喝酒，下次我肯定不这样。

朱旭：这次是真想开了，兄弟们。

王潞安：这才对嘛，下一个更好。我以前都说了，初恋就是拿来怀念的。

…………

陈景深把手机扔进口袋，拿起外套往外走。

外面一群吊着命工作的同事不约而同从电脑屏幕后探出脑袋。

罗理阳看见他也愣怔，举着刚泡的咖啡问："你做完了？下班了？？"

"嗯，有事。程序我跑了几次没问题，有什么事再打电话。"陈景深说，"给你们点了下午茶，吃完再做。"

大家目送陈景深进电梯，电梯门刚关上，就有人趴下哀号："怎么会有这么强的人？我工作半年多，没有一天是按时下班的！没有一天！！"

"谁不是呢？？"

"这行就这样，没谁能正常上下班，他这一年干的活可比你们多多了，也就今天才在天黑前下班，别只看到大佬摸鱼的一面啊。"罗理阳说，"继续工作，早干完早收工。"

喻繁今天的拍摄就在租来的店里，地方很小，只有一个棚，不过对他目前来说足够了。

客户是章娴静的某个小姐妹，好像是准备出道的明星，镜头感很足，喻繁不知不觉拍了很久。

拍完一张，喻繁头也没抬地扬手指："光低点。"

他后面的男生"噢"了一声，立刻放低手。

随后白光一闪，伴随"咔嚓"一声，喻繁低头检查照片，对前面的女生说："拍完了，您看看，没问题我们今天就到这儿，修的片子我一周内发给你。"

客户确认好原片就离开了。喻繁在电脑前传文件，一瓶矿泉水递了过来。

"哥，喝口水吗？"

男生叫姜衡，挺阳光的。他是喻繁刚招的临时助理，汪月介绍来的，是她表弟，说是想趁大学假期赚点零花钱买什么电子设备……年底不好招正式员工，喻繁确实缺个打杂的，见了一面觉得不错，就暂时招进来两周，应应急。

喻繁接过水仰头喝了口，姜衡在一旁目不转睛地看他的侧脸。

表姐介绍他来的时候没跟他说过,他老板会这么帅,而且他跟了喻繁两周,发现他是个很有个性、外冷内热的人。

总之,他就……非常有魅力。

"你买那东西还差多少钱?"喻繁忽然问。

"啊?"姜衡愣了一下,才说,"一千三!"

"声音小点。"喻繁滑到下一张照片,懒懒道,"一会儿转你微信。"

姜衡:"哥,我们当初谈好的工资才一千……"

"多的当过年红包。"喻繁说,"干完今天你收拾一下,放年假,后面你也不用来了。"

"哥,你不要我了?"

"说什么?你过完年不是就去上学了?"

"过完年还要在这儿待一周呢。"

"用不着了,我联系了别人。"喻繁说。

"那你让他晚一周来,剩下那周我无偿帮你干,哥,你要是有需要,以后我周末的时间都归你,我免费给你打工!"

喻繁莫名其妙:"干活干傻了?"

"不是……"姜衡脱口道,"哥,我就是想——"

"砰!"一声轻响打断了姜衡的话,他扭头,看见门口站了个身材高挑的陌生男人。

姜衡那句"你好,找谁"刚到嘴边,就听见身边椅子后退的声音。

"你怎么来了?"喻繁微怔。这是他开工以来陈景深第一次来找他。

陈景深说:"接你回去。"

"说过不用,这里坐公交回去只要十分钟。"

姜衡呆愣地看着他们,他发现喻繁说是这么说,表情却显而易见地生动起来。

"老板,你们……认识?"姜衡问。

"嗯。"喻繁关了电脑,走了两步才想起什么,回头说,"你回去吧,今天没什么事了。"

休息室里,喻繁低头收东西:"来之前怎么不给我说一声。"

"说了你能看见？"

"开了声音，助理能听见。"

"听了你也不会看。"陈景深声音淡淡，"刚才那个就是之前说的助理？"

"嗯，不过年后就走了，刚招到一个有经验的。我好了，走吧。"

回去在车上，喻繁把钱转给了姜衡。他原以为姜衡还会再掰扯几句，没想到对方接得很快，回了句"谢谢"后就没了后文。

南城今年的冬天比起以往不算冷，雪断断续续下了几场。快到春节那一阵，都是晴天。

陈景深睡醒时房间漆黑一片，悄然无声。昨晚程序出了问题，他在公司修复、测试到半夜才回家。干这行就这样，出了问题，哪怕是春节假期也照样要加班。

陈景深拿起手机打电话。拨之前看了眼时间，已经下午一点了。

对面接得很快："醒了？"

陈景深低头接水，"嗯"了一声，嗓音沙哑地问："在哪儿？"

"医院。"喻繁说，"喻凯明死了，我来办手续。"

"……"

"在这儿签字就行？……嗯。"那边隐隐约约传来一个杂音，喻繁签完字又问："吃什么早餐？我带回去。"

陈景深放下水杯："我去接你。"

"不用，你再睡一会儿，我马上处理完了。"

"不睡了。"陈景深单手脱掉T恤，从衣柜里随便抽了件衣服，"很快到，在那儿等我。"

流程走得很快，喻繁把该交的钱都交了，什么都从简，要不是为了不给医院添麻烦，他都懒得管。

一切搞定，喻繁拿着交费单坐电梯下楼。快过年了医院没什么人，他一个人站在电梯里，不自觉想起他来时听见的一段护士间的聊天。

她们说喻凯明其实控制好的话可以多活一段时间，但他不知道是在怕什么，整夜失眠睡不着觉，不到一个月就走了。

说帮喻凯明交了医药费的那个人什么也不管，交了钱便没了声响，人不来，护工不请，说她给喻凯明换针水的时候还听到对方和喻凯明的电话，是个女的，居然让喻凯明慢慢熬着痛着，别这么快死。

说今天也通知了对方，不知道那人会不会来。

电梯门滑开，喻繁回神，出去时顺手把交费单全扔进了垃圾桶。

陈景深到时，喻繁就在医院门口站着，帽子和口罩遮了他半张脸，手里还拎着塑料袋。

喻繁开门上车，身上裹着一股冬日凉风。

前面因为一些小事故在堵车，陈景深挪了半天才挪到医院门口，车子又不动了。陈景深手懒懒搭在方向盘上，转脸看他："是什么？"

"沙县小吃，随便买了份，垫垫。"

两人都敷衍了几口，吃完时车还没动。喻繁把盒子扔回塑料袋，犹豫着要不要下车扔了，以免车里都是味道。

喻繁扭头看向窗外时，窗边经过一个女人。

他下意识瞥了对方一眼，错开眼想继续找垃圾桶的方位，几秒之后猛地怔住。

陈景深车里放着很小声的歌，前后终于有人忍不住开始按喇叭，有行人被声音吓到回头抱怨。喻繁在这些杂碎的吵嚷声里一点一点地扭过脑袋，跟上那个女人的步伐。

女人身穿卡其色羊绒大衣，拎着手提包，脚步很慢，正朝医院里走。

喻繁紧紧盯着那个背影，激动的情绪冷不防地往脑子里冲，又被他强行、用力地按回去。他嘴唇微张，许久都没发出声音。

几个呼吸间，他看见一个矮小的身影朝女人跑去，女人侧过身，但因为距离太远，从喻繁这儿已经看不分明了。实际上，刚才匆匆一眼，他也不能确定自己到底看没看清。

那女人摸了摸那小男生的脸，紧跟着又来了一个中年男人。对方很温柔地给她戴上口罩，两人不知说了什么，然后男人牵着小男生走了，只剩她一人站在医院门口。

似乎是对视线比较敏感，又或者感知到什么，女人在门口站了几秒,忽然转身看来。

喻繁在她转身之前飞快收起视线。

"在看什么?"察觉他的反应后,陈景深问。

"没。找垃圾桶。"

陈景深回头,跟某个女人对上视线,她神色柔和,眉眼……

喻繁:"前面车动了。"

陈景深"嗯"了一声,拨动方向盘开出医院。

喻繁脸色平静,目光涣散地盯着前头的天空。

大年三十这天,老太太一大清早便亲自打电话让陈景深回家吃年夜饭。季家的规矩,每年这顿都少不了,陈景深也得回去露个面。

年节的南城比平日都要冷清,路上没堵车,沿街张灯结彩,红火一片。

季宅门口挂了红灯笼,陈景深进屋时,好几个亲戚正带着小孩在花园玩乐。

几位长辈见到他都要上来塞红包,陈景深拒绝:"过了拿红包的年纪。"

"哎呀,家里的规矩嘛,没结婚的都算小辈,都有红包!来,快拿着,新年快乐,今年工作也顺顺利利……"

"不用。"陈景深说,"新年快乐。"

陈景深给几个表弟表妹发了红包,然后转身进屋。

季莲漪和老太太正坐在客厅沙发听着电视机的声音聊天。见他进来,季莲漪偏头不语地看向窗外,老太太朝他摆手:"景深,回来了?过来。"

"嗯。"陈景深坐到旁边沙发,"妈,外婆。"

"哎,乖,来。"老太太笑眯眯地从身边的红色福袋里掏红包。

陈景深:"不用。"

"知道你过了年纪。"老太太说,"但红包外婆还是要给,不论你什么年纪,有没有家庭。这是我对你的心意,也是对你这一年的祝福。"

老太太把红包放到了他手里。

陈景深正要说什么,碰到红包后却一顿。他低头,手里两个红包静静躺在他手里。

陈景深沉默地看了一会儿,才抬头低声郑重地说:"谢谢外婆。"

季莲漪自觉格格不入。她站起身,扫了眼表,冷淡道:"时间差不多了,吃饭吧。"

她刚从陈景深身边经过就被叫住。

"莲漪。"老太太说,"你不是也有东西要给你儿子吗?"

母子俩一站一坐,无声地僵持了一会儿。最后是季莲漪先回头,她把口袋里的两份红包拿出来,放到沙发扶手上。

她匆匆道:"我去厨房叫他们把菜端上……"

"谢谢妈。"陈景深说。

季莲漪声音停顿,胸前很重地起伏了两下,说:"洗手吃饭。"

不知是不是心理作用,陈景深觉得今年的年夜饭吃得比平时热闹许多。

电视里的春晚一直在播,同辈偶尔跟他聊几句,年纪大了,那时候对"学霸"的排斥几乎也没有了,还有几个小辈在旁边打手游,偶尔长辈拧眉训斥他们,老太太就摆摆手说,过年嘛,算了,让他们玩。

简单吃了点,陈景深刚打算回家,他那七岁的表侄女又拽着他的衣服,要他带她去放炮。

"别打扰你表叔!"

"没事。"陈景深说,"想去哪里玩?"

给表侄女点了两支仙女棒,陈景深坐在花园里,心思却飞得有点远。他拿出手机,看了眼前半小时前的聊天记录。

陈景深:订的年夜饭送到了,吃了吗?

喻繁:陈景深,你订的几人份年夜饭?吃了,撑死。

陈景深:破纪录了没。

喻繁:没玩了。你那边还没开始?

陈景深:开始一段时间了。

喻繁:"……"

喻繁：那你还一直给我发消息？吃你的饭。

陈景深看完，垂眼又敲字：我可能要晚点回去。

喻繁：哦，随你。

陈景深：在干什么？无聊吗？

喻繁：看春晚，不无聊，很有意思。你玩你的，跟家里人跨完年再回来。

喻繁：行了，别老打扰我看电视，陈景深。

把表侄女哄好，陈景深跟家人道别后回家。夜晚路上车子更少，明明是过节，喜气洋洋的装饰在空荡的街头里却显得寂寥。

陈景深赶在落雪的前一刻驶进了地下停车场。

因为喻繁的三言两语，陈景深以为自己回家时会听见嘈杂的春晚背景声，喻繁会从沙发里探出脑袋，冷酷得意地通知他纪录被破的消息。

所以陈景深开门进屋，看见一室黑暗时，在门口停滞了很长一段时间。

家里静得像没人。直到陈景深听见沙发那头微小平稳的呼吸声，他才松懈下来，很轻地把门合上。

陈景深脱了外套走到沙发前，看见在微信里说自己在看春晚、很有意思的人正侧身躺在上头睡觉，身子半蜷，脸颊旁放着手机。

窗帘大敞，冷白色的月光晃在他脸上，是不属于这个节日的孤独。

喻繁被吵醒的第一反应是烦躁，猛地睁开眼看清人后又怔住。

房间里黑乎乎的什么都看不清，陈景深把手里的东西递到他们中间。

喻繁低头扫了眼："什么东西？"

"红包。"

喻繁："新年快……"

"砰——"一声巨响，打断了喻繁的话。他们下意识扭头看向窗外，看见烟花盛大璀璨地在空中炸开。

零点了，是新的一年。

喻繁的脸被烟花映上缤纷的颜色，他意外地挑眉，盯着窗外问："陈景深，南城不是禁放烟花吗？"

268

"嗯。"烟花在夜空里轰轰烈烈地绽放,落下的星子闪着绚丽的光。几声之后,夜空又归于平静,陈景深说:"现在应该在被城管追。"

窗外忽地又炸开好几道烟花,这次的阵势比刚才更猛烈,颜色接连不断地变幻,照亮整片夜空。喻繁在烟花声里笑着说:"陈景深,城管好像没追上。"

"嗯。"陈景深看着他的笑,"喻繁,新年快乐。"

喻繁看向他。

陈景深靠在沙发上,坦然放松地与他对视。房间随着烟花忽明忽暗,陈景深的眼睛却永远都很亮。

喻繁笑容收敛,他无言半晌,才没什么起伏地说:"陈景深,别这么矫情。"

下一瞬,房间被烟花照亮。喻繁的声音模糊在烟花声里,别扭、小声却真挚:"新年快乐。"

番外二
陈景深，生日快乐

喻繁出外景回来已是傍晚，今天遇到的客户要求很高，一组照片花了平时好几倍的时间。

刚收拾好东西，外面就下了一场闷热的雨。汪月从楼上探出脑袋，说要请大家吃晚饭。

工作室里爆发出一阵欢呼，只有喻繁仍在低头收东西："我不去了，你们吃。"

想起喻繁光顾多年的那家苍蝇烧腊店，汪月挑眉："怎么，人均八百元的山珍海味你不吃，非要去霍霍人家鸡鸭鹅？"

喻繁刚想说什么，手机"嗡嗡"响起，他接起来听了几秒，说："抱歉，有事耽误了。要下班了？我现在过去，麻烦再等我三分……一分钟，我马上到。"

等他挂了电话，汪月睁大眼惊喜道："繁宝，你有约啊？交到新朋友啦？

"不过你也太能扯了，一分钟怎么可能赶得过去？在哪儿，我送你吧。"

"不用，很近。"楼下的人匆忙地把桌上的东西全扫进包里，往肩上一挎，语速飞快，"我下班了。"

喻繁平时做事都有他的计划，着急的模样罕见。汪月倚在墙壁上愣了一会儿，才出声叫他："不是，外面下雨堵车呢，再近你也不可能一分钟到——"

汪月的声音在看见喻繁冒雨冲进对街蛋糕店后戛然而止。

没几分钟喻繁就从蛋糕店里出来了。他拨了拨淋湿的头发，一只手托着小小的蛋糕盒，另一只手挡在蛋糕盒上面，再次冲进雨中。

人走得太快，汪月收住送伞的动作，拿出手机备忘录确认："今天不是他生日吧？"

"可能是家里人的生日？"楼下的助理道，"我记得去年他也买了。"

"是吗？他好像在这儿没什么亲戚啊。"汪月咕哝，"给自己过生日都没这么勤快。"

"哟，您回来啦。"亭子的窗被拉开，门卫热情地问刚进小区的人，"有点晚了，您没开车的话，我开观光车送您一段？"

西装笔挺的男人看过来："不用了，谢谢。"

门卫习惯了他的回答，这几年，每年的今天他们都要来一段这样的对话。

他扫了眼对方手里的蛋糕盒，点点头："这几天蚊虫多，您走回去的时候小心点。"

看着男人融进夜色，门卫想起什么，纳闷地皱起眉。

不是……他没记错的话，这户家里现在没住人啊！那个女住户上个月说要搬出去住一段时间，还让他嘱托小区园丁给花园浇水呢。

这是回去跟谁一块儿过生日啊？

陈景深没有进房子，严格来说，他已经很久没回家了。偶尔一次和季莲漪见面也是在外婆家。

陈景深拎着蛋糕盒，轻车熟路地绕到了房子旁边的石椅边坐下。

他脱了外套，将衬衫衣袖拉到手肘，闭起眼靠上椅上，感觉着夏天温热的风，连续加班二十多个小时的疲倦慢慢退去。

再抬眼，他便看到自家阳台。

一看就是半小时。直到手机响起，陈景深才收起目光，去翻刚收到的车票出票信息，还有几条工作消息。

他回了一句"马上回"，终于动手去拆旁边的蛋糕盒。

那是一块很小的粉色草莓蛋糕，和当初喻繁捧在掌心里的那份一模一样。

他学着对方，在两颗草莓上插上了数字蜡烛。

微弱火光点亮这条林荫石道，陈景深垂着眼睛，无言地坐在那里，思绪回到十八岁那一年。

喻繁站在这里，举着蛋糕仰视他，眼睛亮如皎月。

喻繁身上还带着刚洗完澡的潮湿，发梢的水珠一点点滴在肩膀毛巾上。房间没开灯，他盘腿坐在黑暗里，认真地看着蛋糕上的名字。

屋子里沉默许久，连头发都快被风干。直到烛光被风吹得一晃，才终于很低地响起一句。

"生日快乐。"

陈景深吹灭蜡烛。

番外三
喻繁，生日快乐

十二月的南城仿佛浸在水里，整座城市都被覆上一层模糊的雨幕。

一把粉色的小伞匆匆跑进小区，溅起一道道小水花。直到回到破旧熟悉的楼道，伞下的人才松了一口气。

她收起伞，拍了拍被雨打湿的裤腿，转身上楼。

楼道里的声控灯已经老化，好几盏反应慢，她踩了几级楼梯灯都没亮起来，于是她干脆大声背起这星期刚学的课文。

"洛阳城里见秋风，欲作家书意万重。

"复恐匆匆说不尽，行人临……"

声控灯亮起，女孩倏地收声。

二楼楼道倚了个男人。

男人身穿黑色高领毛衣，外披一件深棕色大衣，正低头漫不经心地滑着手机。

他自然垂落的另一只手里，钩着一个透明小袋子。

看见袋子里精致可口的三角蛋糕，女孩先是一愣，之后骤然反应过来——今天是十二月二号了。

今天是201哥哥的生日。

她原本是不知道的，但这人每年的这一天都会带蛋糕过来，次数多了，她莫名其妙也就记住了。

不过几秒，声控灯又熄灭。女孩回神，刚想跺一跺脚。

"砰！"那是塑料袋碰到墙面的声音。楼道恢复光亮，男人抬起眼看她。

"哥哥。"女孩跟以前一样跟他打招呼。

"嗯。"

273

"201哥哥今年也没有回来。"女孩主动汇报,"不过也没人住进去。"

"知道了。"陈景深说,"谢谢。"

女孩停留在原地,还想说什么,身后传来一阵脚步声,是住楼上的大叔。

大叔身上带点酒气,头发已经被雨淋成块状。对方上楼看到他们也是顿了一下,然后笑起来,咧开一嘴黄牙。

"又来了啊小伙子?哎我说,那小混混是欠了你多少钱啊,能让你堵他这么多年。"

没等陈景深说话,他边上楼边继续说:"我劝你啊,别等喽,这么多年没回来,那肯定就是不回来了,别浪费力气喽!你就当花钱消灾嘛,看开点。"

大叔的声音消失在楼道里,随即是开门声音。

女孩儿抬头瞪着楼上,很想回怼那大叔两句。

"上楼吧,外面冷。"倚在门边的人出了声。

"……哦。"女孩把话咽回嘴里。

经过陈景深身边时,她踮脚偷偷瞥了一眼他的手机。又是那款早就过时了的《贪吃蛇》。

声控灯虽然亮着,但光线暗。陈景深站在阴影里,就快要和那扇紧闭的木门融合在一起。

她爬了两步台阶,一股凉风急切地从楼道阳台灌进来,把她的马尾拂到脸颊上,像是一阵一阵催促。

于是她停下脚步,猛地转身:"哥哥!"

陈景深抬头,对上女孩亮晶晶的眼睛。

"我觉得201哥哥一定会回来的!

"他肯定不知道你在等他,不然他绝对绝对会回来的。

"你千万不要灰心!等他回来,我一定第一时间给你发消息!"

楼道陷入了十几秒的沉默。

女孩原先的激动随着时间一点点变成尴尬。看着陈景深冷淡的表情,她突然懊悔——我都五年级了,怎么还说这些幼稚的打气话!

女孩抱紧手里的辅导书，刚想转身跑上楼逃离现场，就被男人的笑晃了一下眼睛。

倚在门角的男人偏开脸，嘴角很轻地弯了一下，又看过来。

虽然那点弧度消失得很快，但他眼神松缓许多，看起来没有那么凉气逼人了。

"谢谢。我等你的消息。"

他手指一挑，朝小女孩举了举手里的袋子，问："吃蛋糕吗？"

喻繁收到手机消息提示的时候，正屈膝蜷缩在被子里。

他捂着胃去摸手机，微弱的光线打在他脸上，满额头的冷汗。

汪月姐：@喻繁　寿星，今天过得开不开心？

这几年他过生日汪月都会约工作室的人一起去吃饭，算是陪他过了。今年汪月临时有事去了外地，赶不上，于是在凌晨十二点踩点给他发了红包，还给他放了假，让他今天好好玩。

实际上喻繁一天没出门，修图修到胃疼才想起没吃晚饭，他临时抱佛脚灌了自己一碗小米粥，没用，还差点吐光。

喻繁：开心。

汪月姐：开心个屁，以为我不知道啊，你晚上刚交了两套图。今天一整天都待家里工作了吧？

汪月姐：啧，今年正好赶上展了，头疼，明年姐再陪你过啊。

汪月姐：要我说，找些朋友陪你热闹热闹，一年里每个重要日子都有喜欢的人陪你一起过，多有意思啊。

喻繁回了句"不爱热闹，我睡了"，把手机扔到一边。

闷痛感从胃里一阵阵蔓延到喉咙，喻繁把脸埋在枕头里，屏息憋了很久，直到快窒息才抬头。

喻繁头发已经乱成一团，但他没管。他盯着眼前的黑暗发了一会儿呆，伸手打开了床头灯。

细瘦的手从被褥里伸出来，拉开床头柜底下一层，里面是和这间房子风格截然不同的几样物件。

突兀的草稿纸、写满了的练习册、顶着一颗爱心的杜宾犬玩偶、一封信。

手指悬在那封信上面停留了很久,最后他只拿起了旁边的杜宾犬玩偶。

喻繁把它放到枕头旁,侧躺着跟它无言对视,就像他得到这个玩偶那天,在出租车里那样。

一直盯到眼眶发酸、胀痛,喻繁才终于眨了一下眼。他面色在灯光下格外苍白,眼睛却是鲜活的,像源源流淌的江水。

整间屋子静谧无声、死气沉沉。喻繁伸手去杵了一下玩偶的鼻子,把玩偶推倒,扶起来,推倒,再扶起来。

反复几次后,他扶正玩偶,重新把手塞回被褥,捂着胃小声骂了自己一句。

但勉强算一起过了,陈景深。

番外四

陈景深、喻繁永远快乐

秋季的某个周五,罗理阳敲门的时候,陈景深正在收拾东西。

"要走了?"罗理阳探进脑袋,"哦,你下午请假了是吧。"

"嗯,去趟宁城。"陈景深问,"有事?"

罗理阳笑眯眯地走进来,往他桌上放了个小盆栽。

"没事儿。你嫂子又给我更新装备了,还让我也给你带一个,说你办公桌成天空荡荡的,古板得要死。给你放这儿了啊,周末玩得开心。"

陈景深道了声谢。

有了这一茬,离开公司时陈景深下意识地看了一眼其他人的办公桌。

确实每人桌上都放了装饰品。手办、挂件、小盆栽,最多的还是相框,里面放着和家人、好友或爱人的合照。

陈景深到喻繁办公室楼下时,对方正坐在街边长凳上,捧着电脑在赶工。

"怎么不在办公室里做?"等人上了车,陈景深问。

"这附近不好停车。"喻繁坐在副驾驶位上,操作飞快,"最后一张了,修完电脑扔你车上,不带过去了。"

汪月的工作室明天正式搬迁,请他们去宁城参加开业仪式,他们订了下午的飞机,到宁城时正好能跟汪月吃顿晚饭。

这次的客户需求比较多,喻繁正一项项确认,旁边传来一阵窸窣声,陈景深递给他一个三明治。

香气溢满他的口腔。

喻繁这两天出了个邻市的外景,早上才回来,睡醒到现在只吃了一顿早餐——还是陈景深给他点的。

赶工的时候没察觉,等食物进了嘴里,他才觉得胃里空虚。

三明治料很足,喻繁一口要咀嚼好半天,好不容易吃完一个三明治,一块跟他脸一样大的黄油菠萝包又递了过来。

喻繁脸颊被嘴里的三明治撑到鼓起,木着脸含混不清地说:"陈景深,你喂猪?"

"公司楼下那家新面包店的招牌,同事都说好吃,排了半个小时买到的,想给你尝尝。"陈景深说,"不想吃也没事,下次再给你排。"

"……"

这份菠萝包最后还是进了喻繁的肚子。

陈景深算得很好,等他们下了飞机,到了跟汪月约好的饭店,喻繁这顿午饭正好消化完。

见着他,汪月第一句话便是:"天哪,喻繁,你居然是能长出肉的?!"

喻繁以前瘦过了头,脸颊线条瘦削凌厉,总带一点不好靠近的戾气,现在长了点肉,面容柔和许多,看着没那么凶了,是刚刚好的帅。

"我本来就有肉。"喻繁面无表情道。

汪月压根不理他的胡言乱语,她拍拍陈景深的肩,满脸佩服:"以前我一天往工作室点三顿餐,伙食好到别人看到都要以为咱工作室上市了,但他就是不长肉,我从没见过这么难长胖的人,你真厉害。"

陈景深:"谢谢。"

喻繁:"……"

自从喻繁在机场叫了那么一声"姐"后,汪月俨然已经把自己当作对方的亲姐,一顿饭的时间里都在嘘寒问暖,叮嘱这儿叮嘱那儿。

喻繁很少被人这么唠叨,一边觉得烦,一边又每一句都乖乖应了。

吃饱喝足,喻繁在汪月的警告和捶打中付了账。

"你小子,知不知道什么叫东道主?你居然跟东道主抢付款?!"

喻繁说:"不是你刚才说的吗?这里还是我的家。"

汪月哑口无言,失笑地又拍了一下他的胳膊。

走出餐厅,喻繁刚准备带人离开,又被人叫住。

汪月:"你俩别着急回去,陪我去一趟崇福寺。"

崇福寺是宁城一座小寺庙,就在这家饭店附近,步行一阵就能到。

喻繁疑惑:"去做什么?"

"还愿啊。之前我在那儿点过灯，求发财，现在工作室都换到市中心大平层了，我不得好好感谢感谢佛祖、菩萨？"汪月"嘶"了一声，"等会儿，当年你不是跟我一起去的吗？正好，一起还了。"

"我什么时候——"喻繁说到一半突然顿住。

"你忘了？"汪月回忆了一下，"那时你刚来宁城，好像是二〇一八年？"

死去的记忆忽然清晰。记起自己当时干的事，喻繁心一跳，仓促地飞快否认："我当时没许愿。"

"怎么可能。"汪月彻底想起来了，她好笑道，"那时你穷得叮当响，买许愿牌的钱还是找我借的呢，你当时许的什么愿啊？居然宁愿借钱都要挂那个牌子。"

许愿？挂牌子？

陈景深偏头看他一眼。他和喻繁一起进过两次寺庙，第一次喻繁自充神佛写平安符送人，第二次喻繁连正殿都没进。

"我没有。"感觉到陈景深的目光，喻繁面无表情地撒谎。

"没有就没有吧，"汪月无所谓地摆手，"没有你也陪我走一趟，那附近有条新开的小吃街，拜完我带你们吃糖水去。"

喻繁："我还有图没修完。"

"我没长眼睛？你带没带电脑我看不见？"

"陈景深晚上有个会议要开。"喻繁拽了一下旁边人的衣服，拳头捏紧，威胁意味明显。

汪月看过去："是吗？"

"可能吧，我也才接到通知。"陈景深装作没收到信号，淡淡道。

喻繁："……"

他们最后还是在汪月的胁迫下去了。

进了寺庙，喻繁下意识去找记忆里的那块木架，只一眼，心彻底定下。

寺庙右侧种了棵松树，上面挂着许多祈福带。树下还架了几排木架子，上面密密麻麻挂满了许愿牌，牌子一块叠着一块，一眼望过去什么都看不清，他几年前挂上去的牌子根本不可能被发现。

再说，挂许愿牌的香客这么多，他那块牌子大约早就被摘下来了。

喻繁松了一口气,目送着汪月进正殿后,回头找人算账。

陈景深站在最右侧的木架旁。他低着头,在看手里刚挑出来的某块许愿牌。

喻繁拧眉靠过去,他捏了一下陈景深垂着的手腕,一副很凶的语气:"陈景深,别乱看别人的牌子。你刚才……"

后面的话在看清牌子上的字后全被喻繁咽回了肚子。

陈景深手里的牌子看着已经有些年头了,颜色比旁边其他的牌子要淡得多。上面粗重的黑笔字倒是一点没掉色,歪歪扭扭写着——

陈景深高考顺利。

不是?等会儿??

喻繁脑子瞬间空白,满脸震撼地盯着这几个字。

你们这寺庙是怎么回事?多少年前的许愿牌了这会儿还挂着?生意这么差吗?!

……而且这里这么多个牌子,怎么被陈景深翻出来的?

喻繁僵硬地站在原地,久久没有反应,直到陈景深偏过脸来叫他:"喻繁。"

寺庙亮着石灯,昏黄的灯光描着他的侧脸,看过来的眼神明亮温柔,他说:"这里有我的名字。"

"……"

"哦。许愿这人跟你同名。"喻繁嘴比拳头硬。

"嗯。"陈景深说,"字太丑了,我认了一会儿才认出来。"

鞋被不轻不重地踩了一脚,陈景深还没收起笑,衣服就被扯了一下,喻繁拉着他扭头,硬邦邦道:"……别偷看别人的许愿牌,走了。"

"等等。"陈景深反手抓住他,"我是不是也要进去还个愿?"

喻繁莫名其妙:"还什么?你又没高考——"

喻繁看着陈景深嘴边的笑,后悔的情绪在此刻达到了顶峰。

他当初脑子是不是坏了?不然怎么会跟着汪月来这里,还挂了个许愿牌，明明想也知道陈景深的成绩根本用不着参加高考……

汪月出来的时候，就看见喻繁黑着一张脸，抓着陈景深，两人正在许愿树旁罚站。

"干吗呢？"汪月好笑地看着他们，扬了扬自己手上的东西，"来，我拿了三块许愿牌，咱这次挂新的愿望上去。"

喻繁脸更臭了："不挂。说了不信这些。"

"以前的你可不是这么说的。"汪月也没强求，"随你，那我多写一个愿望。"她看向另一个人："你呢？要吗？"

陈景深接过一个："谢谢。"

许愿牌的钱自然不能让别人出，陈景深把钱转给汪月，借来笔，在许愿牌写上愿望。

写完，他正打算把牌子挂上木架，原本一直站得远远的人忽然朝他走过来。

"你等等。"喻繁拦住他的动作，看了一眼对方写的愿望。

多年过去，自己的狗啃字没怎么变，陈景深的字倒是越来越利落漂亮。

喻繁抢过对方手中的笔，冷着脸在自己的名字前面加了一个增补号，一笔一画写上"陈景深"。

汪月的许愿牌自然要挂在最高处，她折腾完回来时，陈景深刚把牌子挂好。

汪月道："挂好了？走，带你们去吃糖水。"

喻繁已经完全无法直视这里，闻言立刻扭头："走吧。"

"等等。"陈景深抓住他，"能帮我们拍一张合照吗？"

合照？你和谁？喻繁回头想问，才发现陈景深看的是汪月。

汪月："当然可以。"

陈景深拿出手机，调出相机模式递给她："谢谢。"

被拎到许愿树旁时喻繁都还没回过神来，他一愣："等等，为什么突然要拍……"

汪月："三——"

陈景深说："想要一张和你的合照。"

— 281

喻繁总是在拍别人，被拍的次数两只手都数得过来。他不自在道："算了，下次吧，我头发很乱……"

汪月："二——"

陈景深把人抓回来，说："这张照片我以后要天天看。你笑一下。"

喻繁震惊："不是你变态吧！为什么要天天看我？不拍……"

汪月："一！"

"咔嚓！"

周一，罗理阳上班时发现常光顾的咖啡店买二送一，本着有便宜不占是王八蛋的心思，他拎着三杯咖啡进了公司。

其中一杯递给助理，他看着隔壁空荡荡的办公室，问："你们深哥呢？"

"不知道啊，刚刚还在呢。可能去厕所了？"

罗理阳点点头，毫不顾忌地推门进了陈景深的办公室，放下咖啡便走。

刚走了几步又顿住，察觉好像哪里不对，罗理阳头也没回地倒退，低头看向好友的办公桌。

陈景深办公桌上，那个他上周才放在这儿的小盆栽旁边，突然多出了三个相框。

第一个相框里放着一张被剪过的照片，看起来像是小学生参加什么集体活动的大合照，照片被裁去大半，只剩下最左边被孤立出来的两个小屁孩。

第二个相框里是六个少年的背影照，几人看起来关系很好，背景看着是某处游乐园。

第三个相框里是新照片。

照片里，两个年轻男人并肩站在挂满红福条的松树下。两人看起来都不太习惯拍照，笑容有些生硬，站在一起却有股奇异的和谐。

他们旁边露出半个挂满祝福牌的木架子，如果仔细看，甚至能看清挂在最外面那块祝福牌上的字——

　　陈景深、喻繁永远快乐。

图书在版编目（CIP）数据

等我·逢景/酱子贝著. -- 北京：国文出版社，2024（2025.7重印）. -- ISBN 978-7-5125-1721-9

Ⅰ.I247.5

中国国家版本馆CIP数据核字第2024X6Y631号

等我·逢景

作　　者	酱子贝
责任编辑	于慧晶
责任校对	钱　钱
出版发行	国文出版社
经　　销	全国新华书店
印　　刷	河北鹏润印刷有限公司
开　　本	880 毫米 ×1230 毫米　　32 开
	9.125 印张　　　　　　263 千字
版　　次	2024 年 12 月第 1 版
	2025 年 7 月第 9 次印刷
书　　号	ISBN 978-7-5125-1721-9
定　　价	55.00 元

国文出版社
北京市朝阳区东土城路乙 9 号　　邮编：100013
总编室：（010）64270995　　传真：（010）64270995
销售热线：（010）64271187
传真：（010）64271187-800
E-mail：icpc@95777.sina.net